桃花岛

邓彪发 著

文化发展出版社
Cultural Development Press
·北京·

图书在版编目（CIP）数据

桃花岛／邓彪发著．—北京：文化发展出版社，
2025．1．—ISBN 978-7-5142-4530-1
Ⅰ．I247.5
中国国家版本馆CIP数据核字第20240DP991号

桃花岛

邓彪发 著

责任编辑：孙 烨　　责任校对：岳智勇
责任印制：邓辉明　　封面设计：中尚图
出版发行：文化发展出版社（北京市翠微路 2 号 邮编：100036）
网 址：www.wenhuafazhan.com
经 销：全国新华书店
印 刷：三河市中晟雅豪印务有限公司

开 本：710mm × 1000mm 1/16
印 张：19
字 数：226千字
版 次：2025 年 1 月第 1 版
印 次：2025 年 1 月第 1 次印刷

定 价：68.00 元
I S B N：978-7-5142-4530-1

◆ 如有印装质量问题，请电话联系：010-65583678

序言

满纸泥土香

——说说《桃花岛》

年前，接到老朋友——以画牡丹称雄于业界的画家曹明求的电话，问我住长沙还是大理，他想来看看我，似乎还有什么事情要与我谈。三月下旬，我从云南大理一回到长沙，他就来了，并带来一摞厚厚的书稿和一个做工精致的木匣子，木匣子装着他新近创作的水墨画。他说：“听说你最近把居所做了适老化改造，特作一幅近作送来，为你改造好的居所添几分喜气。”难得老友这份心，真让人感动。他的身后，还跟着一位敦敦实实的中年汉子。

这摞书稿，就是这本《桃花岛》。

这个中年汉子，就是他的同乡——《桃花岛》的作者邓彪发。

《桃花岛》是这个中年汉子的第三部长篇小说了。此前，他已先后出版了《介江》《天水》两部长篇小说，并加入了中国作家协会。他是湘中一个山村的农民，担任过多年的村主任……随着曹明求的介绍，我吃惊地打量着站在自己面前的这个浑身散发着泥土气息的汉子。

真是高手在民间啊！

他们走后，我翻开这摞书稿。随着故事的展开、情节的深入，一个个活脱脱的乡村人物，就站立在自己面前了。字里行间，散发出浓郁的泥土的芳香……

邓彪发是双峰人。他生活的村子，在涟水河边。涟水，是湘江的一级支流。我的故乡涟源，就是涟水之源啊！我和邓彪发，算是同饮一江水。无形之间，我们就亲近了不少。

他们村，名叫江口。也许是种有不少桃树，长年桃花盛开，便有了“桃花岛”的美誉。文学源于生活。文学创作，有如酿酒。而生活，就如同酿酒的原料——稻米高粱。长年置身于乡村生活的邓彪发，积累了丰富的酿酒的原料。加上他在笔墨上下苦力，用大功，刻苦磨炼自己的写作技巧，自然就能酿出如此醇香的美酒来。

双峰，是一块历史文脉厚重的土地，真可谓人杰地灵，英才辈出。三国蜀相蒋琬、宋代状元王容、元代文豪冯子振……到了近现代，更是文星灿烂！曾国藩、蔡和森、朱尧阶……县城里有一个女杰广场，雕塑了葛健豪、蔡畅、向警予，她们或母女，或婆媳，这些女中豪杰，为湘中这块土地增光不少！艺术界，一批英才，也大放异彩，如王憨山、曾景初、曾彩初、李希特、曹明求、黄定初等，真是一方山水养一方人啊！这不，今天又一个站到了我的面前。这个邓彪发，谁又能说将来他不为双峰这块土地添彩呢！

当然，艺无止境。邓彪发面前要走的路，还很长，要攀登的山更高。我真希望这位壮实的汉子，永不停步，勇于登攀！

最美的风景在高处！

谭　谈

2024 年 4 月 8 日于长沙

谭谈，湖南省涟源市人，著名作家、诗人，中国作家协会原副主席，湖南省文联原主席。

▶ 左一为作者；中间为著名作家，中国作协原副主席谭谈；右一是国家一级美术师，享受国家特殊津贴的画家曹明求

▶ 左为谭谈；右为作者

前言

十年前，我出版过一部农村题材的长篇小说《介江》，曾收到不少读者的不同意见，有人说《介江》是当下农村生活的真实写照，人物鲜活，值得一读；也有人说《介江》叙述过于烦琐，有拖泥带水之嫌，激不起浓厚兴趣；还有人说上述优劣俱存，意即可读需得慎读。众说纷纭，令我难安也让我不断思索，深感初试长篇小说确有手法不够老到之嫌。

后有大师粗览了此书，认真地对我说："取其精华，去其糟粕，再把深度挖掘一番，此书就是好书了。"稍后他又补充说，"著名作家王跃文的《国画》和《梅次故事》中共用一个主人公朱怀镜，而两篇小说都是精品，虽然描写的角度不同，但都很有深度和力度，异曲同工之妙啊！"此话让我顿悟，也倍增了精改《介江》的决心与勇气。尽管难达大师所愿，却也须竭力尝试。

我曾在基层努力过二十余年，体验过村干部的苦恼，见证过各种社会势力的纠结与聚散。凡是有人的地方就有江湖，弹丸之地常会风波迭起，如何让一方平安，如何让乡村振兴有所突破，常常考验着基层干部的能力与德行。时下农村既洋溢着炊烟与稻香，也不乏激荡与复杂。生活充满阳光，也潜伏着暗流，太平盛世之下，阳光终将蒸发暗流，这便是我要表达的主题。我意欲将亲身的体验与理性思考融入文字中，既想描写生活又想高于生活。

基于此，便有了《桃花岛》这一书名。经历了四个月的艰辛努力，在《介江》基础上，我既大刀阔斧地去掉了原小说中很多烦琐的叙述，也删除了个别无关紧要的陪衬人物，如郭玉清等。同时，小说视野放宽了些许，新增了多个有血有肉的人物，如一身正气的龚副省长和鲁刚；不屈服逆境让人心动的英子；还有遭人唾弃的市井之徒洪荣、洪贵兄弟；并不善良而又可怜的农妇冯秋雁及贫困户四疤子等。创作手法上，竭力在原小说基础上提升了一些。

然而，我终究为一介农夫，朽木难雕高雅之艺，加之时间仓促，定有诸多缺陷，敬望读者指正，不胜感激！

邓彪发

2024 年 2 月 11 日

目录

第一章

公元一九九四年农历十二月十五，父亲在临终前对我说："林场场长第三个女儿牛三妹长得结实，也不丑，大是大你半岁，匹配你蔫丝瓜倒是有余，明年春去把她讨回来。"

牛三妹我很熟识，读书时比我还低了一班，如今满了十九，丑也不丑，结实也结实，能把深山里的竹子弄到河边去兑钱——委实算把好手。望着父亲那双满是戚忧、沧桑的眼睛，我说："咱们这破屋人家瞧得上？"

父亲居然也会嘿嘿笑几声，这是他脸上久违的一种表情，"嘿嘿……尽管放心，不要担心，牛场长和三妹上次还在我耳边灌了几句好话呢。"

这话的确让我高兴起来，我不傻，是个正常人，而且是个正常男人，自然也该懂些世事，尹家是这山村里的单名小姓，我若再不肩负起光宗耀祖的艰巨任务，那就枉费了20年前父亲老远跑这山冲做上门女婿的一片苦心。沉思片刻，我在父亲皮包骨的膝头上轻揉一下，说：“三妹愿来，我就愿讨。”

轮椅上的父亲眉头舒松小许，似乎已放下一件大事。他随即又说：“人，还是要做好人，这辈子我算个好人，下辈子……还得做好人。”我说：“好人命不好……下场也不好……”“你讲……咋的？”

父亲鬓角凸显的青筋如蚯蚓般瞬间涌动，“你讲咋的？”

分明是我的话触犯了他的道德底线，也激起了他闷积多年的怨气，过了好久我见他的嘴唇还在哆嗦，便赶紧卷上一根喇叭烟，点燃让他抽上几口，父亲连续吧喳着浓厚山土气息的烤烟，喉咙间传出哮喘的湿啰音，“崽丫，世上最好吃的就是亏……我快见马克思了，只是苦了你们娘崽。”

我望着他，无语……父亲在我出生那年以民办教师的身份走上了讲台，多年来，他凭着一手洒脱的字迹和满腹经纶无不让人敬仰。可就在三年前的一个礼拜日，洪老汉正翻修房屋，他生怕父亲闲着，硬是过来请父亲帮上一把，父亲身强力壮，又不会懒手懒脚，自然让人喜欢。我依稀记得父亲出门时说了句：“他儿子洪光这次上了清华大学，我在他身上磨过不少工夫啊！”

我和母亲只是听着，并没有搭理。

傍晚时，洪光和洪荣匆匆来了，说是父亲被横梁砸在腰骨上，自此，父亲就再也不能站立起来。母亲坚决要走法律程序，然而当洪老头带着两个儿子像篱笆一样拜倒在父亲的膝下时，父亲的心就像软化了的双腿一般，嘴里也软乎乎地说：“莫说报答报答……我是讲良心的人，你们带着良心就行。”后经大队调解：一千元，先付现金八百，两百元欠款在三年内还清……

屋里越发冷了，外面正飘着鹅毛般的大雪，没有一丝风，雪花落下时毫无半点声响，很快就是厚厚的一层。白色的苍穹下，一派沉寂，沉寂得令人发慌。寒气却是像长了眼睛的鼠贼一般，从门缝和破窗孔里渗了进来。

当墙钟敲响五点的时候，局促的土砖屋内就被浓浓的暮色弥漫开了，墙钟的声音使我想起了西莲寺那所破庙里沉闷的钟声，冗长，冗长。响过之后，就显得格外寂怅。

“你娘咋不见回来？”父亲在火炉旁打着寒战说，神经萎缩让他双腿留下的只有皮骨，他裤管下端总会被套在粗布鞋里，不然，下肢体温更不便储藏。

母亲为那两百元欠款去洪家了。我把柴火烧得旺了些，说道：“应该快了吧。差不多去了四个钟头。”

说着，木门“吱嘎”一声响过，母亲回屋了，她一边甩落身上的雪花，一边骂道：“不要脸的畜生，这个时候就叫我们去起诉，做好人呀，这就是你最好的回报。”母亲不满地朝父亲抛来一句。“咋？你说……”父亲似乎想要咆哮，突然间却没有了声响，他直着的手臂突然垂了下来，脑袋也耷拉着，我看得真切，叫了声“爹”，父亲没有反应，再去摸他脸颊和手掌，渐渐地冷了。母亲情知不妙，过来摸了摸，很快便懊悔地说：“刚才我那话来得太陡，让他爆了血管。”“死了。”我说。内心却并无太大的悲痛，似乎这一天迟早要来，我没有哭，更没有眼泪。为了省电，屋里一直黑着，这时，母亲终于拉亮了电灯，她与我一样的神情，没有哭声也没有眼泪，但我百分之二百相信自己的母亲，她绝不是冷血动物。母亲呆坐了小阵，突然说：“快弄起香盘缠和鞭炮，不然，你爹会阴魂不散。”死者奔赴黄泉少不了香烛照亮和阴间财币，大规大矩谁都不敢怠慢，我赶忙照办不误。母亲待我放完了鞭炮，赶忙拿麻绳在我头顶上系了一圈，说是这才像个孝子。鞭炮声惊动了村里人，屋子里慢慢热闹起来。支书朱怀云、村主任周桂开、会计肖货刚、装殓师四疤子……都来了。我朝各位一一拜过后，母亲便诉苦，家里没有寿棺，洪家欠款也不还，说着说着就哭了。她这一哭，挖肝挖肺，哭老公受尽了苦，两腿瘦成了灯芯棍子，自己饿着也要让学生吃饱，哭老公一生好事做尽，却得不到回报，最后就孤苦伶仃地死在雪天里。母亲的哭声并不大，却抑扬顿挫，关键时刻还起了高腔，在场的人都抹起了眼泪，深沉的悲哀瞬间袭上我心头，我大哭起来……朱怀云马上叫人去他家抬来寿棺，说是他老母亲的寿棺暂时拿着将就一下，以后再想办法。

外间起歌了，大都是些自由爱好者随意开嗓。但起歌者必定是这晚的主角，主角就得讲些规矩，不能随意乱唱，唱完引子还得押韵。肖货刚凭着那副脆亮而不尖辣的声带倒是数一数二的葬歌高手。他一点儿也不分神，正用鼓锣开腔。铜锣竖在大鼓上，一槌顺锣擦下去，落在皮鼓中央，鼓锣就同时响了，只听得肖货刚的声音时高时低，却不变音：

一锤惊动天唻，二锤惊动地。
三锤惊动三国大帝唻，四锤惊动四大天将。
五锤惊动五子行孝唻，六锤惊动六合迎春。
七锤惊动天兵七仙女唻，八锤惊动八大金刚。
九锤惊动九牛大造唻，十锤惊动十大都昌。
死得早唻死得苦，年龄冇得四十五。
十八九岁来到此，个个跷起大拇指。

飞快看见要天光，哪想儿子添悲伤……

肖货刚越唱越起劲，鼓锣敲得神采飞扬，母亲让我向他拜上几拜，显示主家庄重的谢意。

不多时，周桂开从洪家那边打了回转，把欠款一五一十地数给了母亲。母亲谢过，又说："做好人不合算呀，村长。"周桂开摇了摇头，正经说："合算哩，你们母子瞧瞧……这里面的人不都是主动帮忙来了？就因你老公是个好人。"母亲不语，给村长又添了热酒。周桂开这会儿与我面对面地在火炉边坐下了，他说："你爹、林场牛场长还有我都是最好的兄弟，你与三妹的喜事我会撮合。"我诚恳地点点头，表示谢意。

第二天一大早，沛胖子、二猛子扫净屋外白雪皑皑的地面，灵堂扎了起来，牛场长和他女儿很快就到了，只见母亲与牛场长嘀咕一阵，母亲就把我唤了过去，她说："你去把孝布给三妹戴上。"

我接过三尺白布，上端贴有一张很小的方形红纸，我明白其意，就把三妹叫到了乱七八糟的里间，她先是腼腆地看我一眼，而后我仔细端详了她一下，她竟然还是双眼皮，不俗，皮肤还算白净，完全超出了我对她的先前印象，在黑皮靴的协助下三妹矮不了我多少。我拿着白布抖了抖，说是要给她戴上，三妹便微倾着头过来，闻着她淡淡的发香，我手指头有些发抖，弄了半晌，终于系稳了。她笑了笑，酒窝圆圆的，荡漾的笑意很快就收敛在酒窝里，我环视一下这黯然而破旧的人居环境，说道："你敢来？"

三妹含蓄地笑了笑："差是差了点，不过，也有一个好处，交通便利。"

我瞪大眼睛问：“交通便利？”

三妹说：“这里总计两间屋，从卧室到灶房就那么几步之隔，交通还不算便利？”

我捧腹大笑，差点忘却了披麻戴孝的悲哀。老久才说：“往常我睡在灶房竹铺上，你要是不怕，我就豁出性命都要娶你。”

三妹脸上泛起绯红，按按头上的孝布，说：“还愣着干吗，不去孝子搭礼？”

我说：“走吧，咱俩一起去。”灵堂外正噼噼啪啪响着鞭炮，一瞧是高中同学贺进明到了。他父亲是林业站老干部，刚退下就把儿子抵了上去。作为挚友，我自然高兴。今日贺进明身着一套林业执法专用装，很是抢眼。他手中那条长长的、在地上正拖着响动的鞭炮已被周桂开接过了。

“孝子搭礼……”肖货刚大声嚷道。不用提醒，我自会朝贺进明行跪，旁边三妹还愣着，我竟在她腿弯沟处推了一把，三妹也跪了下去，贺进明半屈右膝，双手在我和三妹前方虚晃片刻，很是老练地做出正欲扶起我俩的架势，我这才起身谢过，又问他为何晓得我爹过世，贺进明薄薄笑着，也不解释。这时我那位并未享受过半点岳丈待遇的牛场长过来说：“进明同志，这次雪灾史无前例，林场怕有半数以上会成为死竹啊。”

贺进明说：“刚刚我大致转了一圈，雪来得太猛，很多都被压断，天晴再作处置吧。”说着，他掏出过滤嘴香烟，先叼上一根，再给场长一根，他浓浓地吸过一口后，突又问我抽不抽，我连忙摆手，说是赚不到烟钱嘞，贺进明也不多说，把脸孔摆向了场长。看得出场长和老同学已是很熟的同事关系。牛场长吐着烟雾说：“强四这小子把竹制厂办得风生水起，死竹处置给他行不行？”

贺进明以超出他实际年龄的口气说：“我先向站所汇报，定妥方案再说……不过，我估计强四也不是什么省油的灯，这次雪灾，很多自留山死竹也不少，怕就怕强四故意卡价。”

场长笑道：“不会不会，强四是懂规矩的，少年老成，与你完全可以并驾齐驱。”说到此，场长轮番扫视着我和三妹，继而又说，“进明贤侄，你晓得尹志涛与我什么关系了，死竹的砍伐、搬运就顾着一点吧。”贺进明抿嘴笑过，在我肩膀上着实按了一把，似乎要传递某种感情，也似乎要检验一下我的骨架是否硬朗，他说：“没事没事，只是要苦了我的兄弟，到时就按每百斤一块的价格包砍包搬吧。”三妹扯一下我衣襟，在旁边搭腔：“价格就这个正常行价，竹枝、竹尾那些副产品那就与公家无关了吧？”

贺进明啧啧叹息几声，说是未过门的三妹千万别惯坏老同学，今日就给三妹一个面子，我傻傻地点头应过，也不多讲。

饭后，贺进明登记完情礼，这才辞行而去。

出殡那日，唢呐和鼓乐交织着，那声音凄凉婉转，无形间就让人的心里悲痛，周桂开手一扬，说：“出道啦！”八个精壮汉子便抬着棺材尾随上路了，顺着一条蜿蜒的斜坡山路，再绕过绿柳成荫的河畔，好不容易才到了坟场，这里土坑已经挖好，旁边还备了些石灰，待棺材到了坑前，周桂开唤一声“下驾”，棺材就被搁地，两根粗绳吊起棺材缓缓地放到土坑里去了，我跪在坑前黄土上，积雪初融，土面湿湿的，想着昨晚封棺前见着父亲的最后一面，揪心得真要气绝，父亲躺在棺内像睡着一样，他嘴边和鼻孔处冒出污血，四疤子有些慌神，说是从未见过这种现象，母亲呼天抢地，哭老公含冤而死，也是含怨而死，见着亲人就会冒血，母亲昨晚那撕心裂肺的哭腔再次撕扯着我的心灵，坑内很快将被黄土与石灰覆盖，父亲从此一去不返，我嘴巴贴着黄土悲痛地哭泣，没有哭声，只有泪水和心灵的颤抖。

山风从耳旁掠过，这是一种非常熟悉的声音，像是低声号叫，一阵风过去，我似乎聆听到白河波息、孤雁哽咽。

父亲下葬后第二日，三妹来帮着母亲清扫废料，我忙于整理父亲遗物，破旧的布枕下躺着一个泛黄的工作本，我翻阅下去，热泪不禁盈眶而出：

1963年初秋，老家遇上了灾荒。庄稼汉啊！在那种岁月碰上灾荒，就像嫩芽遭到严霜一样，哪能抵抗过去呢？我和弟弟把坑头上被饥饿夺去生命的父亲收埋后，母亲给我一个布袋和一根竹棍，叫我赶紧逃生，我默然点头，只有这条路还有一点求生的希望，走时我叮嘱弟弟去弄些青稞、木瓜、土茯苓之类，13岁的弟弟送我出门，俩人都没有眼泪，只是木然地挥了挥手，我就跟着几个衣衫褴褛的饥民一路南窜。路上常见着三两个人握着铁锹去收拾无名尸首，也常有蜡黄饥瘦的妇女问人愿不愿收养小孩，学校、桥洞、磨棚、碾坊、祠堂常常被这些逃荒者挤占。我一路乞讨过去，手中的竹棍是防御恶狗的重要工具。

初冬时分，我终于到达了南方一个小名为介山的山村。这里三面环水，一面临山，势似孤岛，虽然闭塞，却是水天一色、风光优美之地。天无绝人之路，一户好心的尹姓人家收下了我，并让我在此生根发芽。我慢慢习惯了这里的生活方式及风土人情，庆幸的是只仅念过初中的我竟然也能走上讲台。

1975年暑假，我怀着初为人父的喜悦登上了北去的列车，老家的山山水水和亲人时常牵绕着我的灵魂，我得回去看上几眼。

两日后的下午，我到了老家屋前。我不急于进去，在四周观察了半晌，茅屋仍是茅屋，稻草在日晒雨淋下泛出枯腐的黑褐色，檐下还乱七八糟地吊着些随时都极有可能掉落的稻草条，墙壁上的坑坑洼洼正是蜘蛛、蝉雀、蜂虫喜爱的栖居之所。

“娘！”我兴高采烈地唤了一声，我不想让老人家看到我的落魄和伤感，也自信身上这装束会给她带来惊喜。母亲听到声音，但不知是什么叫嚷，这些年过去，她头发全白了，听觉功能也差了甚多，“娘！”我又大唤一声。

母亲一手撑着门框，讷讷地问：“同志，找哪位？”

我在六七米远的地方笑道：“娘！我是大宝呀！您看不清了？”

“啊！”她跨出门，伸直脑袋看了良久，这才呜呜地哭颤着身子扑过来，“呜呜，大宝……真是大宝……呜呜……”

“正是大宝，你儿子哩！”说着时，我抱着母亲进屋去，母亲的身子就像一根七十斤左右的枯木。

“哭啥呢？儿子回来你应该高兴呀。”我放下母亲说。

母亲不哭了，用尖黄的指头在我脸上、肩上、胸背各处抠了抠，抠了又摸，摸了又抠，突然她又呜呜哭了……

我用衣袖擦擦她的眼泪，哽咽道：“娘，怎么又哭了？”

母亲生怕弄脏我的呢衣，不让我擦，她说太高兴，就又哭了。

我问二宝哪去了，母亲说二宝活着哩，在生产队里做些工分。二宝回来陪我聊了整整一晚，我给了些钱财和粮票，两日后才坐上南返的列车。

母亲和二宝本是坚决不让我再走，但，我不走不行，介山有我的妻儿，有我的学生，还有几个上不起学的校外生，老话说：“为众人抱薪者，不可使其英名消逝于风雪，为大众谋福利者，不可使其后辈困顿于荆棘。”我不信其有，亦不信其无，却只望无愧我心，慷慨坦荡而已。

1976 年灯下随笔

第二章

二十多年过去了，我做梦都没有想到四十挂零还会走点小小官运，上月老村长周桂开猝然脑瘫不省人事，支书肖货刚在介山村几个地方绅士那里走访了一下，大家都说我可以代理村长，后来又经党员组长会一扯，结论还是一样：尹志涛同志可代理村长。

周末这天，老同学贺进明来找我。贺进明这两年一直是白河镇重点项目办主任，职位虽不高，但在库区行政村里说话还是很有分量的。我自然清楚老同学素有鸿鹄大志，总想在仕途上有所通达。

上次为此事我俩还曾专程拜访过挚友强四。当初强四说要看机缘，我猜想老同学今日来可能是想探问上面“机缘”得如何了。人啊，就好比琴弦，拉得太松就弹不出好的旋律，拉得太紧就易断弦。贺进明就一直想弹出好的旋律，他把自己生命的琴弦拉得紧紧的。

两人七拉八扯地闲聊了好一阵，我明白老同学其实最关注的还是仕途，又想强四那边的情况也不能随便瞒哄应付，便主动说了实话：“后来强四好像说是帮你找了一回戴县长，往后看能否请戴县长在组织方面建议给你提个副镇长候选人，当然那还得正式选举……”

贺进明激动起来：“太谢谢强总了！”

我双手枕在脑后，沉吟少许，说：“强四这段一直困在山庄里，已挂果的良种石榴就有四百多亩，还有好几百亩正在开发。他身为全国劳模、省人大代表确实不闲呀！改日我再为你的事催催，行吧？”

贺进明连声谢过，又问肖市长这段时间是否回过老家。肖市长正是强四的姐夫。我自然清楚他此话的用意，便笑道：“强四是我的兄弟，我不敢帮他吹牛，有一点我却敢保证，他办事从不依赖肖市长，何况肖市长还在外市挂职哩！”

贺进明似乎被点到了痒处，连忙说：“强总历来就是干大事的，最令人钦佩的是他不单想个人致富，还老想带活其他人。”

我感叹一声，说：“是啊！现在绝大多数农村都是留守老人和儿童，年轻人外出打工，而且是越有文化的年轻人越想外出，好像有本事就应该出去闯天下，没本事才窝在家里刨黄土。强四一直想打破这观念，也很想把村里的闲置人员变成活农民。”

“哪天我们去山庄取取经，学习一下他那套高招，好不？”贺进明起身告辞说。我知他有事，也不强留。

贺进明耸耸肩，故意笑着用上普通话，“老同学，兄弟拜托了！”我感觉他普通话并不标准，“老同学”好似“脑充血”，却不好点破，只说“好吧好吧”，就回屋里去了。

“肖书记还算蛮懂人情味！”母亲微笑着过来了。

“还算好吧，人家老当支书的。”我随便答道。

“三斤子姜抵不过一斤老姜，我看你还得发狠学。”母亲鼻子里哼过一声，又说，“有些当一把手的从不考虑下属的想法。”

我劝母亲别管这些闲事，母亲沉吟少许，又是一声长叹：“要是三妹还在，我们该多好！”我心里涩涩的，不敢多想，一想就让大脑一时半刻回不了神，三年前，爱妻在水田里意外触电，当时我正在岸上用电缆去接电源，一眨眼三妹就倒下了，谁会料想先前好好的一个电机会突然漏电？我试着抢救了很久，还是无济于事。每当回想当时的情景，我痛苦的神经就会漫无目的地延伸，渐渐地，我学会了转移意念，以便思绪从痛苦中抽离出来，可母亲总爱时不时地谈起三妹，这会儿她见我又在伤感，便说：“不管白的黑的，只要合适，你就讨一个回来补房。”我苦笑着说：“您别操这份闲心，我心里有数。”母亲这才沉默了。

我斜倚着身子，闭上眼，一时脑子里就浮现出一些怪怪的东西。早些天，理财组刚公示完理财结果，当晚就有人暗发白字帖。诸如：每年几十万的招待费怕是招待了某些同志的腰包吧……既然是公示，为何不公示建校账目……理财组也是混账东西……

想着想着，越发觉得脑子糊涂了，我明白我在转移意念，不去回想三妹。

有天我去村部，就在旁边的新校舍逛了逛，校门前立着块醒目的石碑，便过去瞧了瞧：

授业育人，丰农寄望云中雨

拓智兴邦，介山得恩光彩露

丰农完小，曾名云中学校，系肖氏族学，缘由肖氏先辈为旺族兴乡而建，创办于20世纪20年代，迄今已历尽风雨沧桑九十载，旧校舍早已垣颓梁残，疮痍满目，不堪再任焉。介山丰农，吾祖休寝于兹。吾身亦生长于斯，幼时鬓龄一晃而过，余承教于此校始启智。其时或嬉戏于操场，或结游于祠外，月形山上登高望，介水河畔得忘形。少小辞家别壤，迄今已年过半百。饱经风霜，睹物思情，不禁感慨万千。

数十年间，余宦游在外，虽乡情萦怀，乡音未改，但两袖清风，无有余财，恨不能为蒙校添砖加瓦，吾今寝食不安，老尤甚矣！幸友人感念在兹，先有省政协委员、盛达集团董事长艾先生慷慨解囊，热忱赞助三十万，后有香港格林达时装公司邹总雪中送炭，无偿献赠十八万，并有洪宁市市委常委、宣传部钟部长四方奔走，捐款十四万，总集六十二万元。方使危校得以兴建，其间，幸承支书肖货刚及村委成员夜以继日、含辛茹苦，率工圆成。

十年树木，百年树人，兴学强邦，乃愿望所在。概因兴建资金惠于光彩事业，故斯更名为“丰农光彩学校”，斯舍落成，师得以安心从教，学生得以安心读书。特告乡后学子，勤勉发奋，铭记先辈创业之初衷，传统文明之精神，研习外邦经纶之硕果，如此不辱光彩之名也，是为序。

立在碑前连看好几遍，我总不觉得厌倦，不得不惊叹市长肖友鹏的文笔。正在入神，后背有双手突然合围着向我前额袭来，一瞬间就将我的双眼蒙住了。我慢慢摸着对方的衣裤，还是没摸出名堂，再摸一阵，终于触到了一枚方形戒指，“强四！”我大呼一声，“你像阴魂一样。”

对方松了手，果然是他。强四问是什么大事要扯，肖货刚非要他来参加不可。

我说："你身为共产党员应该参与呀，贺进明那事你没丢到脑后吧？"

强四脸色平静，说："我不清楚你与他的交情到底有多深，说实在话，本来我对贺进明不太感冒。"

我自然听懂了"感冒"的韵味。

贺进明对他也不是太"感冒"。但，话已经跟贺进明说了就不能食言，便直言道："进明是我老同学，也是朋友，你上次不是答应去找一回戴县长吗？你总得让我好交差呀。"

强四说："好吧，我尽量帮他做到第一步，以后就靠他自己的造化了，我只包做媒，不包养崽。"

第三章

大清早，母亲买了新鲜猪血和水豆腐给我炖了早汤，她老人家知道我喜欢这道菜，我边吃边夸母亲的手艺，母亲说："这道菜红白相间，既能清扫肺尘，又能补些营养，现在社会复杂，红道白道，崽丫你都得多个心眼。"

我心头不免一热，想着这么多年来儿子尹剑很少在家，就我与老人家相依为命，父亲离开后就靠她撑起这个家，今日我不禁有了感慨，就说："娘，阿彩是县内民间歌手，他新作了一首歌，叫《有妈就有家》，我唱给您听听。"

母亲微笑着点了点头，我便轻轻哼了哼，哼着哼着，未想竟会泪水涟涟：

是你教会我说第一句话，
是你抚养我一步步长大，
粗糙的双手撑起这个家，
为了孩儿经受风吹雨打，
你就像蜡烛燃尽了年华，
岁月的痕迹苍老了脸颊，
昔日的青丝变成了白发，
孩儿痛在心里叫一声妈……

母亲跟着拭泪了。

下午，党委副书记鲁刚来了电话，说重点扶贫对象需要月报资料了，见我一时没反应过来，他就说：“尹主任你忘了吗？介山村那位曹正沛与四疤子都是我们直接分管呀！”我疑神小许，记起了这事，鲁书记说立马下来，还给对象带了智能手机，我应允一同去看望对象，不多时鲁书记的车就到了。

顺着一条沿河公路蜿蜒而行，鲁刚摁下玻璃，一股清新的空气扑鼻而来，两岸峻峰挺秀，绿柳依依，使这条不知流淌了多少岁月的河流更加清秀亮丽了，它便是白河，最终汇入了湘江。今天拂晓，偷偷洒过一场小雨，河面正升腾着白雾，与林间的雾气交织着，仿若仙境！方向盘握在手里，鲁刚不敢多看，无意间却见一只只白鹭正飞快地掠过河面，洒脱极了，他叫我用手机抢下镜头，咔嚓一声我就拍下了。

缓行了三四千米，我就指着岔口说：“上了前边坡路，左边就是四疤子家里。”

四疤子以捡垃圾破烂为生，屋前尽是些破破烂烂，到后我赶忙进去介绍，四疤子便笑容可掬地过来招呼了，一道醒目的亮疤挂在他尖尖的下巴处。我们刚在抹净的旧木凳上坐下，四疤子就嬉皮笑脸地打哈哈。

想必鲁刚听着也刺耳，但语气还算平淡地说：“老四同志，你这思想要改，态度要改。”接着对他讲了许多扶贫政策，我又叮嘱他如何配合各项检查。

四疤子仍是不以为意，只是语气稍微好了一些：“按鲁书记的指示，要是我遇到困难就可以直接向您报告？”

鲁刚很不乐意地点点头，示意我把该办的事情先办了，我照办完，还想教四疤子如何使用智能手机，四疤子却不屑地说：“我比你会玩，放心吧。”

看来我们是多管闲事，辞行出来，回到车上，我说：“曹正沛那名对象可以不给手机了。”鲁刚问是为何，我说他们拿了手机并不领情，也怕其他对象在手机上攀比，鲁刚犹豫片刻，觉得有几分道理，说：“见机而行吧，想不到你还有这脑筋，不错！”我就合掌作揖，说：“谢谢书记栽培！”

曹正沛外号沛胖子，他的房子坐落在深山茂林之中，车子只能停放在山下，步行得十分钟左右，我一边走一边介绍着：“二十年前，沛胖子在上游桥边拾到一个遗弃女婴，便是现在的女儿英子。”鲁刚“哦”了一声，并没多问，他在后头有些气喘，忍不住质疑：“这个对象完全符合易地搬迁标准，不要一分一厘就可以住安置房，是村里不重视还是他本人不愿意？”

我脱口而出：“他与众不同啊，喜欢清静。”

不多时就到了，墙是土墙，顶是树皮、杂草之类。“金窝银窝不如这里的草窝呀！”鲁刚倚着屋前一棵老银杏树喘气说。这时，一位端庄和善的女人应声而出："哦！稀客！快到里面请坐。"她正是沛胖子的夫人，走下台阶挺是轻盈，她手臂朝屋子一扬，算是礼数。

我上前说明来意，沛嫂便连声谢过。

屋里倒是收拾得有条不紊，寒暄一阵，一位扎着长辫的姑娘从后面闪了进来，高挑、大方、端秀！她黑溜溜的眸子里流淌着和蔼。

"英子，泡茶。"沛嫂介绍着，"我二女，二十了，还不懂事哩……快叫二位……叔叔。"

英子甜润地朝我叫过叔叔，朝鲁刚只是微笑一瞬，感觉不怎么好称呼，很快她就给我们沏上了热茶。

我俩瞬间瞄见她右拇指上还翘着一只多余的指头，顿时就明白她曾经幼小的生命为何会被遗弃，"没去念书？"鲁刚微微向沛嫂笑了笑，问道。

"丫头舍不得我这把骨头，混了两年中学就死活不去了，有亲戚带她出去，也是雷打不动。"沛嫂突然指着里间说，"不过，丫头也不错，你们瞧瞧去。"

叹为观止！尽是些精美生动的根雕、石雕之类，沛嫂说师父只简单教过英子几回，她就能吃苦耐劳地坚持下来，还收获了不少心得哩！英子也不腼腆了，进来解释道："这些根雕、木雕，我都以天然造型为主，只是稍微修整，更能突出大自然造物之美；这些奇形怪石嘛，都是和师父在河滩上寻到的，开始我只将它们打磨抛光，让图案保留到最美的层面，后来才试着精细雕刻，又涂上光油，漂亮多了。"

"了不得！了不得。"鲁刚朝英子竖起了大拇指，"合适价格也可卖一些……喂！墙上这十字绣也是你的手活？"

沛嫂点头说："多亏丫头发奋，多少卖过一些，怕有一万来块钱吧。”正说着，里间座机响了，时下很少有家庭再使用这玩意，只听得英子在说：“哦，肖伯您好！是啊，我不晓得什么书记呢……尹叔也在哩，哦，您稍等。”她朝鲁刚招了招手，“肖伯叫您接电话，您是不是鲁书记？”

鲁刚握上话筒，说：“呃，是啊，车子在你地盘不要收费吧？哈哈……好的好的。”

鲁刚搁下话筒便朝我说，肖货刚把中餐安排在沿河家味馆。

我坐下与她们谈了扶贫的事情，英子快口快嘴：“请您放心，一定好好配合，不给领导抹黑。”她忙从厨室取出两袋腊鱼来，请我俩非拿下不可，我们也不过分推辞，还留了电话，说是多多联系。走下台阶，忽觉轻风拂面，令人心旷神怡。鲁刚也回头朝她们母女拱拳作别：“谢谢！我会经常来的，英子，你过来，陪我们走走……”

英子欣然陪着下山，到了车前。鲁刚说：“英子，有个手机你拿着，不要与任何人提及。”英子客套着，好不自在，我硬是塞到她手里，英子脸红了，手臂分明在颤动，她呆呆地立在车旁，不知说什么才好，鲁刚摁下玻璃，向她挥了挥手，反光镜上闪烁着英子的表情，她噘紧嘴唇，眸子里挂着泪光……

第四章

沿河家味馆临立于一处绕弯的河旁，店主曹正刚正是沛胖子兄长，传闻他是把上乘的生意手。拾级而上，见店内外摆设朴实仿旧、整洁而又不失幽雅，里面四五个包间都按花的种类而命名。我在大厅里正碰上沛胖子，他定是给兄长帮工，便问肖货刚他们在哪个包间，沛胖子递上一支烟，又把燃着的火机送到我嘴下，说道："书记他们正在君子兰包间，还没上菜，先坐坐无妨呀。"

点烟的那一瞬间，我瞅见他右拇指断了一节，明白那是多年前因被毒蛇咬了一口，沛胖子只能用自断的方式急救，我笑道："沛兄，上天有眼，你的拇指少了一点，偏就有英子来到你身边。"沛胖子点头称是，他望了望鲁刚，我这才相互介绍了一番。

鲁刚和我都朝沛胖子笑笑，就径直去了包间，一眼正瞧见贺进明、肖货刚挨坐在上方，村会计老吴与另外一张生面孔排坐两旁。我仔细瞅了瞅那张生面孔，还是没能认出来。

肖货刚赶忙介绍：“我表弟，刘方林。”

刘方林微微笑过，又落落大方地递烟过来，说：“恭请尊敬的鲁书记与尹村长，有机会一定来游轮上指导指导。”鲁刚点头微笑并不言语。

早就听说有人在白河上游打造了一艘豪华游轮，未想就是肖货刚表弟，我便拱手说：“久仰久仰，改日一定拜访刘总！”

肖货刚似真似假地说：“交友就不能暴寒暴热，细水长流才好。”

“细水长流？”老吴阴笑几声。

大家正笑着，计育专干沈敏端着个玻璃罐进来了，罐里盘旋着几条死蛇，她边放罐子边说：“一进店，沛胖子就叫我当服务员。”

很快上菜了，沛胖子进来问：“领导们喝什么酒？”

刘方林说：“你店里有什么顶好的，尽管来。”

沛胖子站在门口处，搓搓手，不好意思道：“店里一般只供正宗米酒和啤酒，至于高档一点的商品酒，店里不太多。”沛胖子窘了一阵，又说，“各位可尝尝我的特色米酒，莫小看这土特产，祛湿带补，功效蛮强，蛇是我亲手活捉的，药是我老兄配制的。”

既然如此，大家都表示尝一尝特色米酒。

大家先客套了一番，再一起举杯敬鲁刚，鲁刚笑了笑，说：“我生是白河人，死是白河魂，从娘肚子出来，人胞衣就埋在这块土地上，你们这样不是把我当外人？来吧，一起举杯！”

米酒挺有口感，劲度并不小，鲁刚不小心掉了一根筷子，沈敏忙说：“快乐快乐！”说着又去换来一双，大家都听得出来快乐就是筷落的谐音。

我抿嘴薄笑些许，“快乐”听上去还算妥帖，细瞧一眼沈敏，她白净的瓜子脸还算耐看。

席间大家聊得还算不错，氛围很轻松，但鲁刚却一直若有所思，一副心事重重的样子，饭后他把肖货刚和我叫到了另外一个包间。

我猜想鲁刚是因为账务举报问题，果然没错。鲁刚细细瞅过肖货刚一眼，便说：“没有问题还怕啥？有没有底气只有你们内部清楚……现在当干部不如以往……泥巴里生刺是防不胜防！”说话间鲁刚在踱着缓步，每次鞋底落地时他都有意停顿一下，仿佛要画上感叹号一般。作为白河镇专职副书记的他，虽然经常浸泡在恼人的群访案件中，很多事见怪不怪了，但此回鲁刚预感到了一股无形的压力和戚忧。合并后的介山村有四千余人口，居全镇之首，这几年虽然发展很快，而潜在的问题却越来越严重。早些日子就有人反映虚报工程款事情了，金额二十八万，为首者，周正根，既是党员又是组长，还是老村长周桂开的侄儿，连理财组成员曹正刚都在帮着拱火。

一绺鼻须斜卧在肖货刚上唇浓黑的胡子间，酷似非洲人，只见他沉吟片刻，说道：“一个钉子一个眼，一个桃子一粒核，请您放心，都能对得上。”肖货刚窘了窘，抿过一口热茶，再以不容置疑的口气讲，“所有不能报账的发票我都复印了，怕的就是碰上这一天。”

鲁刚眉头一扬，说：“哦？……那就好，上面虽然要求我们零接待，严禁大吃大喝，但只要是实事求是又有正当去向，党委政府绝对担当。”谁都明白这话里多少有点儿官腔。没有官腔是行不通的。

肖货刚感慨起来，说如今当官实在不易，偏偏还有削尖脑袋死钻活钻的，最后他的语气凝重了：“周正根这个人……乱放臭屁，只怪我当初瞎了眼，把这号人也拉到了党员队伍里。”

鲁刚说："肖书记，为何不与理财组打开天窗说亮话？把吃喝、租车……通通摆出来，不至于要人家吃多少吐多少吧？必要时党委政府挑挑担子，但……"鲁刚突然用指关节敲了敲桌子，"千万莫掺半点水分，千万莫让人家逮住话柄！万不得已的情况下你应该早些准备。"

肖货刚看了他一眼，他也看了肖货刚一眼，所谓早些准备，明白人自会清楚，肖货刚又点上烟棍："鲁书记请放心，我明白！"我跟着他们二人出来，也不多问，代理村长暂还不能过问太多。

第五章

周日正要去村部开会，我在室外见着强四，他说："我想来打造洋姜这个特色产品，兄弟有何高见？"

"洋姜？"我满腹狐疑地瞧他往下说。

"对，洋姜，凡是有牙齿的就会喜欢。"强四脸上堆满自信，"它还有很强的药用性，改日你可以看看资料。"

洋姜爽口甜润，常有人把它当作酱菜使用，而且易种易管，我自然清楚，可六百多亩毕竟不是小数，便挠着头皮问他如何销售，强四似乎早已胸有成竹，说："莫说六百亩，三千亩理应也不是问题。据我了解，目前国内大型洋姜基地一个也没有。我现在还不敢说要打造出一个洋姜之乡，但也不是天方夜谭。"

两人一边聊着一边来到了村部。肖货刚见我进来就说："快坐，只等你们两位老爷了。”

我抬头正见沈敏、曹正刚、洪荣、二猛子坐在后排，便过去挨着和他们坐在一块。

还是老规矩，开会前先由沈敏发烟，二猛子突然问：“精白沙怎么又换包装了？”

曹正刚解释说：“这是二代。”

二猛子笑道：“纵卷叶虫有一代二代，这玩意也分一代二代？”大家都被逗笑了。

肖货刚用手臂在空中比画了比画，待室内平静了，打了开场白：“早些天大家是清楚的，理财组刚公布完结果，当晚就有人写大字报，说明了什么？说明有人对账务产生了怀疑、猜测，我并不反对言论自由，可总得讲讲事实吧，今天把这事摆到桌面上来谈，就是要请支部的同志来个公事公论，凡对上次理财有异议的都可畅所欲言，在此，我希望大家少找岔子，多挑担子，防止乱子。”

曹正刚坐立不安了，便探头过来问我：“主任，你有何看法？”

我猜他听过不少闲话，便轻声道：“正哥，你不妨挑明一下。”曹正刚点头应过就说：“对村账产生怀疑现象的，应该不光是介山的群众，全国大部分地方都可能存在，天下乌鸦一般黑嘛。其中反映最强烈的恐怕要算送情送礼的那些破事，我们介山上次理财，有人说不足一百万的总收入花费竟达三十来万。向外界讨钱的事，或许不是几斤茶叶、几斤干鱼或几袋土鸡蛋就能搞定的，应大胆相信我们的当家人应该不会故意把农副产品说成是黄金白银。所以说，只要领导真正坚持了民主理财和民主监督，群众也应理解。”

我不得不暗自折服，难怪肖货刚常说曹正刚身为赤脚医生不是普通农夫子，很有涵养、分寸，叫他担当点风雨是不成问题的。但转而细想，他话里有话，褒贬互存，真正的民主理财和民主监督其实也不是那么容易做到的。

只见朱怀云在会堂里踱来踱去，他毕竟有点老架子，把双手反剪到身后踱踱方步是没人追究责任的。他突然立定说："我建议理财组把每张发票复制下来，打印成册发下去，使村民都能了解到村集体每年家底是什么样儿，也能了解到村干部到底是怎么工作的，这才算真正的民主监督。"

"很对很对！"搭腔的是周正根，正是老村长周桂开堂侄，他声如洪钟又不乏利落，"老书记的建议比黑板上公布几个阿拉伯数字强十倍，大家想想，用了、送了、吃了，我们真能一个一个去问？一个一个去查？关键在于当家人思想是不是纯洁？有没有清正廉明的作风？再说，目前政府正狠抓反四风，严禁公款大吃大喝、送情送礼，我们介山也不例外，难道介山就不是共产党领导？"

肖货刚半咳一声，说："我提个不成熟的意见，供大家参考。今后凡属打着介山村牌子向外引资的对象，一律实行包干制，一切花费包括烟啦、酒啦、唱歌吃饭啦……一律自付，资金到位后再付百分之四十的提成，这条制度不单可以适用于村干部、党员、组长，更可以适用于全村有关系线的群众。这些提成大家必须共同挑担子，最终都只能在项目中消化。同志们！钓只青蛙也要用上一团棉花，现在的免费午餐难找啊！"

二猛子正抽着喇叭烟，那燃着的烟丝就像一辆冒着白烟的火车头，他粗粗地吸上一口，说："应该承认，现在的村干部既好当又难当，送情送礼也难以把握分寸。一般说来，空口打哇哇是争不到资金的，不过，肖书记提到抽出四成的比例用于开支和报酬，我认为过了点。这回扣或者这提成，更会败坏民风、党风，这个问题值得深思！千万不能把大蛇当作兔子打。”

我觉得自己也该说几句才妥，一仰头，正见肖货刚注视着我，大概肖货刚也有此意，我想了想就说：“目前国家有些钱既可解决给张三，又可支持给李四，问题是看谁的手段强，为什么有些特困村争不到资金？就因为没处理好关系。我们介山原来一直底子薄，近年还算引资不少，可问题就来了，那些花销上的数字摆起来看不得，传出来听不得，群众就有了误解，开支问题，我觉得今后凡上一千元以上的都应及时向理财组商议通报，花销也得一个钉子一个眼、一个桃子一粒核，实事求是嘛。至于引资提成问题，我认为行不通，谁敢承担后果？违纪违规违法啊！”

肖货刚脸上掠过一丝不易觉察的微笑，所谓提成仅是虚晃一枪而已，他又说：“介山的路灯和柏油公路再不跟上来，村貌环卫就成了问题，有几条支线还破烂不堪呢！什么是‘乡村振兴’？大家理应清楚，形象面子至关重要，可资金来源呢？几百万毕竟不是小数目，我认为既要下面想些法子，又要利用新项目聚集一些财源。因此，下面的生态公益林款和水灾款我估计还要占用一年，按说也是用之于民取之于民，不知各位有何想法？”

周正根搭话了，态度很是生硬：“不行，不要老打下面的算盘。我们沿河组排洪渠不是到处崩塌，就是大片堵塞，这点小家当我们要是再不用到水渠上，今后恐怕秧苗子又要被水淹了。”

肖货刚说：“介山的小农水建设马上就要开工了，水利局总计投资介山二百万，专款专用，钱都到了乡财政，所以正根同志你就不要对风撒尿了，病险水渠很快就要脱胎换骨，你们伴着大树歇阴凉就是。”

周正根话语越发冷峻了：“我对有些干部的表态完全失去信心了，前年的农电整改到底怎么收尾的，有人应该心知肚明。”

肖货刚一时动了肝火，说话间还拍起了桌子：“不信一只虱子会掀翻睡被，你不是到处在告我吗？你告啊，你告到联合国去我也由你。”

周正根火气也不小，痛口指责：“我就不信告不倒你。”

会场一时被搅得乱七八糟，强四起身奉劝几句，这才说：“短缺建设资金是个事实，下面也有下面的困难，归根结底一句就是大集体与小集体之间的利益冲突，并无私人恩怨。前两天我与个别干部交谈过，谈到龙岗洲荒岛租赁，我认为按五十年租赁期的行内价差不多一百二十万，正常情况下，租款基本是分期支付。在此，我考虑到介山情况特殊，愿首付百分之八十，问题是大家是否同意租赁？底下百姓是否同意租赁？我本意想利用龙岗洲那荒岛发展一个特色乡村旅游点，也想给地方涂点颜色，本人相信到时产品、基地、公司与农户的这根链条会更加牢固，情况可能的话，我再设想兴建避暑山庄，带动地方第三产业发展，总之，这条路还长呢！”

会场里响起了掌声，没有不赞同租赁的，有钱问题就容易解决。肖货刚又画龙点睛地说上几句，会议总算有了结果。散了会，肖货刚只请我留下，我不说二话地坐下。望着地上那掉落的无数烟蒂，好像是从枪膛里掉下来的弹壳，那股残存的硝烟味似乎还在屋内游荡。其实也没具体的实际事情可扯，无非是相互倾诉一些气话而已，我本来是没多大怒气的，但我总得陪衬陪衬肖书记的脸谱，也跟着说几句。

第六章

晚上，我回去得很晚，母亲打着呼噜。泛黄的旧书架上摆着妻子的遗像。妻子牛三妹的目光依然是那么亲切、慈祥，我心里一阵痉挛，瞬间泪光便在橙色的灯光下闪耀。

那年儿子尹剑正读高中，他从学校闻讯赶回的时候，一大群人正围着一张旧门板，牛三妹就躺在方板上，儿子扑了上去，牛三妹身上全湿了，身子冰凉，僵硬而焦黄。尹剑在发狂的哭声中依稀听到人堆里的议论：“电线有毛病干吗不换了？”“哎哟，水田里尽量不用这些鬼把戏……”“还是脚踏打稻机稳靠一点……”“门要干杉木门才解电……”

晚饭后，邻居就帮着赶制了很不厚实的棺材，就如一个长长的木箱，我现在回想起来都心如刀绞，当初竟然忽略了乡下的禁忌——寿棺不使用铁钉之类的金属，仓皇之下，牛三妹的遗体就被抬进了寿棺，寿衣和白布简单得不能再简单了，棺里本该放些石膏，为了省事就改用块灰了。

夜歌唱到天亮就停了下来，歌师们辛苦了，尹家再困难也得让他们呷几口小酒。四疤子呷着呷着，说起了故事：“早些年，麻塘村有个电死的官老爷埋得太殷实，有人瞄上了，半夜去偷墓，你们说咋的……”

大家好奇地瞅着四疤子，让他继续说，四疤子两根指头伸了伸，有人递上了香烟，他这才不紧不慢地继续说：“寿棺盖刚掀开，你们说咋的？”

大家又好奇地盯紧他，四疤子又用杯子在膝盖上顿了顿，徒弟赶忙把余酒灌入他杯里，四疤子抽一口冷气才说：“官老爷把手伸出来，说要同志们拉他出来……偷墓的吓得尿水一胯。”

有人问：“死人咋能活过来？”四疤子摇头啧啧几声，又说：“那寿棺是干杉木，把官老爷身上的电扯得干干净净——呃——四两回阳嘛，一点都不稀奇，不信你们电死一只狗放到干杉木上去试试，不出一个时辰狗就会飞走奔跳。”

尹剑在旁边听得真切，非要撬开棺材不可，我脸上痛苦的肌肉抽搐了许久，明白儿子他娘是永远活不过来了，我痛苦的喉管里最后爆发出二字：“不行。”有人见四疤子悄悄走了，就劝尹剑：“使不得，使不得……夺棺啊，会大祸临头。尹家往后的火星子还不能灭，要信天命，求个吉利……”

临到出殡的时候，尹剑想象着母亲已经睡了一整夜，应该活过来了，便跪着跟我求情，一定要掀盖看看母亲，我坚决拒绝，说已经做了法事，准备上路，他不容分说，扑在寿棺上，一定要掀开盖子。倏地，一记沉重的耳光砸在儿子脸颊，我再没其他办法了，只能用耳光来解决问题。

有人强行搀扶着尹剑送母亲上路了，唢呐、锣鼓、鞭炮、哭声交织在弯曲的山道上……自那后，尹剑辍学了，做过杂工、修理工，这两年他居然在县城开起了奶茶小店，想到此，我无比愧疚……

第二天下午，回家正见母亲在自留地里锄耕。她精神矍铄，老是闲不住，拿她没法，我打过招呼就回房休息去了，不知沉睡了多久，醒来时窗外已是狂风顿起，天昏地暗。我爬坐起来，揉揉太阳穴，我竟然顿悟：介山虽没海风，河风还是有的。只见屋外闪电疯狂撕破了夜幕的黑暗，天几乎烂了，铺天盖地的暴雨急骤地敲打着屋顶，旧瓦砾上响着唰唰唰的雨滴声。

母亲提着油灯进来喊我吃饭，我这才清楚停电了。

油灯下，看到母亲那刀刻的皱纹里饱含深邃的沧桑，我坐到桌旁说："娘，您有吃有用就行了，地里活少干点，行不？"

"不干就等于病了，再说强四号召大家都种洋姜，还承诺保底收购价，你娘闲得住不？"母亲微笑道，"铜角子多挣一个就能帮你们多留一个，都老骨头了，没事。"

想不到强四真要用洋姜大做文章了。

闲聊一阵，猛听外面有人在叫门："志——涛。"

我赶忙起身，应了一声，问："哪个？"

"志涛，快开门，是我。"外面的声音被雨水搅得一片模糊。我在黑暗中开了手机光，"哪一位啊？"我又朝外面喊道。

"周正根，快开门。"我终于听清声音了。

"人背时无药吃，早不停迟不停，偏在这节骨眼上停电了。"周正根进来就叫骂。他老婆披着雨衣也跟在后面。

周正根承包的那口水塘正实行鱼鸭混养，因位置坐落在低洼的围堤里，这场不息的大雨没准就是水漫塘基、紧急告危，加上停电，围堤水若是排不出去，其损失可想而知。

“水位暂时没平塘基吧？”我问道。

“顶多三十厘米的差距了。”周正根很是急切道，“两台机子刚停下，涨水速度是快得不得了。”

“洪荣晓得你这情况吗？”洪荣是村上的农电员，我边说边掏出手机，想给肖货刚打电话。

“停电后，洪荣来过堤基。”周正根说，“他讲可能是其他地方山体滑坡，断了高压，也可能是本村线路故障造成短路，一时半刻查不准。”

“你要他给农电站打电话呀！”我回答道。

周正根说：“没用，人家也不可能夜里下来。你快去告诉肖货刚，再不想办法，机埠怕会被水埋。”

我打电话给肖货刚，关机，再打，还是关机，而座机却是占线。

“他肯定正在报灾。”我说，“正嫂，我俩现在就去找他，让正哥在我家坐坐。”

我自会清楚周正根不会情愿去的，便和嫂子动身去了。到了肖货刚屋前，不见里面半点亮光，我好生纳闷，掏出手机再打电话，仍是占线，便扯开喉咙喊了，好半晌，终于有了动静，里面的手电光折射在窗子上，继而玻璃被推开，肖货刚打着哈欠问：“哪个半夜鬼？”

我说：“快开门，是我。”

开了门，肖货刚只穿着里衣里裤，忙去房里穿外衣外裤了，我们待他出来。

我问：“你睡了？电话怎么老占线？”

“没有吧？”肖货刚张着大嘴，又是一个长长的呵欠，“可能是话筒没放好。”

“我还以为你这鬼半夜三更在和哪个亲家母通话呢。”我笑道，有意到门口用电筒照了一下，果然，话筒正躺在一旁。

正嫂说：“书记，大事不好了，一停电，围堤内的水涨得飞快。”“两个机埠可能会被水浸。”我说，“要不要把洪荣叫来，一同想想主意？”

肖货刚“嗯”了一声，点上烟，道：“喉咙痛手抓不得，真停了电，一时只怕难打主意，反正先把洪荣叫来再说。”肖货刚很快打通了洪荣电话，要他急速赶来。

洪荣刚到门口，肖货刚就问：“估计下半夜还会来电不？”

洪荣摇摇头，说：“说不准。”

肖货刚问：“到底是哪里的原因？”

洪荣还是摇摇头：“雨淋茄子一样，一直落个不停，只怕要挨到天光才好去查。”

我心想正嫂听着会心痛，正嫂是念过高中的，历来通情达理，此刻，却不知怎样安慰她，窘了一阵，才道：“正嫂，明早来电，把水排干大部分，鱼群同样会回到塘里去。”

“只要不垮堤，我就相信不会全泡汤。”正嫂语气带些颓丧，自叹几声后，又说道，“哼，上回电视里还说不单要搞好一个地方的基础设施建设，更要重视一个地方的产业发展，没有出色产业，就不能搞活地方经济……哼，产业就快破产了……”

黑暗中谁都不说话了，我只把香烟啵得丝丝响，四周静得令人发闷。过了一阵，肖货刚看看手机时间，道：“都快十一点了，再扯方案也是扯不出名堂，志涛你先回去休息一阵，准六点到围堤上集合。”

第七章

回到家，我哪还能合上眼，天刚蒙蒙亮，便去了堤垸，毛毛细雨还在不时地挥洒，一到那，不禁傻眼了，围堤内的积水已经升高了三米，两个机埠的大半截都被水淹着，那口六十多亩的水塘已和围堤内的两百亩水田连成一片。

汪汪的一片水域中，被用来建设鸭棚顶的石棉瓦宛如一叶灰舟，在混浊的水面上孤零零地僵卧着。无处栖居的三百多只蛋鸭像逃荒似的拍打着翅膀，偶尔发出些“嘎——嘎——嘎”的苦叫。四面八方的水像赛跑似的奔向了堤垸，那些高山、田野、菜园……像些过分多食乳汁的婴儿，一个饱嗝儿便将水分全部呕吐出来。

这水塘和鸭群不知凝聚了正根夫妇多少艰辛创业的汗水，而今，一夜之间，甚至就在几个时辰之间，所有的汗水和心血就付诸东流了。

我突然想到了前人的诗句：问君能有几多愁，恰似一江春水向东流。还真替他们夫妇愁苦一把。

到了六点半，还不见肖货刚人影，我便打电话去问，肖货刚说刚刚向上面报完灾，立马就来。

刚挂完电话，挂在塘边竹竿上的灯泡就突然亮了，我心想这是落了雨送伞，机埠都无法运行了，还管什么用?

老吴不久就到了，我和他聊了一阵儿，肖货刚和洪荣才到。

正当我们发愁时，不远处，一辆三菱吉普车在村道上戛然停下。

肖货刚的眼睛亮开一线，兴奋地拍着我的肩膀说："等领导来了再扯方案。"

果真是救星。贺进明走在最前面，他后面是一位中等身材、皮肤白净的中年男子，肖货刚一眼就认出正是移民局秦局长，还有一名小伙子扛着摄像机，肖货刚迎上前去与领导们握手，可秦局正一手拿着矿泉水，一手提着电喇叭，只能不礼貌地摆了摆手，说："客套就免了。"

秦局问这问那，指指点点。仅几分钟的工夫，便走了数百米远的距离。随行的工作人员也是个个不赖，特别是那台摄影机像是不要本钱地闪个不停。

贺进明可能是摸熟了秦局的个性，赶紧插上话："防汛的一贯工作原则是以防为主，依靠群众，发动群众，眼下，你们村里也该提提方案，好让秦局帮你们斟酌一番。"

老吴说："我看还是迅速去买大型抽水机，资金拜托领导帮我们想想法子。"

我想了一小会儿，总觉得时间不允许，便道："要是四小时内再不控制水位上涨，怕会有两大威胁。"

"哪两大？"秦局平视着我，眼神是严峻的。

我说："垮堤，淹房。"

洪荣挺性急的样子，忙说："既然时间紧就赶紧动身呗，开车去开车回，要不了两个钟头。"

"一拳打死个爷，总得要手脚到场。"肖货刚看洪荣一眼，"光安装线路和机子就少不了五个钟头，时间允许吗？"

秦局没少把目光往我的身上缠来缠去，见我有些不太自在，便微微笑道："你想掘堤？"

我迟疑了老久，才沉闷地"嗯"了一声，似乎这个字音费了我很大的气力。掘堤会给鱼塘带来什么后果，我心里何尝不清楚？

"真掘堤？"秦局望望堤外，有些踟蹰。

肖货刚笑着看着秦局，微微颔首，分明是在等待秦局赶紧一锤定音。

秦局思量一番，道："掘堤，你们村上敢不敢承担后果？不管后果如何，你们干部群众都不允许往人家头上扣屎盆子。"

肖货刚忍了忍，还是阴着脸笑道："特别是不能往我们秦局的头上扣屎盆子。"

"我算老几？虽是挂了个科级，在县里还谈不上一只小蝌蚪。"秦局瞥了肖货刚一眼，故意把话说得转转弯弯，再又反问摄像和贺进明，"你们说是不是？"弄得贺进明和那扛摄像机的回答也不好，不回答也不好，最后只好装出点傻乎乎的笑意来。

老扯着屁谈，也不是个事，我有点儿性急，便道："掘堤的风险当然是村里承担，怕就怕……鱼塘有大损失，不晓得承包主会不会松口。"

肖货刚见沈敏也来了，便朝我说："你们俩去做做周正根的工作，如果确实造成了鱼塘的损失，你俩看着办，该考虑的就适当考虑，态由你们表。”

见了周正根，我便直话直说：“正哥，看来不掘堤是不行了，你尽量做些鱼苗防逃的准备，万一造成了损失，村上也会弥补一些。”

周正根冷冷一笑，道：“肖货刚打发你俩来做工作？好多地方百姓越受灾，官老爷越发财。”

听这话的语气，我明白他心里还在恨着肖货刚，避洪沟瘫痪了，全把洪水泻在水塘里，再就是昨晚肖货刚不太积极的态度正嫂准是跟他说了，事已至此，我心想再也不能撂挑子，便说了亮话：“正哥，这天灾人祸的，也不能全怪肖货刚，水不排出去，一决堤口，损失会更大，幸好现在堤外水还没涨，得抓住时机。”

周正根摇着头，叹息道：“说真的，我也知道别无他法，再不松口，恐怕会背上千古罪名，全组的所有秧苗子都埋在底下，真要是洪水进了村，我就更会洗刷不清，黄泥巴掉到裤裆里，不是屎也是屎。”

“对对对，正哥说得没错。”我暗自一喜，赶紧递烟，自己跟着接上火。

沈敏说：“正哥，你就依了志涛的，真有损失，我俩也会帮你适当考虑。”

周正根说：“我信得过你俩，拜托话就莫讲了。”

“哥！”我自己都不明白为什么会叫得这么亲热，“要不要跟嫂子通通气。”

周正根说：“这是我的家事，没问题，你们忙去吧。”

这边的事谈妥了，那边却还在扯着方案。

我刚到那，就听到摄影师在说：“真要是掘堤，村上领导怕是留个字据好。”都什么时候了，想不到他还能想得出这样的馊主意，这不禁让我想到老辈流传下来的那个故事，还真有几分相似：大半个世纪以前，这介山村里有一位姓曹的老书呆子，他自家着火了，须去邻家借用梯子灭火，便叫家丁笔墨伺候，并托人带字送去了邻家。“睦邻如面：寡人欲借两根之长长，数根之短短，以解赤壁之围……”结果呢？邻人愚钝，半天猜不出来。这曹大人最终是亲自出面，梯子借成了，而大火却燃到了屋顶。

“写写写……写啥写。”曹正刚已从堤尾过来了，冲着摄影师就是一句牢骚。

“你你你……叫什么名字？”摄影师脸一红，结巴起来。

“那你叫什么名字？”曹正刚反问道。

“我姓秦，秦始皇的秦。”

我琢磨着电视台这年轻人说不定就是秦局的自家什么人，不然是不会替秦局考虑得这么周到的，写不写协议关他摄影师什么事。

曹正刚像故意要逗那年轻人似的，偏又说：“我姓曹，曹操的曹。”

大家发出哄笑。

事情说定了，听完我的汇报，秦局“哦”了一声，便叫肖货刚赶紧安排掘堤，肖货刚立即通知一台挖机来掘堤，很快挖机就到了，仅半个钟头，就将决口处的挡水墙厚度仅留在两尺，只待指挥官一声令下，打破封口，这里就会出现排山倒海的壮观。

贺进明对着电喇叭高喊：“挖机赶紧撤离，人员请全部靠后。预备——开始！”他那姿势极像一个主管安全生产的矿长。

河旁机船上的四疤子和沛胖子、洪荣几个一拉系着横木的绳索，轰的一声便射出一股疯狂而又混浊的巨水，周正根夫妇试着用网子去横截决口，可那漂浮的杂物在旋涡中就像一群穷凶极恶的土匪，只呼啦一声，就把渔网冲出了堤外。水位急速下降，至傍晚时堤口终于全部复原。

四疤子上来拍拍手掌，朝我大声道：“洪水里玩性命的事，村长怕是要给我双倍记工才行。”我瞧他一眼并没搭理，我伸出了手掌，说：“把手机还给政府。”四疤子不自在地翻了一阵白眼，说：“走着瞧！”说完就愤愤而去。

贺进明临走时还记得要与我打声招呼，我笑道：“看你双眉朝天，两耳溜尖，天门均匀，地库饱满，运成理应不错。”

贺进明跟着笑了起来，说：“你眼皮时扯时眨，怕是要交桃花运了。不信你去照照镜子，印堂亮得很。”我佯作一副惊讶状：“真的？我单身多年，你是饱汉不知饿汉饥呀。”贺进明说：“放心，我不敢吹牛，给你找个女朋友还是没有问题的。”说笑间我们就散了。

第八章

第二天上午，村支两委的同志全去了移民局，秦局正满面春风，身后的小秦同样是春风满面。一落座，肖货刚便顺势将一个黑色的胶袋搁置在茶几的底板下。

秦局说：“黑胶袋提着，想腐蚀干部？”

肖货刚想模仿有些人的那种憨笑，却是笑得呆板：“没有……只是两条烟。”

“大局长，请放一百二十个心，要是这几包烟让你背上了受贿的罪名，这人，我们还用做吗？”肖货刚边笑边说。

“不要说得太随便、太轻松，几包烟？几包烟就不是问题？首先就是个认识问题，有些灾区的情况，你们根本不清楚，简直就是一分钱逼死个英雄汉。”秦局说。

“是的是的……我们还是人长志不长，下回定会学乖了。”肖货刚故意傻乎乎地用一种一本正经的语气，很容易让那些知根知底的内行听出其中的弦外之音。

秦局听着这话，有些不悦，却又不便上火，只是含沙射影道：“我秦某最爱直爽，听不得那些痒不痒痛不痛的阴话，有人说我眼尖，确实是真的，稍微吹点牛，蚊子飞过去，也能分清公母。”

秦局的目光，有如一根电焊条在超强超亮地闪耀。肖货刚不敢轻易凝视，早把头埋了下去，心里泛起了嘀咕。早知如此，他就不会图这嘴快活。

秦局举起茶杯喝了一小口，可能是水温太高，吸水声特别脆亮，而吸入的只有一丝丝。他说：“你们放心回去吧，这两天我会与进明同志商量好，绝对要给你们一个满意答复。”我见秦局起身有送客之意，便催了其他几位，说：“走吧，相信秦局，何况秦局一口吐出了金狮子，不会落空。”秦局硬要退回胶袋，几位便一窝蜂地走了出来，秦局也不想闹得沸沸扬扬，这才合上了办公室门道。

在家里，我有些无聊，便打强四电话，强四接了就朗笑一声，说：“兄弟，真是心有灵犀一点通，我刚要打你电话，你电话就来了，快来，我在热带雨林268房等你。”

热带雨林是县城名气稍大的一家茶馆，我应承着就去，很快驶动了车子。

敲门进去，强四正盘坐在沙发上，两杯绿茶正腾着热气，显然在等我。

强四待我坐下就说：“介山的抗洪抢险工作给贺进明塑造了光辉形

象呀！”

我问道：“你看了电视？”

强四点头说：“关键镜头其实只有贺进明手握喇叭的那一分钟，而讲解员却透过表面事物升华到其本质，贺进明由不畏强洪到细谨处事，无不把人民群众的生命财产摆在第一位。宣传工具千万莫小看，针鼻头的孔可吹成箩筐大的风。”

我听着高兴，嘴上却说：“上面没批办，结局还很难说。”

强四轻吐一口烟雾，说：“很快就会批个常务副镇长候选人，而且还是等额选举。”

我静思小许说：“改日贺进明得好好感谢兄弟才行。”

强四摇手笑道：“不用不用，我们还是谈点别的。”

我想着母亲种洋姜的事，便说：“你铜梁山那些荒山还未动，怎么就发动老百姓了？根据地还没确立，就已经全民皆兵了，你真对洋姜这么情有独钟？”

强四说：“洋姜的实用价值人人皆知。其实，它还有很强的药用性，现代研究发现它含有丰富的菊糖，它可治疗糖尿病，对血糖具有双向调节作用，现在糖尿病又称亚癌，百病中第二号杀手，而菊糖正式列入国家星火计划项目，所以对洋姜深加工生产菊糖，其市场空间也是无须操心的。”

我说：“我建议你还是先从它的食用价值着手开发，深加工是以后的事。”强四说：“那当然，效益和生存是实业的第一要素，我认为过几年白河旅游业还是很有潜力，洋姜就可考虑作为地方特产进行商贩。”

我说：“刘方林营造了一艘豪华游轮，而且还配备了几艘快艇，对介江旅游业应该有带动作用。”

强四使劲摇头，说："真正的农村旅游业是要吸收城市的资金、人才向农村流动，也就是说城市反哺农村，眼下，白河一带虽有好山好水，但人文景观严重缺乏，真要发展旅游业，必须把白河库区的城镇建设抓起来，游客来了，就会惊叹：哦！这里差不多成了小香港。简单说：就是我们这里乡村振兴还要跃上一个新台阶。老弟，你看见大游轮就以为是旅游业，是不是俗了点？"

我呵呵一笑，说："那四哥以为刘总会自讨苦吃？"

强四掸掸烟灰，慢慢说："刘方林底细我知道一些，早些年他办过场子，也经营过六合彩庄主，资金肯定积累了一些，如今游轮只怕是块牌子。"

正说着，贺进明打电话来了，他要我去方林茶馆那边坐坐，我边接电话边看强四的手势，最后就说："好吧，我一人正无聊，马上就来。"

强四待我挂了电话，说："方林茶馆的生意目前还算可以，其中暗下里有个股东是我姐夫的战友，此人能量还可以，不然单凭贺进明那点面子，他们的老婆哪能支撑下去？"

我记起贺进明也曾提过肖市长上月去茶馆坐过一回，这才恍然大悟，我起身告辞，说："我还没去过，今天也去瞧瞧庐山真面目。"

方林茶馆坐落在城北正中心，老板正是刘方林，五年前这一带还是农林菜园，车子在环城道上一过，随时可见灰尘弥漫，如今柏油路两旁都是绿色的植被包裹着，绿毯下偶然可见水珠在喷射。

开车不足五分钟就到了，贺进明正在大厅沙发上等我，见面言笑几句，贺进明就径直带我到厅子角落的一个茶座上坐下。"上了电视，怎么也像瞒私崽子一样？"我递烟过去，说："强四说你的事情基本妥了。"

贺进明缓缓淡笑一声，并不显得太乐观，说："这次抗洪，我根本未料到县领导会这么重视，尤其是戴县长在大会上还有意表彰了我和秦局，其实这都是我们的本职工作，当然，归根结底还是强总帮我打了扎实基础，不然，我这等无名小卒是轮不到戴县长点名的。"

我听着舒畅起来，忙说："兄弟之间理解就行，不要老挂在嘴边。"

贺进明断然点头，说："确实如此，下月我只要顺利过了选举那道铁门槛，再去好好重谢强总，现在我不想弄出风吹草动，请兄弟一定转告强总。"

我摇首而笑，说："兄弟别误会，强总也不是那种在乎这个的人，至于选举，反正是个等额，算什么铁门槛？"

贺进明挺直腰杆，转了话题，说："昨天秦局帮你们介山拨下 20 万元水毁工程恢复款，秦局的意见是村里留 15 万用于决口加固和机埠整修，另 5 万补偿鱼塘承包主。"

我千恩万谢，不住地说："领导英明，领导英明。"

正说着，一位服务员过来笑问要不要添水，贺进明点点头，又说："小玉你去拿点西瓜来。"服务员应声去了。

我瞧瞧她的背影，心头无故怦然一动，一套白绉绸质长裙裹在她窈窕身体上，再看她臂膀和颈项处的肌肤白嫩得很。

一会儿她用小盘托着西瓜碎片过来，双手撑着茶几边缘，笑问我："领导，还要点什么？"

"不要什么……不要了。"我脸上无意间微红起来，心想这女人气质宛若电影明星似的，怎么会下居在这等服务场所。

贺进明似乎看出了我的心思，开玩笑说："小玉，你和我老兄坐坐。"没料小玉果真挨着我坐下，她无邪的丹凤眼里射来柔光，轻声问：

“兄弟贵姓？”

“我姓尹。”我回答说，用牙签戳块西瓜放到嘴边，斯文地吃着。

贺进明生怕小玉没印象，吹捧了我一番，“介山村长，又是我兄弟，人格道义特别优秀。”

小玉从坤包里掏出手机，说既然都是贺总的兄弟姊妹，那就互相留个电话，以便日后沟通。我连说好的好的，立马与她互存了电话。

而后小玉莞尔一笑，便起身添水，我看她袅袅倩影，好久才收回目光。

“这还舍不得了？”贺进明突然敲着茶几说，“看来你真该找个女人了。”我后悔刚才稍有失态，嘴里却不承认，只说莫把兄弟看扁了。

贺进明突然正经起来，说：“你们一个单身汉，一个离婚婆，今日我特意给你们创造条件，你们多聊聊，我得走了。”我还未回过神来，他果真快速走了。

第九章

我与小玉并不感到突然与尴尬，都说出去走走。两人步子很是闲散，我找了话题，说："玉妹妹，茶馆待遇还好吧？"

小玉淡然笑过："什么好不好，说寄人篱下是过分了一点，但确实又说得上。"

前方不远处，悦心音乐酒吧正营业，我就说进去欣赏欣赏。

我俩进去找个空闲位置坐下后，一名女工端茶过来，问要不要酒类，小玉连说不要不要，我就说点一瓶啤酒，也算表示个意思，此刻一名点歌的女宾正在激情演唱：

海誓山盟还是分离，

哦，有没有一种爱不叫人流泪，

有没有一种情永不觉得累，

有没有一种缘来生还相遇，

有没有一种思念永不疲惫，

所以爱了总会分离，

所以累了就要放弃，

所以情到深处，

爱到最后，

只是游戏，

别太在意……

歌的节奏较快，伴舞的正有好几对帅哥靓妹，我不太喜欢这种强劲旋律，便倒了酒敬小玉。小玉迟疑了一小会儿还是一口饮了，霎时她脸膛就红润起来。“你老同学确实跟得上潮流，心机可能胜过你。”小玉不像讲酒话的样儿，突然又挑起眉头，说，“不过论厚道、大气，就未见得比你强。”

我不知她为何会说这话，未细想就说：“贺进明确实算块料子，我预料他官场还会有所突破。性格即命运，他好些东西我学不到。”

小玉苦笑一声，说：“女人与男人不同，女人命运却由不得自己的性格。”

我稍有不安，明白无形之间又触及了她的往事，便吹捧说：“玉妹妹算得上女中豪杰，今后绝对有所通达。”

小玉脸色平淡了，说：“诸葛亮曾说苟求性命于乱世，不求闻名于诸侯，我呢？一个女流之辈，只求安稳度日。”

我见瓶里还余下一大杯，便全部倒入自己杯内，未料小玉偏要分成两个半杯，并举杯敬了过来，说："你今晚只要了一瓶低度酒，既照顾了气氛，又尊重体谅了我的厌酒情绪，所以这余下的一杯我要求平分秋色，也算是点滴见肝胆。"

我立刻尽了杯，却不敢再要酒，免得她又要平分秋色，前台正有一对男女在对唱，旋律很有感染力，我们便携手入了舞池。

女：等你我等了那么久，花开花落不见你回头，多少个日夜想你泪儿流，望穿秋水盼你几多愁。

男：想你我想了那么久，春去秋来燕来又飞走，日日夜夜守着你那份温柔，不知何时能和你相守。

女：就这样默默想着你，就这样把你记心头，天上的云懒散地在游走，你可知我的忧愁。

男：就这样默默海枯石烂我不放手，不管未来的路有多久，宁愿这样为你守候……

不知何时我们已依偎在一起，我闻到她那沁人心脾的淡淡茉莉皂香，心潮澎湃起来，轻轻抚着她的腰肢说："玉妹妹没醉吧？"

小玉摇摇头，又是淡笑一声，问："你呢？"

我突然抱紧了她，说："我人没醉，心却醉了。"

小玉用手掌拍拍我胸膛，说："轻点好不？我骨头都快断了。"我半天还舍不得松开，这时歌曲完了，我们才牵手回到座位上。

不觉到了十点，小玉说也该回去了，我硬要叫个的士送她，小玉说："一寸远，走路舒服多了。"

我嬉皮笑脸说："那我就免费做趟保镖。"

到了城北一栋小区院里，小玉止住脚步说："志哥，你回去吧。我就在这四单元三楼，以后有空就来坐坐。"

我望望楼上那间没有灯光的房子，说："玉妹妹你先上去拉亮电灯吧，我在这里等一会儿再走。"

小玉扑哧笑了，说："志哥，你还真够憨厚。"

我玩笑道："对单身女人不体贴入微不行啊。"

小玉在我胳膊上拧了一把，拔腿上楼去了，不一小会儿就见三楼灯光亮了，小玉从窗户里探出身子，旋即又见她丢下一个东西，"老兄接住，早些回去吧。"她在上面叫了一句，便关了窗户。

我拾起，发现是几包高档的和牌香烟，心想这女人哪儿来这么好的香烟呢？这晚我睡得很香。

第二天，村支两委开了碰头会。肖货刚先说："移民局解决了二十万元水毁工程款，我觉得机埠和决口花不了多少，大家认为这文章如何做？"

我说："据我了解，其中五万是给鱼塘承包主的，周正根也积极配合了抗洪救灾，我看还是一分一厘给他。"

肖货刚话语很不隐晦，说："志涛，你同情人家，我理解，可老弟，你还得着眼大局，因为你这村长不是哪个家庭的村长，而是整个介山的村长，你说是不是？有些人求你办事了，喊你就是爷，事成了，他就巴不得油条发，到处找碴，轮到你喊他是爷爷了。"

我说："我正因为怕油条发，才想消除一些矛盾。讲句亮话，我跟他们既无亲又非邻，也不想去讨好卖乖，唯一想的莫让人家抓辫子。"

老吴说："争一争，辩一辩，在争辩中求真理，我看并非坏事……我提个不成熟的意见，就是实行折中主义，也是和着南瓜煮稀饭，二万五千块，一吨鱼的损失，我看也差不多了。”

我见肖货刚没吱声了，也不想把事情弄得太僵，便说：“村组办事好歹还得需要周正根这些党员组长支持，他确实损失不少，我建议再加五千，一共三万。”

肖货刚轻叹一声，说：“好吧，三万就三万！我并非对周正根抱什么成见，只是希望他分清楚好歹，莫唱反调。只要不去乱告，多给一点无所谓。”我明白此话的含义，肖货刚希望有人去摆平周正根。

忽然肖货刚手机响了，他按了接听键：“喂，接村上的同志吃个便饭？噢，那好那好，免费午餐还不好？哦，就来就来。”电话是刘方林打来的，肖货刚说他今日游轮开张，大家就给个面子，我问要不要准备红包。肖货刚犹豫片刻就说多少做些准备，看情况再定。

老吴却硬说周家湾有几头母猪正发情，他得赶公猪去，肖货刚调侃了几句，老吴便干笑几声独自走了。

第十章

·

三人上了车，半小时的车程就到了，我放眼望去，只见河边一百多米长的地段，已经溜溜光光地硬化了，一层层石级已是整修得规规矩矩，心想这刘老板眼睛虽是小了点，办事却不小家子气，说干就干，只怕他这次经费少说也得几十万。沈敏掏出手机拍了全景。

刘方林早就候在码头边，他今天着装很讲究，白短衫上配了根耀眼的红领带，头发是油抹水光，肖货刚走在前面，过去握手，边握边拍刘方林肩膀，说："呦！老弟越看越像个少爷公子，这头发，只怕是蚊子爬上去都要拄拐棍。"

刘方林一个劲地眯笑，脸上流光溢彩，我在尾后正准备点鞭炮，刘方林却赶忙喊："尹村长，莫点莫点。"又上前解释道，"老弟，你看地下哪有半点烟花纸屑，今天来的都是几个兄弟，客气就免了，越响动越到船上待不住。”

我一瞧地面，确实如此，便赶紧卷好鞭炮，交给刘方林，道：“好的好的，罩着发，恭喜刘老板发闷热财。”刘方林听着像鸡啄米似的点头谢过。

游轮真够庞大豪华的，二十来米长，七米多宽，分上下两层，全用栏道围着，里面设施和宾馆大致相同，船旁还卧着两艘快艇。大厅里早就有几桌客人了，有几个县乡领导我是认识的，此回相互瞧见也只是点头微笑而已。

刘方林把我们三人带进一间包间，说：“时间还早，今天一切免费，尽管玩，搞什么活动才合你们的胃口？”

沈敏站起身向门外走去，到了门口，她反过头来道：“刘老板，我随便走走就行，你给他们二位安排节目就是。”

正说着，贺进明夹着公文包朝码头边踱过来了，洪荣跟在后边，刘方林赶忙过去迎接，我见肖货刚尾随去了，心想自己和贺进明的关系还要近些，不跟着下船去，是有悖常理的。贺进明却并不急于上船，和三位寒暄几句后，便细细地打量着新建的码头，而后又用那双擦得乌黑发亮的皮鞋蹬着石梯，道：“刘老板，你雷厉风行，码头修得固若金汤。”

我突然想到学生时代的贺进明写作时有个嗜好：老爱照搬成语，眼下既是雷厉风行，又是固若金汤。

刘方林听着自然欢喜，赔上笑：“哪里哪里，为我自己打牌子的事，不做得出色点不行啊，不瞒领导们，早两天我还跟那几只破机船打了招呼，叫他们泊船注意点，再不要乱撞乱靠，把好端端的一条风景线破坏，至少不能白费贺站长和上级领导的一片心血，是不是？”

贺进明听着却严肃起来，道：“刘老板，你千万莫把这话题往我身上扯，今天是肖书记和志涛听了还不太碍事，要是不知内情的外人听了，不以为真是我贺进明包庇了什么？我仅仅在街口村委会的报告上盖了个章，真正的中流砥柱还是县局领导。”看得出来码头批建方面贺进明是尽力了的。

“对对对，贺主任说得没错，这是街口村的公益建设，我只是牵个头而已。”刘方林说，又朝船上一扬手，道，“客人都来得差不多了，先上船吃饭吧。”

席间觥筹交错，刘方林礼节性地朝客人敬酒，贺进明也各敬了肖货刚和我一杯，同桌的两位年轻人可能是船上的杂工，不太爱说话，就连酒杯都不曾举几下。

肖货刚喝酒海量，怕气氛上不来，便举杯敬贺进明，“来，主任，今后介山的事不但要靠你多关照，而且还要托你帮着向县局多做些穿针引线的事。”

贺进明一口干了，话说得很是谦虚：“肖书记，说实在的，可惜我手板小了点，不过，上回志涛跟我提了水渠整修的事，我已经向秦局做了汇报，他答应下批经费中再帮你们解决八十万，我要提醒你们这些土地爷，香粉莫打在胯里，水渠整修是里子功夫也是面子功夫，一定要做得整洁光滑、美观规范，当然，你们还得向水利局伸伸手，民生工程嘛，他们不可能不管。”

肖货刚很是感激，说：“水利局专项解决了小农水经费六十万，正愁不够哩！到时，村里会按招投标方式承包，一定不辜负贺主任的一片苦心。”我连忙说：“肖书记今后你得改口了，进明同志很快是贺镇长了。”

肖货刚听着却并不惊讶，大概也听到了这方面的消息，只是连说恭贺恭贺。

我一仰头，便瞅见厅子中央的餐桌边坐着白河镇派出所的钟建国所长，他那身警服没准就是新的，特别耀眼。

这天，我去儿子奶茶店，刚摁下车玻璃，在街道拐角处，就有人喊着尹叔，回头一瞧，是英子！只见她坐在地摊的小木凳上，前面摆着些蔬菜、干鱼之类。

“英子，你摆摊来了？”我近前几步，记起今日是集，新手机用小链拴挂在她胸前。她立身微笑道：“尹叔，拿点蔬菜回去吧，没淋过农药哩，治虫都用辣椒水。”我笑着说行，一定要给钱，英子急了，说：“叔叔您要是给钱我就不卖。”我看她一脸的执拗，收下了。英子兴奋得没法形容，说有空就请我去她家做客。我点点头，走了。心想英子既知艰知苦，又仁厚聪颖。好丫头啊！

进门尹剑就过来接菜了，还低低地叫了声爸，眼睛却不敢正视我，让我心里不禁泛上疚意。他黑瘦多了，却显得成熟些许。

“咋就瘦了？”我勉强笑了笑，总感觉这几年父子之间缺少心灵上的沟通，在尹剑眼里我仅仅是一个普通的长辈而已，根本嗅不到那份浓浓的血肉之情，我与儿子连暖言暖语也罕之又罕。“是不是在店里受苦了？生活不容易啊！”我在儿子肩上拧了一把。

尹剑摇了摇头，说是还扛得下去。

店里有些零稀的顾客，一个衣着朴素的女孩端茶过来，朝我微笑说：“叔叔，请喝茶。”

我心头一热，很是为儿子高兴一把，待女孩拿菜去厨室那边，便问她姓啥名谁。

尹剑愣了片刻，说是小舒。尹剑瞅瞅厨室那边，又用极低的声音说：“小舒这次逃学回来了，她硬是不想在省城那家民办医学院再读下去，我劝她不住哩。”

我哑了许久，这才瞧儿子一眼，发现儿子这几年似乎学了不少东西，以往他与他娘贴心一些，这个我很清楚，便说：“你一定要告诉她家里人，万一小舒的父母反对这事，那你如何向人家交代？”尹剑喉结抖动了一下，就蹦出一个“哦”字。

小舒给我们煮了一些很丰盛的饭菜，但只给自己弄了些粗粮，有糙米、玉米之类，我忙问缘由，尹剑望望小舒，欲言又止。见状，我也不再多问，不时给儿子夹菜，尹剑嗯过一声，算是谢过。

第十一章

刚吃过，周正根就来电话问我在哪，我说正在县城里，还发了位置过去，未想周正根很快就来了，见他提着把雨伞，我这才意识到外面下小雨了，便问："正哥，今天还在县里？"

周正根反掠一下蓬松凌乱的头发，说："我女人那病又犯了，在人民医院住院，我抽空过来问件事。"

我竭力保持着镇静，说："请讲，什么事？"

周正根说："昨晚有个怪短信发在我的手机上，说鱼塘补偿不止三万。"

听话意周正根理应并不清楚底细，我便试探一声："正哥你查了号码没有？"

我心想这分明就是废话，人家既然不想暴露，肯定就会使用那些临时通讯卡。

周正根说："电话反拨过去没人接。不过我相信人在做天在看，谁要霸占，谁的老母亲就难得穿铁裤。"穿铁裤是白河土话，意思遭人咒骂。

我心情反倒是松了些，忙说："嘴巴两块皮，说话无定期，我手机经常来短信，说我中了大奖，要我先邮百分之五的税款过去，能信吗？"

小舒又端上热茶过来，周正根点头谢过就把嘴唇凑到了杯口，他吸一小口，就说："这几万块钱，我敢断定老弟绝对帮我磨了不少嘴皮，我并非不识好歹。"

我诧异地看他一眼，不知说什么才好，而心里已是忐忑不安，沉默良久才说："留得青山在不愁没柴烧，以后能帮的我尽量会帮。"

"那晚停电，我一直怀疑肖货刚和洪荣是串通一气，故意捣鬼，当然这是我猜测的。"周正根又喝一口热茶，看来他真渴了。

我说："那样的黑心事……应该不可能吧。"

周正根说："那晚，洪荣说是高压线路出了问题，可第二天天刚亮就来电了，未见得电管站的工作人员在半夜检查出什么问题，相信也不会冒雨去抢修线路。"

我说："或许也有短路的可能性呀？"

周正根说："天刚亮就不短路了？怕有神气？但话得说回来，不能说一定，也不能说不一定。"

我努力回忆着那晚的情景，也想不起什么具体的细节来，只记得那晚雨太大，夜太黑，而肖货刚睡得挺早，连话筒都搁在旁边……

周正根还是很渴的样子，我又帮他倒了杯水，再道："正哥，你不要再去纠缠那条纠缠不清的信息了，好不？"

周正根又提起村账，听口气很是严重，他说话时没少用手指比画："肖货刚胆子不小啊！一笔五万元的开支，他就在白条上批示：经村支两委研究同意。既没有注明具体事情，也无明确去向，仅仅村干部签名，严重违纪违规啊。"

我说："以前的账务我确实不清楚，怎么没用烟酒或土产品之类的发票冲抵？"

周正根半咳一声，说道："我估计有两个原因，其一，这二十多万中，这类开支已经不少；其二，他自以为威信高，没人质疑，万一不能侥幸过关，再找个理由推却。"

我明白此事最终只有两个可能，要么填补这个漏洞，要么说清楚具体去向，想了想便说："既然村干部签了字，就说明肖货刚并未据为己有，今后纪委会摸准情况的。"其实，说这话的时候我心里已明白八九分，这几年介山村引入资金不少，必定是有些猫腻。

我说："正哥，你先把嫂子的身体治疗好，这些烦心事以后再说。"

周正根起身说好，撑开雨伞便回医院去了。我站在门口，外面正下着小雨，上空还偶尔响起沉闷的雷声，店里似乎有点闷热，我突然想到街上去逛逛，便在门后取了雨伞。踌躇小许，我还是开了车子。

沛胖子突然打来电话，声音高高的，听语气很是气愤，"村长，那个刘方林是不是太霸了？那天在我店里吃饭，我看他就不是个好东西。"

我听得没头没脑，忙问："沛哥，没什么过节吧？"

沛胖子说："介江上游新修的那个码头，他霸蛮要收每条机船的停靠费，说新修码头的款子都是他私人掏的腰包，这些款子他就会按月分摊到要去泊船的船主上。他太缺德了，谁叫他去修建码头，原来不修不是一样泊船吗？再说那是公共地带，他姓刘的有什么资格一手遮天？"

我心里明白沛胖子没有机船，七八只机船都是外村的，可他兄长曹正刚店里的生意如何完全取决于这些水上工具，一旦码头费的收取吓怕了船主，那曹正刚的农家乐风味馆将会门前冷落鞍马稀，我想了想，便道：“沛哥，我晓得你是为船主抱不平，不过我不相信那几个船主就都是草包，不会联合起来告到上面去？”

沛胖子在电话里叹息几声，声音渐渐低了：“老弟，我正跟你一样的想法，主张他们去告，可他们都畏首畏尾，主要是他们也有把柄让刘方林抓住了，这几条机船平日里都是小打小敲的碎生意，一直都舍不得去办理营运证，更交纳不起每年的航监管理费，可不管怎么说，也轮不到他刘方林来当这个霸主呀？他手下那个飞豹子仗着势力大，还把李家村的那个船主打得面青目肿，太不人道了！村长，我希望你能联合其他几个村的领导去找找政府，要不然至少会影响我们下游几个村的水上交通啊！”

我心里不无愤慨，话却说得很有分寸：“沛哥，我心里有数，钓鱼不在急头上，不过有一点我实在解不透，正如你说的，原来不修码头同样可以泊船，那些机船干吗不换个地方泊船？顶多远几步。”

沛胖子赶忙解释道：“正因为他们做绝了，河边原来的那条人行道口已被刘方林用石墙拦得死死的，现在正在砌建所谓的公共厕所，只怕街口村的领导完全被他收买了，有人去盘问，那些混账领导居然说，你不要屙屎屙尿？地界属街口，哪条犯了你？”

我哑了半晌，待那边“喂喂喂”了好几声，这才平静道：“好好好，我抓紧去打听打听。”

挂了电话，我哪能平静，心想刘方林真太狠了点，原来他玩尽心机要办理码头的批建手续，并无别意，只想独揽业务，不知事前肖货刚是否知晓，按说他和贺进明一样都不会料想到会有这种后果，再细细思量，突又记得游轮开张那日，难怪刘方林会放出那风，说是不准几条破机船再来乱撞乱靠。当初谁也没有在意这话，甚至连我都以为他刘方林真要好好爱护这个公共场所，没想到他竟打这种主意，想了老久，我终于还是拨通了肖货刚的电话。肖货刚一接话就说："志涛，我晓得刚才沛胖子给你打了电话，是那事吧？"

我没想到肖货刚一开口就是直接进入主题，弄得自己倒不好立即激愤陈词，只道："是啊，他也跟你说了吧？"

肖货刚冷冷地笑过，道："你认为呢？"

不知怎么的，被他这一反问，我突觉得在事实未完全清楚前不宜过早地去痛斥刘方林，人家再指责我轻信一面之词，我不理亏了吗？再说，姓刘的毕竟是他表弟，沉吟片刻，才道："如果沛胖子说的全是真话，那么刘方林的做法是过分了一些，书记你想想，谁不想混口饭吃，总得网开一面，给人家留点余地，是不？"

肖货刚缓了缓，语气很是深长："志涛，现在什么社会啊？虽是和谐社会也是竞争社会啊，沛胖子兄长那个饭店毕竟还是个不太成气候的小饭庄，可喉痛手抓不得，不是我俩不去帮他啊，再说水上这条线路暂时有点'接触不良'，可岸上公路照常可以招客去吃他的农家乐呀，刘方林有鬼点子，他沛胖子就没有？"

我感觉手机壳体有点微热了，不想再多说，只是哦了一声就挂了电话。抬眼看看，竟不知不觉到了芳林茶馆附近。

第十二章

我突然很想见见小玉，却又怕熟人遇上会笑我一番，便停下打了小玉的电话，小玉片刻就出来了，今天她穿了一件鹅黄色长裙，蓝蓝的天空下，显得更加柔和恬静，她微笑着仰了仰下巴说：“进店坐坐吧？”

我憨笑一声，说：“要是贺进明撞见了，不说我重色轻友才怪呢。”

小玉甜笑起来，说：“重色是男人本色，轻友就不对了，趁你还没进入角色，我建议你最好不要投入，免得今后全是伤感和无奈。”

正说着，贺进明便来电话了，兴奋地介绍着今日镇里的选举情况，鲁刚同志任镇长，原来镇长调任县街道办任主任，何春潮同志提升为人大主席，最后贺进明才说了自己，“想不到今日还能满分中选常务副镇长，还得感谢代表们的抬举和兄弟们的厚爱啊！”

我连连道喜，又说：“实至名归，理所当然。”

贺进明在电话里轻轻笑道："晚上来方林茶馆喝上一杯吧。"

我欣然应允，还笑话他贺镇长应该把庆功酒弄得热闹点，贺进明便笑道："不要老是什么庆功庆功，一点素质都没有，你早点过来就免罚。"

我嘿嘿笑着，却问强四是否也邀了，贺进明说强总邀了，可惜他实在没空，只能改日专程拜访。

下午，我在街上逛了老久，傍晚才推门进入会餐室，正见秦局长、向书记坐在中央，两旁依次排着小玉、何春潮、贺进明、钟建国，我刚到桌旁时还有几分腼腆，贺进明赶紧招呼我坐下，又丢了包和牌烟过来，我便微笑着一一朝领导点头问好。好在平常偶尔都跟在座的领导打过几回交道，彼此间也算得上是熟人了，这时小玉端茶过来："村长，请慢饮！"她微微笑道，在回身时她手指头不经意地在我脊背上轻轻滑动了那么一下，我心里顷刻一片暖热。

很快开席了，贺进明先尽地主之谊，举杯敬各位，话里免不了感谢各位的厚爱与栽培，众位见主人一口尽了杯底，也就一口干了。

贺进明举杯再请大家一起来，乘着酒兴，他讲起了一个段子：一名老汉在电梯里见一名花枝招展的靓妹紧紧靠向他，他暗暗高兴，不想退避，不料出了电梯后才知钱包不见了，这老汉没地方出气，只能气恼地大骂那个女人，说原来怕那个女人是个作风问题，没料还是个经济问题。

大家一阵嬉笑。

大家相互把杯子碰得叮咚响，都一口干了。

酒喝得尽兴，大家都没胃口了，贺进明提议晚上玩点小牌，消磨一下时间。

大家动身了，我便辞让不去，贺进明犹豫一会儿就朝小玉说："带我兄弟去茶座里喝杯茶呀。"

小玉说："你兄弟好招呼，你们放心去忙就是。"

领导们出了门，小玉说："志哥，你今天喝酒稍微有点过头，走吧，去我房间休息一会儿，今天帮我解围也算辛苦了。"我跟在她身后，不一会儿就到了五楼，小玉开门进去，说："这是我的休息室，没人来打搅。"

我热血沸腾了，突然抱住她狂吻起来，小玉被吻得喘不过气来，慌乱中挤出话来："等等，让我冲一冲热水澡，今天真有点醉意了。"很快浴室里哗哗的水淋声停下了，取而代之的是吹风机的呜呜声……

第十三章

肖货刚早就在外面放了风，说水渠整修工程非得按照投标方式承包不可，工程虽然只有一百来万，肖书记的态度却是非常严肃的，他说小农水工程不做好样板，路灯和全线公路提质改造就更会出乱子，我接了电话后自然不敢怠慢，赶忙去了肖家。

肖货刚把热茶递上，面对面地朝我坐下，两人的膝盖几乎快碰到一块。“为了免除一些不必要的麻烦，我想先与老弟决策好，再去传达给沈敏和老吴，毕竟我俩牵头是同船共性命，只能万无一失啊。”肖货刚语意深长，而后还说，“农开办领导也答应给我们解决部分资金。”

我说：“书记你抓全盘的，我划船听鼓响，你说怎样就怎样。”

“哪里哪里，行政法人还是你哩！一家就莫说两家话。”肖货刚微微一笑，又道，“志涛，我俩没任何隔言，你说句实话，水渠投标的事你想不想插手？”

“怎么插手？”我不明白他话里的真意，就只能把话说得含糊些。肖货刚听闻，说：“真想插手的话，我们就必须拧成一股绳，使用那套新法子。”

新法子我早就耳闻了，现在各处也在偶尔推行。这种投标方式既有利于意中人中标，又不会在投标时死压标价，一般都在事前和公证机关或主管部门衔接好，定妥标底的上下浮动范围，高于或低于这个范围，都作无效投标处理，最后确定中标的方式是取平均值，离这个平均数最近的就是中标数。

我心里还没多大把握，只道：“老兄，你打算把工程定给哪位？”

肖货刚直言道：“洪荣。我脑壳里酝酿过好久，总感觉定给他要稳妥些，其一，他有这方面的施工经验，工程完全能应付；其二，洪荣家底子还算勉强，能垫付工程费用。”

我客套了一番，说：“怕只怕泥巴里生刺，我们好比是台上演戏的，群众好比是看戏的，现在看戏的越来越精，真要是看出了其中的鬼名堂，这台戏恐怕就不好收尾。”其实我心里一直抹不去父亲留下的那层阴影，虽然时过境迁这么多年，而深入骨子里的那些点点滴滴却磨灭不了。

肖货刚感慨起来，说：“这‘官’字，头上一顶帽，上一张口下一张口的，可以说两套话，做两种人。你说当干部的，是当一个墨守成规、不办实事的好，还是当一个敢干敢闯、于公于私都能博得双赢的好？”

我思索一小会儿就说：“我们村干部，哪里谈得上官？我觉得不愧对良知就行。”

肖货刚愣了一小会儿，叹了声粗气，道：“志涛，你莫以为老兄真就是条见钱眼开的贪虫。我对你没任何隔言，也把你当作老弟看。确实，对于我俩来说，本来谈不上什么官不官的，仅仅是两个通讯员，可麻雀虽小，五脏俱全，人家还是把我们这两顶草帽儿当成了当地的土官。你看，我俩一直奋发图强，肩挑重担，为民做主，是不是？但是，你能说我俩在台上演戏就没有问题？哪怕是一点小小的经济问题。”

我沉默不语，只是望着肖货刚薄薄笑过。

谁知肖货刚突又问：“古月和唐国强都是扮演毛泽东的特型演员，那你认为谁的演技要高出一筹？”

古月和唐国强倒是我熟悉的两位演员，说：“我认为各有千秋，唐国强扮演毛泽东最出神入化的地方在于眼神的深邃、博大、宽远而又意味深长。而古月扮演毛泽东最精的地方在于口音的惟妙惟肖和手势的挥斥方遒，当然，演技究竟谁高谁低，不是我们这些常人所能评论的……你说洪荣出面，不知洪荣嘴巴稳不稳？不稳，一旦纸包不了火，他乱咬起来，我们怕是吃了桐油要呕生漆。”

肖货刚若有所思，略一会儿，才道：“洪荣仅是棋盘上的一个卒子，只能进不能退，也杀不了自家的老帅。当今社会越想把事情做诚实，就越易惹出此地无银三百两的祸水来。”

我见肖货刚把心里话说到这份上了，便点头说：“好吧，一切尊依老兄的。”

窘了片刻，我就以试探的口吻说：“肖书记，为了大局，也为了长远目标，你能否单独与周正根沟通沟通？事情一旦发酵就难以收拾啊！有时看似没路了，其实是该转弯了。”

肖货刚略微沉思，说：“开弓没有回头箭啊，这次我是靶子，他是利箭，靶子允许利箭射中，但绝不会被射倒，我不会妥协，也不需要妥协。”

我说：“肖书记你是我多年的兄弟，我一定会为你两肋插刀。”

肖货刚点了点头，笑道：“这个时候，千万莫往我两肋上插刀。”

我听着反感，却无言。

第二天，肖货刚把几位村干部叫到屋里，关于水渠投标的事他谈了个人思路及部署，沈敏和老吴也仅仅是听听而已，出不了什么新点子，我自会应和几声。肖货刚最后说：“老吴是根老笔杆，投标事项一定要公示下去，相信你的文章会滴水不漏的。”

老吴却是谦虚，说：“人到老学不了，不过别人讲得出的事，相信我就写得出，我们这些人是蠢不蠢乖不乖的，要说蠢就当不了这草帽官，要说乖就不会当这草帽官。”

没过几天，我发现此事远没有肖货刚想象得那么复杂，参与投标四名对象中就有三名是洪荣自家队伍里的，再有那套新法子实施下去，其结果就不言而喻了。最后沈敏轻声说了句笑话：“三人合了帮，不怕弱者不进坑。”这话让肖货刚脸色铁青，我心里明白沈敏是抑制不住为洪荣的胜利而兴奋，并非肖货刚理解的那层意思。

回去的路上，沈敏坐在我车上说：“正嫂说她四十多了，不想再去住院做手术，人总是要死的，三岁孩童也是死，八十公公也是亡，何必再拿票子到医院里去打秧一样。她说风湿性心脏病，要到心脏上换零件，少说得七八万，她家男人再也经不住这样的折腾了。我差点哭了，幸好正哥态度坚决，非要去医院不可，我才答应借两万元给他。”

我听着难过，嘴上却是说得随意：“你老公在外面当老板，是该帮帮正嫂。”

沈敏叹息几声，说：“外面人都说我老公是个铁夹子，钱包里的票子金钓都钓不动，这确实是真的，只可惜他太不适应潮流，去年他结算完一个工地，竟用蛇皮袋装了十万块上火车，袋子脏得不能再脏了，车上根本没人敢去碰他，你看看我男人……怪不怪？”

我也不知道该怎么接话茬，讪讪笑了笑。

行了一段，便瞧见沛胖子兄弟那家风味馆，我停下车，正见店门关着，路旁已杂草丛生，几只青蛙在草丛中跃来跃去，心间不免惋叹几声，多好的一家农家乐风味馆，就这么不知不觉地荒芜了。

第十四章

贺进明硬要约我去山庄会会强四，我推辞不掉，只好答应去。在路上，贺进明边开车边说：“强总为我费了不少心血，我没别的东西去表示，只带了一个石盘子。”

“石盘子？”我愣头愣脑地说，“你发癫吧，送石盘子什么意味？”

贺进明说：“就在你座凳下面的纸箱里，你先瞧瞧，小心点哟！”

我弯腰开了纸箱，果真见到一个非常精致的盘子，如果不凭手感，单凭眼光，感觉它完全就是用很细很细的竹篾编织而成，很难想象这是石雕，从精雕细刻到仿物润色，无不形象逼真，活灵活现，内外两壁清晰可见篾条错落有致，轮廓分明。

“神工啊，真是神工。”我一边赞不绝口，一边小心地把它捧在手里观摩。

贺进明微微笑道：“莫小看这十多斤石头，真要是花钱去买，只怕不会少于四万。”

我暗吃一惊，便半真半假地说：“这么贵重的礼物你也舍得出手？不过，我劝你别这样，强总讲究的是义气，历来对财物看得稀松，我们去山庄与他多聊聊就行。”

贺进明说：“强总是有名的石榴大王，这盘子摆到他客厅里盛装石榴最配调，或许今后还得劳烦他。”

我说：“强四万一不收，你就不必勉强，他是个拗脾气，我清楚。”

不多时到了山庄，强四早就接过我电话，知道是我们来了，便出来接客，贺进明过去握手说：“强总，厉害呀！”稍后，贺进明一手撑在腰间，一手指着那看不着边际的一层层石榴树说：“搭帮这些摇钱树，白河镇在网上才出名，政府得好好感谢强总才是。”

强四谦虚道：“哪里哪里，我好比是个冬瓜，空架子大得很，剖开里面看不得。”

山间突然回荡着音乐，我仔细一瞧，原来是石榴树下一些小喇叭在作怪，这时就见山间人头攒动了，刚才他们在树下劳作，很难瞧见，音乐一响定是收工了。

“哪是空架子？你看到处都是伏兵。”我笑道。

“沛胖子饭店都不搞了，前日也来了山庄。”强四说：“这天杀的生来就一副铁骨子，晚上不是扛着网子去河里捞鱼，就是扛着录音机去铜梁山捕鸟。”

我清楚沛胖子一心想赚钱，在经营沿江风味馆以前他什么都敢捉，蛇类、青蛙、野兔、田螺、野鸡、乌龟……只要被他捉住就会被拿着去赶集，却未曾想到他还能用录音机当作新式武器，便问强四怎么个捕鸟法。

强四说："鸟类声音的磁带一放，好多鸟就会来，晚上鸟类看不清网子，结果就是死路一条，猫头鹰、斑鸠、乌鸦……都有。昨天，我严重警告了他，不能再捕杀野生动物，这是犯法，他应该会听的。"

我轻叹一声，说："沛胖子饭店关门了，也是没有办法呀！"

"走走走，到厅里喝茶去。"强四说着就在前面引路，贺进明小心翼翼地端着石盘子进来，边放边说："强总帮忙不少，我贺某永铭于心，这块粗石就算是我的一点心意。"强四近前几步摸了摸，说："进明，既然你是志涛的朋友，也就算是我的朋友，不必客套。"

贺进明递上烟，说："我们几个既然都是信得过的兄弟，就该爽快点，我没带烟酒之类的俗物，你就给兄弟点面子，好不？"

强四沏上几杯热茶，说："进明，我是不瞒你说，这昂贵的工艺品送给我是毫无用处。"

贺进明见状，也就不再说些什么。山庄里办了伙食，三人先是对饮一杯，强四来了兴致，又朝贺进明举了酒杯，说："来，再敬进明老兄，祝兄弟步步高升，好比是箩筐里发豆芽，罩都罩不住。"

贺进明脸上怒放着快意和荣耀感，话语却不像酒话："感谢强总！"

强四憨憨地点头笑笑，说："进明老兄上进心蛮强，相信会在不久的将来继续高升。"

辞行时，我和贺进明都有些半醉，强四虽是醉眼迷离，头脑却是清醒。他拍了拍我肩膀说："这一带的水上文章还做得很不够，尤其是历史人文与水上风光没有真正利用起来，你们瞧，河中那个荒岛少说也有五六百亩，过去曾国藩还在这里训练过水师，还有湖南水师提督曹志忠正是我们白河人，他曾经在台湾基隆抵抗法国侵略者有功，回来常常带兵在这岛上练习哩。好好的一个龙岗洲，好比是我们介山的小澳门，荒着也是荒着，我想把那里租赁五十年，按正常的旱土价格，你们村里迅速商议一番，拟好租赁合同，我相信这里能旺起来。”

正说着，刚刚近前的朱怀云就拍起了手掌，说：“介山多出几位强四就好啦！可惜啊！年轻力壮的小伙子差不多出去了五分之八。”众人听得没头没脑，强四这才记起这位德高望重的老爷念书念得极少，过去在任职期间还留下了很多笑柄，便忍住笑意，说：“老书记，五分之八是没有，八分之五或许差不多吧，记得我当生产队队长那年，您大肆动员剿杀田间稻飞虱，说要杀个户横遍野，我想纠正为尸横遍野，您老倒好，来了个急转弯，还说我觉悟不高，说什么一个一个的死还不行，要一户一户的死才上瘾。”

我口里叫着朱伯，老底却继续揭下去：“有些社员还经常回忆，那时候的林业批砍报告一审批就是同意宰杀朱怀云。”

朱怀云双手反剪身后，坦荡地骂了强四和我，又憨憨笑道：“我念书时没见过标点符号，一代胜过一代啊！不过，我朱氏先辈尧阶十五爷算得上湘中名人，也是曾国藩的至交和亲家，我身上流的就是尧阶十五爷的血脉哩！”

此话倒是一点不假，朱怀云委实是朱尧阶的第十代嫡孙，强四便说：“我看过《曾国藩传》，多处提到过朱尧阶，很是敬仰！”

闲扯一番大家就散了。

我想着龙岗洲租赁合同的事，去了肖家湾。

听罢，肖货刚猛拍膝盖骨，说：“好事，天大的好事，对对对，这个合同范围广、时间长、金额大，正好要发挥民主理财、民主监督的积极作用，上次朱怀云就叫我们莫玩花架子，我看就请他来，还有曹正刚……也是可以的，今后办事，我们尽量多扎几个毛人。”

毛人本是庄稼汉用来吓唬鸟类虫雀的稻草人，其实就是虚张声势之意，我听着很不熨帖，本是正儿八经的事，怎么能说扎“毛人”呢。

寒暄一阵，看时间也不早了，我正欲起身告辞，未料肖货刚突然问起周桂开：“听说周桂开同志病情加重了，你去看过没有？”

我不禁愧疚万分，好久就想去，可老是拖挨着。“不说则止，我现在就得去。”我边起身边说。

早就听说周老中风后生活一直不能自理，全凭他两个女儿及女婿轮流照护，猜想周老怕是不久于人世了。我不一会儿就到了他屋前，敲门进去，想不到曹正刚、二猛子、周正根都在里面，房里凳子少，大家都起身谦让我去坐，我笑道：“先到为君，后到为臣嘛。”

随即我立身到周老床前轻唤几声老主任，周老没精打采地微微颔首，眼角分明也绽开了些许笑意，我猜定周老心里还是明朗的，只是嘴里说不出话来，细瞧他手臂上的那些血管，仿佛就如地球仪上的经纬线那么交错盘节，而黄褐色的牙斑更是清晰可见，大概周老好久都没法与牙刷打上交道了。

不知他老人家是否还有未了的心事，我请周正根到外面把这想法说了，周正根思索一阵就说：“我叔父管过建校账务，他历来公私分明，就怕他人一死就会出现动机不纯的……”我明白这话里的意味，却又不好怎么说，犹豫再三只是道：“幸亏你叔没管过现金，按说经济问题跟他是挂不上钩的。”

二猛子、曹正刚跟着出来了，二猛子刚才定是怕打搅周老就一直憋着不言，一出来就骂起了粗口：“村长，花船要独霸码头，我们十几户的网箱鱼出货都成了问题。”

往常街口赶集时，养鱼专业户总爱把那些大顾客约到码头边，然后通过渔船从网箱里转运出鲜鱼，既便利又轻松，我未想到刘方林修造码头还会影响到这些养殖户的利益，一下真不知如何回答是好。

“二叔，你有话就慢慢说，骂人是骂不清问题的。”我说出这话觉得称呼弄错了，人家外号二猛子真名姓洪，理应称洪叔才是，窘了窘，我再道，“我希望你们去上面反映情况时，要实事求是地摆道理、讲法规，不必说某某某镇长之类。”各位不语了，都在细细嚼着我的话。

第十五章

没过几天，为合同的事，大家很早都到了，强四递完烟就说："各位先看着合同，共同斟酌一番。"

肖货刚说："志涛、沈敏，你们年轻人眼珠尖些，文字要看清看细，内容要吃深吃透。"

肖货刚领先签了，大家便轮流签下去，轮到朱怀云时，他揉揉眼睛说："我眼睛有些花，手又打战，吴会计请你代劳一下。"

老吴嬉皮笑脸说："我哪敢篡党夺权，您老书记手脚再不灵活也不要紧，反正孔夫子不嫌字丑。"老吴话虽这么说，字还是帮着签了。

肖货刚阴着脸笑道："老吴赶公猪责任重大，你要人家的仔猪长得嘴巴短点就派土公猪出场，你要那些小畜生长得嘴巴长点就选派瘦肉型公猪，一手神脉全是你吴老倌掌控。"

朱怀云接上话："洪荣这小子确实连畜生都不如，水渠工程做得像豆腐渣一样，石头基本都是风化石，经不起几年的日晒冰雪，你们村级严重失责啊。”

曹正刚说得更是难听：“恼火的是洪荣不以为耻，反以为荣，我当面提醒过他，他倒说水渠不是核电站，过去是开荒为田，现在是退耕还林，瞧瞧，这种嘴脸，亏他过去还当过代课教师。信任，这东西一旦崩塌，以后他再怎么忠诚，都感觉是在骗人。”

我听着发虚，心想自己有愧于父老乡亲，幸好，肖货刚沉闷地半咳几声，就说：“我马上安排洪荣那小子在风化石表层涂盖混泥浆，否则扣他百分之十的质保金。”

老吴说：“书记的决策是英明的，洪荣不要老打洪光的牌子来办事，洪光其实也算不上老几，像指甲一样，虽然露出了锋芒，但随时都有脱落的危险，听说仅仅是办了个要得活的自媒体而已。”

大家不言了，像都在沉默，不多时就散了。

我突听得袋里手机响了，一瞧是小玉打来的，刚去接听，那边却断了，我只好反拨过去，说：“怎么啦？手机当作传呼机了？”

小玉爽笑一声，说：“我实在有些想你，所以才打电话，又担心你不太方便，才提前挂了，唉……人就生活在无聊矛盾中。”小玉轻轻地长叹一声，又低声说，“今天我老妈给我送些土鸡蛋过来，望着她老人家那弯背上公交车的情景，我真的好想大哭一场。中学时候读过朱自清的《背影》，今天才算真正读懂。”

我心头一热，忙说：“妹妹，你在哪？我现在就过来。”

小玉说：“今晚我要在茶馆值班，我下周周末陪一位高贵的女人去你们白河看看。”

我再要说，那边却匆匆挂了电话。

下周周末是什么日子呢？我一边纳闷，一边推开了家门。

村里好几条支线还是毛路，一下大雨，路面就泥泞得不像个样儿，难怪村里就有个别哈宝阴阳怪气地说："公路通，走路要小心。"肖货刚听着一直记在心里，手里没票子他是不会轻举妄动的，这两天龙岗洲租金刚到位，肖货刚就迅速行动起来，先是组织村支两委的同志驻现场进行丈量统计，再是集思广益部署方案。他说："支线公路的硬化，我个人认为继续采取招投标方式定夺为妥，不知大家意下如何？"

上次洪荣承包水渠工程，老吴就不满意，此时他思索一小会儿就说："我认为公路硬化非同小可，要是再出现豆腐渣工程，只怕更会招骂。我认为这次必须由三级以上资质的建筑单位或公司出面才能参与投票，万一出了问题，村上就可追究公司责任。"

肖货刚说："不能说老吴的意见没有道理，但委托代理书、资质证书都可出钱挂靠，真要是出了问题，公司又把责任踢给挂靠人，其实仍是换药不换汤。"

听话意肖货刚大脑里似乎又有了承包意向人，不知是否还是洪荣之流。我觉得事关重大，再说一计不能二用，便说："承包有承包的好处，不过我们不妨换一换思路，可采取包工不包料的形式进行发包，这样既加强了劳动管理，又能把好材料关，至少可避免承包商一味地追求利润而降低配比成本，我想无论是质量关还是价格关都可透明起来，当然村上还得精选出施工小组。"

老吴眼睛一亮，连说村长意见高！

肖货刚深思一阵，说："沈敏，你也是一样的意见？"

沈敏回答得很是干脆："一样。"大概她听不惯肖货刚话里那个"仍是"。

“包工好说，不包料就不太好说了。”肖货刚在踱着“八”字步，“我懂你们的意思，到时由指挥小组安排人员去进购材料，不过我把丑话说在前头，采购过程中，要是有人以次充好、以少充多的话，恐怕没人来当包青天，浑水摸鱼的现象我看谁也保证不了。”

我明显感觉有人跟肖货刚提及硬化支线的事了，我想了想就说：“就算公路采取包工不包料的方式进行承包，一切进料的审批权仍然是你书记掌管，说明指挥小组的同志只能是在村支两委的意向下办事。我不相信这么多眼睛盯着，还有浑水摸鱼的。”

此话谈到了痒处，言下之意仍是肖书记挂帅，肖货刚脸色就好看多了，他手指头轻轻敲敲膝盖，然后慢慢悠悠说：“如果只包工，利润明显很低，稍微有点胃口的人就不会来插手，我们能不能找到这种合格人员呢？”

老吴说：“我明天就发公告，报名期限为一个星期，而且我要注明最高单价不能高于市场价八十元，今年我的猪舍混凝土就是这种模式完成的。”

沈敏开玩笑说：“你姓吴的是天上一把口，说了就能够奏效。”老吴说：“我天上一把口总是靠得住一点。”引得大家嬉笑起来，肖货刚最后拍了板，说：“试试看。”

接下来，路灯就好谈多了，我一开口就说了强四山庄里架设路灯的宝贵经验，按盏数计价，一次性承包给天虹公司，保修三年，货真价实。

老吴说：“顶好。”

肖货刚便安排老吴、沈敏去落实，越快越好！

正谈着，洪荣敲门进来了，后面跟着本村的病休矿工王若明，他是远近闻名的老状棍，他一米八的个子负载着一百三十斤的重量，像根瘦竹竿，腿长了点，走路又挺急，看上去一弹一跳，由此他就有了外号“弹弓枪”，平常有不懂味的同志故意这样大声叫他，他总是既不应声，又似无感觉，其实是对这一称呼的强烈抗议。可周围总还免不了那些脓包，越不搭理，就越以为他没有听见，有意要提高嗓门。他不可能没有火气，但偏又不能发泄火气，一发泄，那就是承认了。我早就清楚王若明的底细，他原来在县石膏矿抓生产，没到五十岁就病休了，就连组织关系都早早地转回了介山。据说王若明在病休报告上总计诉述了六大疾病：其中，以炎症为主的就占了四种，慢性肾炎、过敏性鼻炎、十二指肠胃炎，还有神经性皮炎。别小看这病壳子，倒又是个法律服务工作者，还四处聘请了经纪人，凡向他推荐业务的一律照付百分之十的回扣，越是这种差事，这病鬼子就越不病了，他有的是精神和口水，加之他原来上班又是个兼职，而是把主要精力放在法律服务工作上，先是死记硬背地自学，再是拼死拼活地报考参考，最后是削尖脑袋跑路子，总算捞取了律师证书。

后面的王若明正把一只手掌搭在洪荣肩膀上，看上去就好像是武松护驾着武大郎似的。

王若明一边掏着烟，一边说他七扯八凑的，收购了几条旧式采沙船，因多年停业整顿，想来介山碰碰运气。“当然，我是要交地租金给你们村上的。”王若明赶紧补了一句。

肖货刚的目光没少在王若明身上移来移去，缓了小会儿，便道：“王老板，你一年到底能付多大数字给村上？”

王若明愣住了，只朝肖货刚笑笑，欲言又止。我自然能琢磨到王若明的心思，他目前主攻对象是村支书，肯定有几句悄悄话是不便当众言明的，好在肖货刚一时没安别的心眼，把明话甩了出来："公众性的事情来不得半点牛鬼蛇神，一个钉子一个眼，一个桃子一粒核，王老板，你是真想采沙还是调口味？真想采的话，就报个实价。"

王若明脸色微红，赶紧叉开右拇指和食指，说："每年不少于这个数。"

"八万？"肖货刚不屑一声。

"肖书记，你误会了，我说的是十八万。"王若明道。

"哦……"肖货刚又在半咳了，凝神片刻，便征求我的意见，"老弟，你看呢？"

听到"老弟"这词，我心头不免一热，赶紧用左右食指横竖交错成直角，道："三十万应该不算多。"

"你真是个活爷。"王若明嚷道，"你总得让人家赚个零工钱，水里赌一赌，有没有货还不清楚，仅仅是我胆大。"

我正要开口，却被王若明抢先说了："一句话，是劳烦领导费心，这十多万暂时不必作大话题，另外开个玩笑，我王若明要是忘恩负义不识好歹，我这'王'字也要倒写。"

"王字倒写是什么字？"我笑道，"看来王老板真是会开玩笑。"

"我是说王若明三个字都要倒写。"王若明不好意思地赶忙改口。

肖货刚说："反正得让村上同志下去摸摸底，才好定夺。"

"好好好，一切拜托。"王若明双手合拳，作揖打拱地忙着。

"这状棍到底有没有真本事？"肖货刚待他们走后，问道。

我说："怎么讲呢？你说他是要钱不要脸也好，说他是大粪蚊子也罢，他总是和蔼可亲地朝你笑，他有他的方法，他有他的本事，他有他的线儿……反正，他能帮一些人搞路子，甚至有些事，还非要这种人不可！因为他脸皮相对正常人来说差不多增厚了一厘米，碰到挫折时，他根本就不会灰心，不会气馁，他今天找领导，明天找领导，后天还找领导，他不烦，领导却烦了，领导烦了，就容易大笔一挥，算是打发完这冤祸。”

肖货刚说：“我倒发现王若明并不是什么猫眼小气人，不过我认为至少可以稳一稳，拖一拖，他要是舍不得麻油，就别煎这碟豆腐。”

我“嗯”了一声，继而点头称是。

今日洪荣来只字不提正事，我心里很是纳闷，这样的好甜头他不可能不尝。转而又想政策严禁采沙了。先不说百姓是否同意，关键是批办手续绝非易事，我把这想法说了，谁知肖货刚薄薄笑过就说：“不想出绝招肯定不行，实不相瞒，我找过向书记和进明同志了，白河镇已经以红头报告向上级申报了，说是介山河堤外线已严重淤塞，今后要做好河堤外的抛石加固工程迫需挖移沙泥，这样一来，既便于下一步加固工程施工，又疏通了河道，优化了旅游航线，一举两得啊！”

我连忙跷起拇指，说是绝招，绝招里的绝招！想必肖、贺二位早已通气，按说不会错失良机，肖货刚怕我起疑心，又说：“曾国藩曾说过，利不可独赏，谋不可众共，兄弟晓得就行。”我点头称是。嚼着这话还真有意思。

第十六章

上午，贺进明突然打电话来，说是介山十多名群众纠集外村几个船主围攻到了政府大院，请我和肖货刚火速赶过去，我细想贺进明刚才用上“围攻”一词，只怕过了点，毕竟都是些土汉子，没带红缨枪和梭镖，想必贺进明一慌神就乱了方寸，心想今天百姓闹事只怕是为了码头的事，该要怎么收场呢？我头脑里一时也拱不出个好主意来，肖货刚也是接了电话没法推诿，我俩碰头后就开了个面的过去。

不多时，车子到了距政府院门两百多米远的地方，正瞧见大群百姓和几名警察在推推搡搡，肖货刚赶忙叫停车，而他的目光却在死死地盯着院门口，我自然明白此刻正是矛盾的高峰期，不宜过早挺身而出，弄得不好，只怕会落下个“后头军师”的头衔，便点上香烟慢慢吸上几口，猛然听得院门口哗啦大响一声，是玻璃击碎的声音。

“不得了，有辆警车的挡风玻璃被打得稀烂。”肖货刚说话时仍没回头，“不晓得是哪个霸蛮鬼。”

我不由得有些紧张兮兮的，含糊道：“应该不会出大事吧？”

肖货刚开了车门，说：“我们过去看看。”

我跟在后面，步子很是疲沓，到了近前正见曹正刚兄弟在与派出所几名民警争论，朱怀云、二猛子这些老同志也混在人群中，可见形势还非同一般，所长钟建国却蹲在一旁的石级上，样子不太好看，想必在刚才寡不敌众的冲突中准是处于下风。

何春潮见肖货刚和我从人群后面出现，他的眼睛开始发出了亮光，喊道：“让开一下，让开一下，让你们村里领导进来扯个意见。”踏着碎玻璃过去，我感觉在吱嘎作响，身后也偶尔传来几声，便回头瞧上一眼，原来钟建国正跟在我身后几米远的地方，我只好朝钟所点头笑笑，算是该尽的正常礼数。转身收回目光时，我总感觉钟建国那眼光并不怎么友善客气，只疾速地斜瞥人家一眼就垂下了眼皮，想必刚才他在村民面前失了体面才致如此。

贺进明忍不住迎前几步，又回来看一眼向书记和何春潮，这才道：“我劝各位还是听听何主席的，如果真要解决问题，就只能平心静气坐下来谈，莫仗人多来冲击政府，现在这世道人人吃得半升米，谁还会怕谁啊。说实在话，今天大家的行为已经很明显地触犯了法律，乌龟吃夜火虫，你们自己心里明，所以我劝你们其中个别同志再不要以身试法，码头问题毕竟是码头问题，可总不能目无党纪国法，到头来吃亏的还会是哪些人？你们想过没有？”

这话本来是说得铿锵有力，且又切中要害，可百姓们听着却是大反胃口，激愤情绪突又猛涨起来，曹正刚就出来抢先道：“抓啊，有本事就把我们全抓走，我这老骨头就不怕坐牢，不信天下没有公理，不信我们没有活路。”

未想人群中竟像玉珠落盘似的飞来各种谩骂。

“什么破镇长，专搞他自己的私路。”

“姓刘的建码头就是他当站长时批办的。”

“动不动就拿法律来吓人家，老子又不是三岁小孩。”

“哼，他又不是正式大学生，接他爷、老子的班捧马屁捧上的……其实也跟我一样，读的是中国农业水利大学阳光系犁耙专业，本来也是农民一个。”

我明白阳光系犁耙专业是晒着太阳的犁田庄稼汉，敢于发明这种新式词汇，也是厉害。

我听着很不是滋味，真替老同学难过，想不到他刚想替政府说说硬话就惹火上身，细细琢磨贺进明那番话，虽然有些急功近利，表现出略微过头的迹象，可也不至于要受到这等人格的打击和自尊的侮辱，我感觉自己的脸色很是难看。再看看其他领导的脸色，也并不怎么舒畅和悦，我觉得非说几句不可了，便跨上前去，说：“大家可以摆事实、讲道理，但不能无故拿领导出气，更不能出言不逊，难道领导就没有人格自尊？再说码头上的具体情况你们不反映，政府领导谁会清楚？”

人群中立刻安静了，他们准是听出了我话里的弦外之音，何春潮轻拍一下肖货刚肩膀说：“你们示范村也得有个示范村的样子，至少莫出乱子，肖书记你也说几句听听。”

肖货刚从容点上烟，说：“群众反映的事实确实是真的，要不老百姓今天来政府不是无事生非了？不过，据说游轮负责人与街口村签订完为期十年的租赁合同后，已经一次性支付了租金五万元，租期的使用权、管理权由游轮享有，另外那个刘老板为批办手续和整个码头耗资也不少，当初县里相关单位有几个主要领导想带动白河周边旅游业发展，还在批办码头手续时开了些绿灯，当然，后来我又听说，收取码头费纯粹是街口村那个地方拱出的馊主意，收费并不是最终目的，只是一种手段，他们是想营造一个良好的旅游气氛，不至于出现那种鱼龙混杂、臭腥熏天的污浊场面，但是，老百姓的实际问题必须解决，我看还得请领导们做个泰山之主。”

我暗自一惊，想不到肖货刚还会甩出这么一手，既把刘方林和镇里主要领导的责任择得干干净净，又有板有眼地将旅游这块大招牌渲染得淋漓尽致。

何春潮站出来说：“在此我谈两点意见。其一，想要继续在河道里营业的船主必须不折不扣地办齐所有证件和手续，同时，还得按航监部门的要求配套好所有安全设施。其二，我何某凭人格、党性发誓：绝不是要故意偏袒那只游轮，人家既然已经冒着风险打造出了介江旅游一号，我们介江沿线的父老乡亲就应以长远眼光和宽阔心境去协助他的旅游产业，有些破旧不堪的老船泊到那码头上去，确实有点鱼龙混杂的味道，有损旅游形象啊！但是为考虑到介江沿线其他民生问题，我建议大家去邻近河段选址新造一个，党委政府也一定解决你们五万的码头器材费，同志们觉得怎样？”

何主席把话说到这份上了，老百姓们不得思索再三，朱怀云终究资深年老些，率先开口：“何主席的发言我还是能够勉强接受，只要合理合法合情，我们一定会遵依领导的，因为百姓历来还是相信党，相信组织。”事情差不多有了结果，农民大哥从哪来就得回到哪里去。

我见他们陆续上了几辆面包车，本想过去聊几句，又怕领导们会误解，就只好作罢，很快，面包车发动了，它屁股后面冒着黑烟，照样也跑出了速度。

院门外王若明正夹着皮包进来，镇里领导们大概是不太喜欢这个“弹弓枪”，都匆匆散了，肖货刚便在我耳旁低声道：“这人要是问起采沙的事，我们就拿采沙证拦他的嘴，免得他纠缠不清，以后时机成熟了，我们再另打河沙主意。”

我点头说好。果然，王若明刚看见我俩就过来问：“喂，领导们考虑好了没有？我要是搭帮你们赚了一把，我以人格担保绝不少你们那两份。”

肖货刚说：“王总你是懂法的，没有采沙证，就属非法采掘国有资产，你最好办好合法证件再谈，好不？”

王若明说：“你们书记、村长总得给我指条路呀，光说要办个采沙证，到底怎么去办？”

我心里有谱，话就说得很是利落：“王总你神通广大，这点小事还用着我们指路？”

王若明脸上的笑容僵住了，说：“你们领导怕是留了一手吧？不过拜托你们别逗我。”

贺进明从办公室出来，瞧见我俩还未走，便过来打招呼：“你们干脆吃了饭再走。”

我明白老同学怄了一肚子气，情绪不太好，就说：“改日吧。”贺进明也不多说客套话就走了，走了几步，突又转身喊了声志涛，我见他右拇指和无名指正跷在耳旁，明白他在示意电话联系，便点头回应几下。

王若明待贺进明走后却阔论起来：“哎呀，贺副镇长没半点正人君子气概，举止言谈像老贼一样，我看他官位止步了，走路轻飘飘的，他自以为很有风度，哼，根本就体现不出那种沉稳、自然。”

肖货刚佯作一副惊讶状，说：“哦！王律师上知天文，下知地理，人家走路都被你分析得有鼻子有眼的，难怪你总是一弹一挺一步一个脚印，原来你学术上还是巍巍泰斗呢！”

未料王若明并不听作是讽刺，只当是吹捧，口头上又过分谦虚起来：“不行不行，我自己感觉就是社交能力还不行，再说我人太直，容易得罪人。”

我和肖货刚出了院门，正碰上何春潮，他抢先掏烟递来，脸上挂着微笑，像是我们帮了他私人忙似的，他轻叹过后，就说：“现在信访工作难办……你们看看今天，最终还得用钱砸，不砸不行，百姓不会服气，进明同志当初批办手续确实大意啊。”我与肖货刚对视一番，都暗下一惊，未想何春潮会如此说。我故显轻松地笑道：“事情解决好了就万幸。”何春潮忙说是的是的，还多亏你们二位。

晚上，贺进明果真打电话来了，他先是胡七乱八地发了阵牢骚，再是赞赏我们书记、村长处事利落果断。

我听着，心里其实明白他更加感激的还是肖货刚讲了硬话，担了硬担，只好安慰道：“兄弟，好事多磨，男子汉要能容能让，群众说几句胀气话，你也不必存到肚里去，今后要是再碰到类似情况，我建议你用烂絮棉花塞耳朵就好过了。”

贺进明轻叹过后就说：“现在形势大不相同了，说来，我们现在的干部还真有点儿窝囊。”

我笑道：“别想那么多，在群众面前受点委屈无碍呀。”

贺进明“嗯嗯”几声后又说：“晚上要是没事的话你就到茶馆里喝

几杯。”

我记起小玉下周周末的约会，不想太频繁地出入方林茶馆，以免让人家鼻子里嗅出我和小玉之间的那暧昧气息，笑道：“我看你镇长日理万机，今天就莫来打扰了吧。”尔后，我静了一下，还是忍不住给小玉打了电话，两人温情暖语又是一大片。

第十七章

我给尹剑暗下算了命，算命先生说尹剑身负邪魔“将军箭”，从军入伍是卸掉“将军箭”的最佳途径，我就把这想法与儿子说了。殊不知尹剑立即同意了，这几天的报名及体检也顺利过关，只待政审走完程序就可以入伍，我喜出望外，也为儿子的成熟倍感欣慰，听说小舒在其家庭的压力下也回校求学去了，我似乎轻松了许多。

这天在政府大院碰上了鲁刚，就被叫了过去，何春潮和贺进明也在镇长办公室里坐着，鲁刚叫我自个儿倒上茶水，他说：“现在没有任何避风港，周正根等村民的上诉上访请何主席与进明同志速战速决。”

贺进明说：“账务中其他问题基本放下了，关键是那个五万元。”

何春潮说：“据肖货刚陈述，那五万元他付给了洪荣的合作社，理由是洪荣流转了村内抛荒多年的低产田，如沼泽田或旱灾田之类，算是弥补洪荣这种牺牲精神，而且洪荣承认有这回事。”

鲁刚说：“就算肖货刚没有贪污，也严重违反了纪律，其实就是公款拉私交的乱作为，建议纪委做出退款和警告的处分。”

贺进明说：“钱得由洪荣退出来，对肖书记的处分嘛……鲁镇长您觉得可否？”

鲁刚说：“到了这一步，警告是免不了的，党员应该具备承认错误的勇气！不然，还叫什么共产党员？这对货刚同志而言并无大碍啊。”

贺进明晃了老一阵脖子，疑似颈椎痛的形态，他讲了硬话：“请镇长和主席放心，货刚同志的工作我负责到底，尽量把矛盾消灭在萌芽状态。”

我心生敬意，想着前些天贺进明受了委屈和攻击，而在工作中仍有如此饱满的热情，便说：“老同学，如果需要我做点什么请随时吩咐。”

贺进明点头谢过，说一定一定。

兵贵神速，不出二日，果然便见肖货刚转了弯子，还把村上几位与洪荣都叫了过去，洪荣把五万元票子摆在桌上，没好气地说：“以后那些低产田我不再流转了，要荒就荒吧。”

肖货刚今日反倒平静起来，还劝着洪荣：“大丈夫要能容能让，村干部都来了，今后账务方面多留点心眼，别让人家钻了空子，幸好这五万元没进我的腰包，不然，还真讲不清，有些人还跟着周正根放妖风，好比村口有只狗叫一声其余的狗跟着会叫一样，它们甚至弄不明白为什么要叫，这次是一粒老鼠屎破坏了一锅汤啊。”

老吴的视线与我的目光交织了小许，很快移开了。

我自然明白肖货刚今日是虚与委蛇，把五万元的问题推得利利索索，今后顶多也是一个警告处分。周正根等人那场延续多月的上诉上访将会很快平息下来，说不准还让人家给他狠狠记上一笔，在此却不便点破，我便问起水渠返工的事。

洪荣坐下说："工程完成得差不多了，村上哪天有空去验收？"肖货刚便问岩石上面的保护层到底有多厚，洪荣思索一阵，说保护层有厚有薄，只能根据施工情况而定，最厚的恐怕不止五厘米，最薄的至少也罩住了岩石表层。

我明白验收工程时没人敲掉表层来测量实际厚度，只由洪荣嘴上说了算，老吴微微噘着嘴，说："大体上总有个平均厚度吧？"

洪荣耸耸肩，摊摊手，说："又不是国家核电站，哪有这种精密仪器去测量？"

老吴忍不住犯了情绪，话语就不太好听了："看来杀你无血，煮你无汤，村上奈何不了你？"

洪荣笑意停住了，马上赔不是。

我也打圆场说道："老吴又不是不清楚工程实际情况，只是他眼里容不得半点沙子。"

老吴脸色好看多了，说："响鼓不用重槌，我劝你洪荣同志最好还是好自为之，毛主席生前就讲过，一个人做点好事并不难，难的就是一辈子都做好事不做坏事。"洪荣窘了小阵，说："是啊！我学经验了，现在你们村上的公路提质改造我就不想插手了。"

正聊着，有人打电话给肖货刚，他挂了电话就说："老村长死了。"肖货刚又在半咳，说："桂开同志是老领导，村上有必要召开一个追悼会，文字功夫我是门外汉，就看你们二位的戏了。"

我自然明白"二位"就是自己与老吴，便说："老吴是根老笔杆，当然非他莫属。"

老吴一听“老笔杆”就来劲了，说：“老村长这次一气呵成，其实也是一种解脱啊，听说他屁股上的肌肉都在床上擦得稀烂。”

这话听着有些没头没脑，我思索半晌才慢慢明白老吴滥用辞藻，他误以为一气呵成就是一口气上不来，死了，心想真要是用这根笔杆子去撰写追悼文，怕要啼笑皆非，我咬咬下唇，尽量不让自己笑出声来，说：“既然老村长一气呵成了，你就显显身手，把追悼文做得全面点。”

老吴似谦虚不谦虚地说：“桂开同志的简历我可谓滚熟。不过现在是知识化、年轻化，我这号人是思想老化，跟不上形势，最好还是你来执笔，新村长悼念老村长，理所当然啊。”

肖货刚说：“你们二位各有长处，我建议老吴介绍情况，志涛执笔。”

我说：“姜还是老的辣，老吴人老思想并不老，想象力比年轻人还要活些。”老吴笑了起来。

第二天追悼会还算肃穆庄重，肖货刚主持仪式，我吟读悼文，悼文写得还算中规中矩，没有出岔子。读到后面，我还真有些心潮澎湃了。

抑扬顿挫的二胡曲正如歌如泣，蒙蒙细雨中响起了哭声。拉二胡的是曹正刚，他起音很是低沉，动作也很柔缓，脑袋却是左偏右偏，他闭上眼睛拉着弦线时，顿时就鸦雀无声了。不知曹正刚拉的什么曲子，渐渐显得毫无节制了，仿佛是他内心本能的抒发，时而像深秋的凉风扫下红枫发出的悲凉；时而像暮色时分在深林中的孩子凄切地呼唤……半途又回到了低音的那种沉浑，好像是脆弱的生命正在求生，如受伤的鱼儿那般在活水中翕动双腮；到了高亢激悦时，似乎要天崩地裂，四周火光冲天抑或波涛汹涌……尤其是那颤悠的滑音似乎要把人的心脏撩掠一瞬。

曹正刚时而摇头晃脑，时而仰望屋顶，时而弯腰前倾，时而压倒胡琴……整体过程就是要将在座者的感情毫无保留地拖拽出来，让悲痛得到很大解脱和释放，我对这位不起眼的乡村医生刮目相看了，想不到他居然还有这么一手绝活，就过去极大限度地夸了他。竖起的那根拇指在曹正刚跟前晃了又晃。

做账房的是周正根，他一直在忙着登记，肖货刚主持完追悼会就拍着我肩膀说："等下你帮我登个人情，我先走了。"

我有些诧异，忙问："还没吃饭就走？"

肖货刚也不多说，只淡然一笑，真的走了。见他一声不吭地低头走着，我这才有了悟性，感觉肖货刚一直都爱这样走路，头低得有些过分，像在沉思，也像在寻找丢失在地面上的东西。

第十八章

晚宴时，我与曹正刚挨坐在一块，两人聊上了，曹正刚听到肖货刚那五万元的处置结果，不由得气愤说：“混账！愚蠢！肖货刚再这样下去，不出大事才怪。”我劝他生意人不要过分出头，先把自家生意做好。

不多时，周正根过来敬酒，我一直未见他老婆，便问嫂子心脏手术是否做了，周正根摇摇头，说：“过几天就去省人民医院置换瓣膜，进口货比国产货几乎贵一倍，你嫂子看我手头紧，非要用国产货不可，我现在还五心不定哩！”

我听着愧疚，心想鱼塘补偿款要是不被扣掉一万，他至少也可稍微轻松点，口里却玩笑说：“我看关键还是要调理好情绪，术后多修养。”周正根用热忱的目光回应我一下，点头不语。

公路招标公告张贴出去六七天了，而自带保证金报名的却是榜上无名，肖货刚就在村干部会上说："我早就知道包工不包料没有利润空间，再说单价不是太高，一般是没人来承担这个担子的。"

老吴见状就出了个点子，说干脆把支线任务分配到各组，由各组去单独完成，赚钱亏本就是各组的事了。

我觉得这样恐怕会过不了质量关，想了想就对沈敏说："敏妹妹，你家朱师傅老做包工头，机械设备和人员一套数齐，何不请他回来帮村上出点力？"

肖货刚兴奋地拍起了膝盖，说："顶好顶好，朱师傅是最佳人选。"

沈敏脸上却未见半点笑意，沉寂老一阵才说："万一真没人来接任，我尽量叫他回来吧。"

我刚到家，强四就来了电话，说是明天一起去看看龙岗洲那个孤岛，便于筹划下步开发计划，我没有理由拒绝，连说好的好的，还说叫上英子的小渔船，一切就方便多了，这正合强四心意。第二天一早，俩人如约而至。

一只盖着竹棚的小木船就泊在岸边，英子伫立船尾，一手正扶着桨柄，微风拂着她前额的柔发，好不英姿飒爽！"强叔，尹叔，你们好！"英子用左手挥了挥，亲热地唤着。

强四挥手说："嗨！英子，今日让我们好好体验一回。"说着，我们二人就小心翼翼地上去，强四不熟水性，上去时船身略微一侧，他就惊呼起来，好不容易才缓缓地从船头木板上爬向了中央的横梁上，那位置刚好是竹棚的边缘。

我笑着说："天啊！这么畏手畏脚，比旱鸭子还要旱鸭子。"

英子便在后面咯咯地笑了，我一脚踏在船头中央，一脚向岸边一踹，小船就轻巧地离开了码头。

英子今天格外爽朗，说："驾船没多大技法，就注意桨叶不要出水，进一桨又消一桨，船就不会绕弯或旋转。"确实，小船正笔直平稳地匀速前行，她还真是一个驾船好手，我心里说。

初夏的阳光洒在河面上，水上就闪着无数金点般的光芒，这些起伏的光芒，忽明忽暗，两岸的青山和庄稼，随着天空白絮般的云块移动而移动，不一会儿，前面的天空暗淡下来，大河上的光芒瞬间消失了，只有蓝汪汪的一片，岸边的芦苇就成了翠生生的一片墨绿，风一吹，芦苇就像无数摆动的绿箭，哗哗的水流声伴随着哗啦啦的划桨声交织在碧蓝的水面上。

"英子，你要划向哪里？"强四仰望着天空问道，他不敢把脚放在舱底，因船舱还积着厚厚的一层水，这些积水一直在激悦地跳跃。

"尹叔不是说要去龙岗洲吗？白河里面唯一的荒岛。"英子说话时并不气喘，划桨对她而言，似乎是很轻松的活儿。

我说："龙岗洲，县志有详细介绍，修建库区以前，龙岗洲上热闹得无法想象，是方圆百里最繁华的商贸场所，茶叶、布匹、辣酱、旱烟……应有尽有，关帝庙、天然瑶池、龙岗驿站、白河书院久盛不衰哩。那时候，就靠这条水路。"

英子竟然能接上话题："我师父说过，晚清时期，这里曾出过一位才子，叫朱什么来着，他与曾国藩既是同窗挚友，又是亲家，留过不少名句哩。"

我说："朱尧阶，湖南乃至全国有名的才子。介山能出这样的人才确实是百年不遇啊！"

"到了……就到了。"英子高呼一声，"小心上去，尹叔，您把缆绳带上去。"

我这才注意到偌大的一个荒岛就横卧在大河中，河流在这里又分成两条小河，在前方600余米的地方，两条小河又汇为一体。再看两边山峰，直插云霄，遥相呼应，正所谓“两派交流好像此间寻活水，双峰对峙更从何处仰高山”。我把缆绳拴在岸边一棵老得斑驳的榆树上。

上岸时英子说：“这岛有好几百亩，你们先去转转，我在附近扯些芦笋，再弄些饭菜，待会在这里会餐。”说着英子用脚尖踮了踮岸边的一块大青石。

我像哥伦布发现新大陆似的说：“饭菜？你咋弄？真是服了你。”

英子笑了笑，阳光下露出一排洁白整齐的牙齿，说：“习以为常了，船舱有的是工具，我还养了些鱼在前边小池里。”

我与强四顺着一条布满青苔的小径走了一会儿，就在一个空旷处见着了残壁断垣，想必此处便是昔日的书院和驿站，幸存不多的几梯石级吸引我登上了高处，举目四望，但见远处群峰兀立，水天相连。昔日的“百舸争流，千帆竞发”似乎就在烟波浩荡的河面。

目光向岛上一望，却是满目苍翠，绿意欲滴，也有花和丛草。不远一个低洼处正零稀地开着荷花，我想那必是过去的瑶池。

我俩挪步而去，刚至近前，小玉就来电话了，我接着把岛上的美景和人文历史说了好一阵。

小玉语气里略微有点嗔怪：“快打开视频瞧瞧。”我就依了，让她那双美丽的眼睛扑闪在池中粉红的荷花上，她说：“你人呢？花是看不出名堂的，人倒是可以多看几眼。”

我笑道：“也是。这荷花让我想起了荷花定律。比方说这池里荷花要三十天才能全部开满，一般说，前面二十九天顶多开到一半，而最后一天就要爆满，就是厚积薄发，所以，我建议我的强总先把战略目光撤向这个荒岛，有景，有历史，有人文，有特色，以后他也能厚积薄发，辐射到岸边就容易多了。”

小玉甜甜地笑过，说：“我就爱听你说话，也爱看你说话时那个胸有成竹的表情，回来见！”我一时涌上成就感，心里在说：“一定要把龙岗洲打造成一方特色，才无愧江中父老啊。”

说话间，肩膀被强四重重地按了一把，强四诡异地说：“想不到你俩还真有故事，快瞧瞧这边。”强四指着离岸最近的河口说，“我打算就在这里架上浮桥，另外还打造一只甲板船，运送机械施工。”

我说：“相信你企业家很懂荷花定律，厚积薄发。”

我们回到原处就见饭菜已摆上石板，“风餐露宿啊。”我说笑，“但英子还真有把刷子。”

英子说：“鱼和芦笋都是鲜的，试试。”

我们一尝，还真是妙不可言，想着河里已严禁捕获野生鱼类，渔民这个名词很快就会消失，就道：“靠山吃山，靠水吃水。英子你要把时间多放在雕刻这项特长上。”

英子说：“明白，今天这顿鱼还算存货……以后雕刻我会花大力气。”

强四又说：“英子你是好样的，不被外界的繁华所动，能坚守一方净土。”对于英子，我不免也赞扬起来，这赞扬发自肺腑，又说：“耐得住寂寞，守得住清贫，不易啊！”

未想英子居然感怀，她的声音打着战儿，“尹叔、强叔，你们是我敬仰的君子！”

强四说：“做君子很难，特别是现在，但可以用君子的标准来约束自己，看些正能量的书籍，尤其是对灵魂有穿透力的文学作品，有很大益处。”说到此，他有意瞅了瞅英子，又说，“真正的文学就像爱情一样，会在痛苦中追求幸福，会歇斯底里去做一些违反常规的事情。”

英子闪动着那双犹存雅气的杏眼，似乎懂了。

回去途中，强四迷迷糊糊地在船板上睡下了。到岸边的时候，我唤了他一声，这才下船与英子挥了挥手。

第十九章

这天，我正在鲁刚办公室，向书记过来请鲁刚一同去参加一个饭局，鲁刚还琢磨着。向书记就说："洪光回老家了，戴县长亲自宴请他，我俩仅仅作陪而已，不提政事。"

或许，鲁刚早就耳闻洪光针对本县发过一些文章，在褒扬政绩之余，也旁敲侧击地暗示出一些敏感性问题，按说领导们都不会怠慢，可鲁刚却说："我不参加为好吧？"

向书记说这是县长的意思，他踟蹰一小会儿，看过我一眼之后，又说："没有其他人参与，我想顺便给他们二人带点东西，可是，不知带什么才好……光是土产品也不行……不但俗气，而且低档！"

我觉得该走了，刚出门就听向书记说："要是有好艺术品就好了，他们都是有品位的文化人。"

鲁刚突然唤住了我，他眉头一舒，就说了英子屋里那些精美的雕刻品，向书记兴奋起来，说："兄弟，速去速来，费用好说。"

鲁刚连忙给英子打了电话，英子听后就说："鲁叔您运气真好！有一尊马雕我和师父最近花了不少工夫，应该拿得出手，干货都有七十来斤，其余就都是过去的小货了，那些小货您还有印象吗？"

鲁刚努力想了想，记起那尊雄鹰展翅的石雕栩栩如生，便说："我叫村长现在就来，钱的事找鲁叔，一尊马雕和石雕雄鹰。"

英子高兴地应承下来，我接到命令就去了。临近四点，货就到了，向书记用那只肥硕的手掌抚了抚，感叹起来："高手在民间呀！"他点关称赞时，脑顶显得更加光亮。

我说："高手不一定有高的起点，但有高的追求。"正要谈到她的身世，母亲就来电话了，叫我迅速回去，说是来了客人，我不容分说就走了。到了自家门口，正见前面停着一辆车，我赶忙进去，想不到竟是刘方林和洪荣坐在客厅里，"哦，还是刘老板、王老板，有失远迎！"我前去与他们握了握手，料定他们无事不登三宝殿，总该有些来由。

果然刘方林眨眨小眼睛就说："老弟，实不相瞒，采沙的事还得兄弟你关照关照。"

我惊诧不已，王若明怎么突然被刘方林取而代之了？想了一阵，还是想明白了，猜定肖货刚已将采沙的事透露给了刘方林，难怪肖货刚高低也不让王若明得逞，采沙证的事说不定就是刘方林故意插上一杠，托肖货刚虚与委蛇。

刘方林坐正身子说："采沙的事货哥我已拜托过了，不过一个好汉三个帮，一个篱笆三个桩，假若你兄弟不帮忙，我货哥也做不了主。"

我听他话里已明显把肖货刚当成了挡箭牌，而且还有势在必得的气势和自信，今日他俩找上门来说不准就是他肖货刚的主意，心想面子功夫还得顾着，便说："刘老板，只要能够支持的我一定支持，客套就不必讲了。"

刘洪二位也不多说，起身道别时硬要塞上一个礼袋，我看袋里是水果、红包，便认起真来，说："如果你们真心要拜托我，那就把袋子带走。"

洪荣说："村长，这点小意思你都不肯收，我们就太没面子了。"

我想了想，说："我是坚决不要的，往后还来日方长。"

刘方林迟疑了一小会儿，笑道："好吧，听你村长的，有心拜端午，六月不为迟，事情办妥了，我刘某会晓得怎么做。现在的村长我熟悉，稳打稳扎，不是那种随便表态的小九九。"几人说笑一番，他们终于走了。

坐着没事，我总感觉这事不能坐视不理，便给肖货刚打了电话，肖货刚听着先是呃呃几声，像是不清楚底细似的，尔后才说了几句关键性话语："对对对，我和方林的关系你既然清楚，那就请兄弟不看僧面看佛面，道上规矩方林会懂的。"

我清楚话意是事后人家会送好处，却很是反感"道上"一词，便说："道上规矩我不太清楚，反正你书记说了算，我该做的一定做。"

肖货刚高兴起来，说："下届我就退了，你老弟当头，我现在是站好最后一班岗，放好最后一班哨，其实也是帮老弟打基础。"

我明白肖货刚这些话有些言不由衷，也只好谦虚起来，说："我朽木不可雕，暂时还代替不了老兄呀。"

第二十章

没几日，我刚到村部，尹剑就来电话了，听语气很是沮丧："爸爸，你回来一下……"

我问有啥事，心不由得沉了下去，那边说："等你回来再说吧！"

"电话里说不是一样吗？"我知道真有事了，就故意提高嗓门，目光朝肖货刚投去，肖货刚也触到了我那稍稍不安的眼神。

无奈间听到尹剑一股无言的沉寂，接着便传来"嘟嘟"的断音。我感觉有些不妙，就辞身而去。

家里坐着一个女人，四十来岁，穿着很一般。我一进门，她眼里就闪过一线亮光，说："您就是尹村长吧？"见我点头应承，她就继续说，"尹剑当兵是好事，不过，也得把我女儿的事了结一下嘛！我女儿已经不是闺女了，就因你家公子毁了她。"

看尹剑若无其事地看着电视，我明白他内心很是不安，便直率地说：“嫂子，晚辈们虽然都年幼无知，但也是朝气蓬勃，冲动下做出糊涂事，也并不很差，各行各姓有，每朝每代有。你说了结，是怎么了结？”

一道闪电在窗外划过，随之便是震人心魄的惊雷，女人微微颤了一下，望了望窗外，瓢泼般的大雨正不住地倾泻。一声巨雷响过后，电视自动停了，尹剑就耷拉着脑袋在那。

女人苦笑一声，说：“要不是为了你儿子好，我女儿绝不会去流产，今后你儿子有出息了，还会要我屋里那个乡下妹子？我坦率说，今后就是萝卜断不是藕牵丝，你尹家也该补蠢丫头一笔青春费吧！”

“青春费？”我头次听到这个名词，便讪讪道，“嫂子！别扯远了，尹剑和你家女宝是同学，又很相好哩！就算现在分手，谁都没误谁的青春啊。”

女人生气了：“你当官这么不讲良心？我屋里蠢丫头……你将心比心……”她拭了拭眼泪，“她以前屙尿一线线，现在屙尿一大片……你凭良心讲，要不要补？”

我明白这个女人在瞅准时机要挟，儿子当兵只剩政审了，也不想弄得太僵，就说：“你讲个数字，看我能否承受，我和尹剑挤不出几个钱。”女人从容地伸出两个手指，两个指头像剪刀一样张合几下，“二十万，不多吧？今后对象难找啦！”这“剪刀”剪得我心痛，似乎要流血。

我按捺着性子，说：“同志，你这是敲诈呀！要不是看在尹剑与你女儿的分儿上，我现在就叫派出所把你带走。”

尹剑吼了一声：“还跟她客气什么？我不去当兵，看她奈何得了？”

女人有了哭声，骂尹剑无人道、无情义，她就不信天底下没有讲理的地方。

尹剑朝她指了过来，说："谁不讲情义？我们本来就是自愿的，不信你问问你闺女。"

这时，女人止住了哭声，语气软了一些："那你尹家愿出几个良心钱？"看来这女人还真是欺软怕硬。

我说不超过三万，否则免谈，想好了再来村上找我，女人还在犹豫，我就说："不早了，回去吧，人待人才是无价之宝啊！"

女人沉默下来，目光在屋内穿梭似的扫来扫去，我们父子一言也不发，只听到窗玻璃上急促的水击声，尹剑在屋内转了几圈，就过来朝女人说："我会打电话给她……"

"不许你们再纠缠。"女人说，或许她怕女儿知道这事，这才起身要走，我看窗外仍是滂沱大雨，便说等等，递了雨伞给她。直到她的脚步声在楼梯间全部消失，门板才被"咚"的一声合上了。

这时，小玉发微信来了，是一个位置图，细看像是离水口电站五六公里的盘山公路处，我回了微信问：在那里干什么？可老久都没回信，我拨电话过去，却是无法接通。

连打几次都如此，看着窗外雨水还是那么肆虐，我觉得不对劲了，一股难言的恐慌袭上心头。

匆匆扒了几口米饭，我赶紧下楼，暮色下，大雨仍是铺天盖地，到处都是厚厚的积水。我钻进小车，朝电站方向驶去，车轮辗在积水中，哔哔地响着，公路上见不到几辆车子，行不到几公里，在一处下坡处，我傻眼了，公路完全被大水淹没，无法再去。我只好掉转车头，在一处稍高的阔处停下，再次拨打小玉电话，还是无法接通，为何刚发完位置就无法接通呢？出事了，她一定出大事了，我心里这么想着，便打了强四电话，把事情同他说了。

强四语气很是平淡，居然还轻轻笑了笑，说戴县长老婆也在车上，她与小玉现在是很好的闺密哩！我心头轻松了许多，听口气就知她们已经化险为夷了，难怪早些天小玉说到一个高贵的女人，果然如此，强四说山体滑坡险些让她们都见了阎王，幸亏抢险队及时赶到，现在他们正在医院，不过已经脱险了。我清楚强四与戴县长的关系，消息必定准确，便说好的好的，强四正要挖苦我，我就挂了电话。

翌日大早，小玉就来了电话，语气很是兴奋："志哥，昨日差点见了阎王呢，你知道不？"我说知道知道，还说现在就去看她，小玉轻轻笑过，说："没出事就什么事都没有了，下周吧，这段时间确实很忙。"我庆贺一番，只道遵照执行。小玉说："我手机上的联通秘书告诉我，你昨晚总计拨了十二次电话，感谢你的关注。"我说："你知道就好，下次详聊。"

闲着无聊，我又给英子打了电话，电话刚通她就热情唤着尹叔，我说："雨淋茄子一样，房子没事吧？"

英子甜润地笑过，说没事，我便问那两件雕品多少钱，英子沉吟少许，说："四千块，您不为难吧……"

我微微咳了一声，说："再加两千吧，发票我去弄，钱你找肖叔叔就是。"心想哪有这么便宜的艺术品。

那边定是开了免提键，沛胖子在旁边搭腔："志涛兄，多承关照，那匹马是枣木树蔸，木质最硬、条纹最匀哩！偏偏还生得那么神奇，如果再有这种机会，您一定自己留下。丫头她师父都说是好货哩。"

我听着惭愧，忙说："哎哟！千里马没碰上伯乐，可惜可惜！已经拿出去了，六千块肯定不够吧？”

沛胖子朗声笑过，说：“不不不，钱够了，别误会，我只希望物归其主，您人好，真算匹配。”

我连忙谢过，说改日再专程拜访。挂了电话，我惆怅不已，我还远不如沛胖子呀。

尹剑入伍前一晚，专程跑了小舒家里一趟，送了些钱物，也拉了些家常，回来已经不早了。他把余下的四万来元交给我，说是多年打拼余下这点成绩了，我心里翻江倒海，声音打着战儿，说：“剑儿啊，当初给你取这个名字就希望你能披荆斩棘，爹对不住你，让你吃了太多太多的苦……”

尹剑苦笑一声，说：“爹别多想，我还真舍不得您和奶奶……特别是奶奶这么一大把年纪了……”

谁知奶奶就开门立在门槛边，她老人家定是舍不得孙子，哪能安睡？这时一只脚丫上吊着拖鞋的孵母鸡从门槛边跃了出来，它口里还嗯嘎嗯嘎地叫个不停，尹剑就说：“奶奶，您干吗老是要让孵鸡婆受罪，它带着小崽子呢。”

奶奶敲了敲门框，说：“这是遵古法制，你到部队里去也要听从约束，不能想跑就跑。”

孙儿过去搂了搂奶奶，连哄带骗地安抚着老人家睡去了，这一晚，我陪儿子睡在一块，聊了很多尹剑幼年的故事，尹剑抱着我的脚丫闭上了眼睛。

第二十一章

第二天刚送走尹剑，肖货刚就串门来了。公路一开工，村干部的职责就细化起来，老吴负责各项材料的进购、管理；沈敏负责财务出纳；协调工作及财务审批由肖货刚主管，而我专门负责向外筹资一事。肖货刚作为领头雁把问题考虑得很是缜密周到，为了充分发挥“地方绅士”的民主监督作用，洪荣、二猛子、朱怀云、曹正刚这几个也都派上了用场。

肖货刚说：“强四在龙岗洲来大动作了，独木桥和甲板还在打造中，洲上就有设计师入场了，据说省发改委立项一千万，他强四还能筹上三千万，这个荒岛怕是要脱胎换骨了。”

我明白他的来意，便说：“我们的公路加宽铺油也刻不容缓，光靠交通局和发改委那点专项资金还缺口不下二百万呢，向外讨钱越来越难，关键是人情开支不好处理。”

肖货刚一本正经起来，说：“吃饭是沟通感情，以后还得钓钓鱼、串串门，来发展或巩固感情。”

我想了想说：“政府官员我认识的还不多，还是先去请教一下贺副镇长吧。”

肖货刚点点头说：“也是，贺进明同志可能还靠得住一点，花耗开支你完全可以放开手脚办，这样贺进明的积极性可能会更高些，钱要是到了村账上就好说了。这些开支得在工程里去消化，理财组那边你得出面沟通一下。”

我听清了套路，挠挠头皮说：“先试试看。不过，我可不敢保证。”肖货刚心领神会，说是村长越来越老成。

肖货刚刚走，我就火急火燎地与贺进明会了面，把想法和思路全盘抖了出来，贺进明考虑一阵，很是平静地说：“尽力吧。”

我高兴起来，忙说：“全靠兄弟定夺。”

贺进明在办公室反复踱来踱去，老久才说：“秦局那里今年已帮介山开了两次恩关，眼下不宜再去，想来想去，就只有另外二位靠得住一点，其一是财政局刘局长，与我的关系挺近，他那里金额不会太大，顶多 30 万；其二是向书记，水利局现任一把手，向局长正是他堂弟，听说向局长自幼就是向书记父母抚养大的，只要向书记愿意帮，应该差不多可有 50 万左右。”贺进明还在踱着小步，无奈间叹道，“介山今年已立项了小农水工程，公路的事怎么去说呢？”

我看一眼贺进明，试着说：“我们那里是一个典型的受灾区，也属库区，能不能叫防汛指挥路？”

“对，就是防汛指挥路。”贺进明兴奋地叫了一句，那手掌拍得桌面都震动起来，“防汛指挥是他们水利部门的天职啊。而且这名字听起来经久耐味，水陆两用，责无旁贷。”

我被他的话语也感染了，说：“对对对，确实责无旁贷。”我又问向书记那里我有没有必要去上门说说情况。

贺进明摇了摇头，说：“你去他也不会买账的，今晚我把他们兄弟都请到茶馆里来，我看问题不是很大，再是财政局刘局那里，应该也可有几十万，开支方面我暂时帮你们垫着，你的事我不可能不管啊。”

事情都谈得差不多了，我拜托几句便告辞了。

第二十二章

这天，我在贺进明办公室正聊着，贺进明手机来了电话，贺进明把扬声器打开，里面声音像打雷一样大且吓人，仔细一听，我们才得知原来刘方林驾着游轮来下游时，游船螺旋桨把沛胖子的渔网划破了，沛胖子用渔船拦截着要求赔偿。贺进明说："村长正在这，我叫他马上就来，兄弟千万要稳住，莫乱来。"

我本来不太情愿去，自从获悉码头事件后，对刘方林实在有些不敢恭维，嘴上却不好言明，很快肖货刚也来电话了，我只好答应。

到了那，我就见沛胖子的脚丫子正流着鲜血，曹正刚帮着进行伤口处理，肖货刚凑上前去，问："伤是怎么回事？"

"尾舱上的船舷棱角划了道口子。"沛胖子轻描淡写地回答，语气也没做任何渲染，"幸亏我熟悉水性，不然被他们撞翻渔船准要打捞尸体。”我听着有些气愤，猜定刘方林给肖货刚打完电话就采取了野蛮行为。

“不幸中的万幸，万幸……菩萨保佑。”肖货刚已经蹲下身去，细瞧着伤口说，手也开始勤快起来。

曹正刚说：“算他命大，只要脑壳碰到螺旋桨上，就完全打锣了。”

我明白曹正刚正在气头上，便轻按一下他的肩膀，只道：“先治伤，莫分神。”

沛胖子说：“他们撞翻渔船后，根本就没有减速，也没有停机，我沉到了水底，当初我一直憋住气，睁开眼睛向上瞧，发现花船上的螺旋桨正在飞转，后来我费了九牛二虎之力，总算吊住尾舱后面的栏杆爬了上来。”

刘方林从船上下来了，听说要去船上议事，便忙不迭地既摇手又摇头：“顾客是上帝，我同意了，顾客不会同意啊。”

我说：“刘老板，到船上谈事，顾客不会同意？”

刘方林说：“基本上是这么回事。尹村长，将心比心，现在顾客正聚在餐厅里搞活动，我把他们挤到哪里去？明天上午再谈，反正大风吹不走日头。”

“有钱钱壮胆，无钱命壮胆，今天就算你是只恶老虎，也要让你活吞我们。”曹正刚边说边挽起了衣袖，他能有这般气魄，我是未曾想到的，心里却暗喜了一阵，巴不得他态度再狠些，自己才好去做刘方林工作。

刘方林鼻子里哼过一声，朝手下说：“起锚，准备开船。”

曹正刚把手一挥，呵斥着：“你敢？！老子和你同归于尽。”

好歹，肖货刚和我都是明白人，知道双方都在玩威风和气势，在这关键时刻谁也不会怕谁，但谁也不敢轻易先动手。肖货刚赶紧钻过去，厉声道：“退回去，都给我退回去，谁先动手，谁就承担一切后果。我看你们，谁也不怕谁，谁也不让谁，好比五保户碰上了单身汉。”

这一声，倒灵验。顷刻间就缓解了局势。

肖货刚趁势道：“和谐年代，我相信你们个个都想长命百岁，一个巴掌总是拍不响，各有各的责任，我希望你们双方都能放下架子，心平气和地进行一番换位思考，一时要做出个彻底的处理，恐怕有点为难，至少我不是这条吃菜的虫，所以我提个处理方案，供你们酝酿：暂时由游轮放三千元押金到村上，再由正沛同志去租用一套潜水服，该打捞的打捞，该修补的修补，完善后，再一起坐下来谈。”

肖货刚再问了一句沛胖子：“老弟，钱押在村上，你总该放心吧。”

沛胖子迟疑一小阵儿，看了他哥哥一眼，没有说话。

曹正刚说：“还少一大截，至少放八千。我曹家不是打冤枉主意的，不过也不能丢了本分，或者干脆我们一分钱也不要，只要他该打捞的打捞，该修补的修补，柑子退柑子，柿子退柿子，就连伤口都不提了，算我老弟赚的，总行吧？”

肖货刚朝我笑了笑，再把笑脸转向曹正刚，说：“这事，我看就请尹村长说句公道话算了。”

“三千涨一点，八千降一点，六千，行不？”我谨慎地答了一句，我想略微帮沛胖子扯一点，却不敢太露骨。

刘方林明白再不表态是脱不了身的，只好不耐烦地说：“六千就六千，反正我要开船了。货哥，你帮我暂时垫着，明天给你。”

曹正刚见肖货刚点头答应了，终于松了口：“山不转水转，书记担保，我们绝对同意。”

游轮刚走，我故意笑上肖货刚一句，“你表弟不会吹空气球吧？”

曹正刚目光在肖货刚身上溜转好几圈，好似哥伦布发现了新大陆，说：“我才知他是你老表，想不到……”

肖货刚琢磨他话里有株连责任之意，忙说：“今天这事刘方林最终还是承担了责任，也算差不多了。”

曹正刚苦笑一声，说：“你表弟还以为我们赚了他一把，损失其实远不止六千，原来，我最恨他独霸码头，心想只要游轮下来，一定要想方设法阻拦，可真要做这等事，我们这号人是做不出手的。”

我心生敬意，只说：“凡事留点余地好。”老兄做人像拉二胡一样，粗细有度。

不出几日，贺进明那里果然有了好消息，他双管齐下，都有所获，水利局和财政局总共争取了六十万，我高兴万分，连忙在电话里道谢。

该忙的忙完，我便回村里去找肖货刚，看完票据后，肖货刚又看了看我，然后把发票原封不动地退了过来，说：“你经手人先签字，同时要注明一下用途，上次支部会上的意见，我们这些高个子差不多都成了矮子，唉，往后尽量透明点，免得满塘青蛙叫。”

我很不高兴，肖货刚定是对发票的真伪存在很大的猜忌，又想身正不怕影子斜，朗声说：“这钱我是一分一厘都付了，也是遵照你书记的指示啊。”

肖货刚犹豫一阵，说：“你上次在会上提到一千元以上开支需理财组同意，我看你还得去找他们签上字。”

我点头笑笑，说：“我会去找理财组同志说明情况，肯定要他们签上字，不然我们干部说话就是放屁。”

肖货刚又说：“这次底下群众还算满意，路灯安装结束，再有支线公路如质如量，总算又完成了两件大事。”

我说：“群众眼睛雪亮，朱师傅憨憨厚厚，充当包工头是玩不出花样的。”

第二十三章

这天晚上，小玉约我去她家里坐坐，我答应立马就去，到那已近八点。

小玉一人在大厅静候了老一阵，今日她外套卸下了，穿了一件暖色的紧身内衫，窈窕可爱。我进去她就露出皓牙灵齿：“终于来啦！”她笑着过来握手，还是那白皙纤细的手，小玉像与我久别重逢一般，用另外一只手合围过来，在我手背上揉了又揉，她眼里居然有了泪光，缓缓道来：“那晚，我在漆黑的世界里想着怕是见不到你，也见不到任何人了，但我清楚位置图发送成功，我一直等一直盼，就像生活在漆黑的梦里一样，到晚上十点我才开始绝望，即便如此，我仍能回想起当时的情景：先是地动山摇，有庞大无比的东西把车子震得可怕，车子三分之二的部分被盖住了，无法再动，就在这个时刻，我不加思索地发出位置，还没来得及多想，哗啦啦一声巨响，车身抖动一下，便是一片漆黑。在我绝望的那刻开始，我想到了渔夫与魔鬼的故事，那瓶里的魔鬼等了几百年，要不了多久就会憋死……我与同伴还算冷静，尽量不消耗体能。凌晨，我昏昏沉沉了，潜意识里还有灵魂二字，那时我想灵魂即将袅袅升天了……那时我不知是灵魂在哭，还是自己的生命在哭……女儿啊！亲人啊……”

我瞧她泪水涟涟，难免被感染，劝慰道：“生死往往就在一念之间，界线也是非常分明，感谢你能在一念之间记起我，谢谢！”我握着她的手摇了摇，小玉这才松手，而后破涕为笑，说：“总不能站在这儿说吧。”我向里边一瞧，里面装修得还算可以，弥漫着一股深沉而又暖融融的气氛。我站在门边问：“有鞋没？换了吧？”小玉找来一双，小了些，足身只进去了三分之二，我笑道：“看来这里是男人免入。”说着就踽踽在皮沙发上坐下。

她说极少有男人入这间房子。屋子里微微闷热，小玉把窗玻璃推出一道缝儿，窗帘却拉得严严实实。她挨着坐下说：“一个偶然机会让我与戴夫人成了闺密，下半场人生博弈我可能多了点空间。”

她微微合上眼睛，突然紧紧地抱住我腰杆，又传来耳语：“抱紧我，快点抱……紧我。”

我热血沸腾，完全能感觉到心脏在快速搏动，我微抖的手抚到了她光滑的雪绒衫上，她不经意间微抖一下，而双手把我箍得更紧了，我再也忍耐不住，热切地响应起来，吻了很久，从未想到唇舌能传递如此丰富的情感，似乎都要吸尽对方的气息，老久我才松弛下来，也顺势把小玉扶正身子，依然偎搂着，她脸颊在我胸前蹭了蹭，嗔怪的语气中有些幽怨：“不想酣畅淋漓？”我嘴唇在她动人的眼睛上掠过，又滑至她耳根："不急，我们先聊聊，等下再……"

我们慢慢平静下来，她立身去镜前梳了梳头发，旋即就拿出一个陈旧的瓷坛来，瓶口用粗布封着，她摇了摇瓷坛说："你晓得这是啥酒？"她见我不解地望着瓷坛，又说，"这是和欢酒，据说是一种神乎其神的药酒，来自九峰山一位老者的家传秘方。"我忙问老者是谁，酒有什么特性。

小玉说："我并不知道这位老者姓啥名谁，我只想把这真实的故事讲一讲。七年前，我正好二十九岁，夫妻关系差不多是名存实亡，那时他与一位市领导的女儿彻底好上了，那女孩刚硕士毕业，完全受他蒙骗，俩人成天黏在一块，有人也劝我想开些，我也想给孩子一个完整的家，所以强忍着，不久，母亲弄来了这坛酒，说很多关系不好的夫妻喝了这和欢酒，就像铁链一样连在一块了，劝我找机会与他一同喝下，我观察了一些日子，做了一个最明智的抉择，在他正春风得意的时候解除婚姻，那时他买下了一大块地，融资三个多亿，我清楚他缺后续资金，全靠高息集资，离婚不到一年他就被刑事拘留了，非法集资案让他现在都蹲在牢房里……这酒就一直留下了。"

我唏嘘小许，说："你这么优秀，长得像明星，他还不满足？"

小玉再次依偎过来，淡雅的发香沁入我心脾，我再也抑制不住高涨的荷尔蒙诱发，一把抱住她入了里间，俩人如久旱的一堆干柴烈火，性急地相互掀着对方的衣服，我如波涛汹涌的大海上一叶小舟，一时冲上浪尖，一时又跌入谷底，酣畅得如坠入仙境，老久二人才依依不舍地撤下来。

闲聊到差不多十点，我这才辞行出来。

大街上的喧哗一点都没消退，车水马龙，灯红人涌，我摁下玻璃，任晚风吹拂，头脑里仍然抹不掉小玉的身影，这时，另一个熟悉的身影出现在前边龙腾酒店门口——系着咖啡色短裙的沈敏正在东张西望，我赶紧把玻璃摁上，刚从那儿经过，就见洪荣在大厅向沈敏招手，沈敏立马闪了进去。

没过几日，强四电话里又在催我，问村里的安全饮水项目到底还搞不搞，我心想此事还没有和肖货刚商量好，便含糊道："搞吧！"我很快就找肖货刚谈了此事，还说自己和强四达成了共识，决心帮老百姓办好这桩实事，因山顶上这股终年都不干涸的活山泉是其他地方难以找到的优良资源。

肖货刚无奈间便露了底牌，说："老弟，不是我不想帮老百姓办实事，只是有点小麻烦，我也不想隐瞒你，你也不必说出去，我肖家有好几个祖坟葬在铜梁山山腰下，真要是水管之类的东西在上面经过，你理应知道民间传说，说是祖坟被大水洗了，以后后代要是有闪失，只怕……"原来他还有这样的顾虑，我想了想就说："干脆这样吧，我们看了地形再定水管走向，一条原则就是尽量不影响你家祖坟的风水。"

肖货刚嘘口长气，缓后说："当初我荐你来当这个主任，到底还是没有瞎眼，好吧，饮水项目我们单独筹划一下水管走向，至于立项争资的事是政策范围内允许的，我看还不成大问题，另外，往后开挖沙洲我们把好关。"我微微点头，表明了态度。肖货刚闭住嘴大幅度地收缩了一下喉管，一声湿啰音过后，一团浓痰已经卷在他舌头上，但他没有立即吐出来。我很是担心这痰会被他吞了，便象征性地朝垃圾桶里稀薄地喷出一点口水。

肖货刚似乎受了启发，这才起身把它吐了。他继而又缓缓道来："周正根那头犟牛你还得与他沟通沟通，据贺进明来后说财政局和水利局两处共能引入资金不下八十万，恐怕他今后在开支上又会挑剔，现在对村账他仍没放手，你去安抚他一下，另外，沙子开挖，我估计他又会从中作梗，必要时也可考虑分点租金给他组上，要控制在一万块以内，你看呢？”

我怕他疑心自己故意顾着周正根，便解释说：“真要稳妥进展的话，我看还非得拿死周正根不可，上次那鱼塘补偿款别去缺斤少两。”

肖货刚忙说：“你村长是法人代表，完全可以做主。”

从肖家湾出来，我想见见强四，又去了铜梁山，不多时就到了山脚下，只见一眼望不到边际的新色梯土连绵起伏，原来偌大的荒林野郊已见不到半点踪影，山上修了毛路，我顺着蜿蜒的山路曲折而行，一小会儿就到了半山的木棚前，木棚新建不久，强四和二猛子还在棚下闲聊，二猛子历来胆大，鬼窟里都敢去，我猜想强四是请二猛子来这荒林里看管守夜的，过去一问果真如此。

二猛子吸着喇叭烟，玩笑说：“我好像林教头看管草料场，晚上就只能在这山神庙里过夜了，你差头今天不是来察看料场吧？”

听二猛子把我笑成差头了，也就跟着玩笑起来，说：“料场跟我差头无关，现在我是响应上级方针，变群众上访为干部下访。”

强四就正经说：“你们是官小任重，还借题吟起了老句子：居庙堂之高思其君，处江湖之远忧其民。古人能有这种境界，我们也该学学。”

二猛子又说：“发动男女老少跳一跳舞呀，路灯一开，老百姓的眼光也就开了，到处都跳，介山何必老实呢？顶多去弄几个铁箱子什么的唱唱歌，再客气点就弄几块幕布挂到墙上，跟着人家跳，易学得很哩！”

强四兴奋起来，说：“您老把戏灵泛得很，这个点子蛮不错，坚决落实，还有其他点子吗？”

二猛子沉吟少许又说："我老倌想去弄几匹好马回来。今后既可在强总你的山庄里驮驮货，又可在村里村外出租，白天晚上都可供人坐骑，收费嘛，也不高，让人家尝尝新鲜味，我保准风一吹，城里人都会来凑这个热闹。"

我嘿嘿笑几声，觉得真有意思，道理也确实不少，动物园还只有观马的份儿，真能骑在马背上到村道上或铜梁山转几个圈儿还实在是稀奇事，我看着二猛子说："原来公路还一直叫作马路，看来二叔还真有点子，一下就想到了马列主义道路。"

二猛子说："到时我既要让有胆有技的人能单独骑在马鞍上，又要让老人、小孩坐坐老式马车，后面拖着个轮式享福椅哩！"

"牛！"强四丢掉烟头，跷起大拇指，又说，"到时我把铜梁山的环形马路一整修，风味就更加浓厚了。"

我平素不爱拍胸脯，今天却是例外，说："就等二叔这台好戏了，到时还可搞点多样化，射箭啦、打靶啦、设置马场啦，只要能赚钱就是好事，至于跳舞，这个这个……不是问题。"

二猛子笑道："别看我猛子猛子的，我粗中有细，说出来了就一定会做。"

我鼓励他几句，便陪着强四缓缓上了山，强四指指山上说："志涛，明年这个时候，漫山遍野就全是洋姜了。"

我打趣说："种子不弄错的话，肯定是这样，石榴还可以吧？总不能枉叫你石榴大王吧？"

强四说石榴不用操心，旱涝保收，强四沉吟少许，又说："志涛，我有个奇特的想法，龙岗洲除建设用地外，能栽桃树的我都想栽上，以后这个荒岛便是一个美丽的桃花岛。"

我点头赞许，说今后强四便是岛主黄药师。

强四说："中等桃树每株50元左右，我想通过众筹的方式来解决，让众筹者既买树又亲自来岛上栽树，每株树都挂上主人的牌子，这些桃树的生长情况便牵着每位主人的心，众筹，筹到的不光是资金，更多的是人心人气，众筹碑上都将留下这些桃树主人名字……"

我拍手叫绝，连说："创举，伟大的创举。"

洪荣从山顶上下来看见我俩了，刚才他在山上架线，忙过来打招呼："嗨，村长来了。"

我顺便问了问岩石盖浆的情况，其实混泥浆早就盖过了，我自己都觉得这一明知故问显得拙笨。洪荣微笑起来，大概也明白我只是随便问问，便说："上星期水利站的同志来视察过，还算基本满意。"

"外观程度还算看得过去，我晓得。"话一出口，我就后悔说快了，这不明摆着就是影射工程不够坚固？

不知洪荣是没有细想，还是故意犯傻，他偏又笑着说："工程不论大小，要么不动手，一动手就要一炮打响，至少我洪荣下回在介山再搞工程时，你们书记、村长不会怕我扯下水。"

我看洪荣还沾沾自喜，很想说他几句重话，又怕把他逼急了。"你忙你的去吧，我和四哥再去山下瞧瞧。"我怕越谈越不对劲，便支开了他。

第二十四章

下山时间也不早了，我想约上沈敏一同去周正根那里聊聊，便打电话给她，沈敏说："你快点过来接我，干脆就去周家吃晚饭算了。"

很快车子到了沈敏门前，听到里面电视正播放赵忠祥配音的《动物世界》，我不动声色地走到了屋门前，很想惊她一番，只见沈敏正用拖把在磨蹭着水磨式地板，彩色地面上泛呈出一层湿润的光泽。待了一分钟左右，我粗着声音干咳一声，沈敏吓了一大跳，一脸的惊慌，半天才支吾道："你阴魂一样……胆水都被你吓了出来。"

我问她老公哪去了，沈敏说还在公路上扫尾哩，我说："你老公毫不利己，专门利人。"沈敏点头说是，又道："要不是为大局着想，我不会叫他回来。"

一会儿我们就到了周正根家，他老婆从省医院回来才几天，正卧床休息。周正根沏了热茶就忙着下厨房了，客厅里灯光昏黄，说起这客厅，也就二十来个平方米，土砖上的白灰是粉刷上去的，只是不太光滑，不太平整，墙上却成了记事本，经济往来、电话号码、实物进出等内容丰富得很。沈敏眼尖，一下就瞧到了一排这样的文字：二猛子借去黄粉子五十斤。“志涛，你说黄粉子是什么？”她指着那排黑字问。

我开动一下脑筋，竟然有了灵感，说：“我估计正哥不会写糠字，就用黄粉子代替。”

沈敏哈哈大笑一声，就径直去厨房问了答案，原来还真是这么一回事。饭菜弄熟了，周正根托盘出来，说：“这黄粉子是我老婆想出来的，提笔忘字，怪不得呀。”

我怜悯他老婆，就说：“我们去扶嫂子起来吃饭吧。”

周正根指指里间，轻声说：“这段时间她适合静卧，等下我去喂她就是。”

“一共花了多少费用？”沈敏停下筷子，问道。

周正根轻叹一声，说：“八万，曹医师帮我借了三万，再有敏妹妹帮忙，幸好农合医保还报了三万。”

“正哥，万一缺钱用，我还可以帮点小忙。”我又把称呼调到最亲密的程度上，生怕这头犟牛会在沙子开发上拱出难题。接着我便将开发堤外沙洲的事说了说。

周正根清楚了来意，想了想就说：“说来说去又是拿我组上群众开刀，不瞒你们二位，组上群众要是得不到好处，恐怕他们会大闹天宫，弄得不好，肖货刚屋前又会无处放伞把[①]。”

---

① 屋前无处放伞把：下雨天，讨说法的多了，自然就会无处放伞把。

我一惊，没想他真会唱反戏，便说了些人情世故的话："正哥，村上也有村上的难处，公路提质改造也缺钱，再说我也答应人家老板了，人家办证都花了不少开支，真要是虎头蛇尾，老弟我难以交差呀！沙洲原本属村集体所有，沿河组没理由收取租金啊。当然老兄的实际情况我非常清楚，你不管我用什么方式，反正我要帮正哥打上一万块钱主意，也算是老弟一番心意。行不？"

周正根放下筷子，端上酒杯说："主任，你完全看错老兄了，你这不是收买我吗？"

我听着脸红了，赶忙说："正哥，我并不是这么认为，我把你当亲哥一样看待，希望你理解，人一辈子如过眼云烟，有些小事何必一股脑儿较真劲呢，世事随俗好啊！"

周正根沉默不语了。

沈敏轮流看着我们还在继续添酒，便说："你们眼睛都红了，少喝点，好不？"

周正根抬头望着我，一口干了杯里的酒，粗粗地说："你能够帮忙的话，就帮沿河组争点收入。"

我本来应该高兴的，一时却高兴不起来，周正根的话语震动了我，让我无法平静，自己竟大言不惭地说出这种见不得天日的馊点子，想着想着，我也端杯一口干了，说："正哥，老弟愧疚！"

"菜都凉了，拜托你们扒粒米饭，好不？"沈敏话语有些急切。周正根这才记起自己是主人，连说："对对对，粗茶淡饭也得将就一下肚子。"

吃完又拉了些家常，不觉已经很晚了，我们辞行出来，都感觉到了一些凉意。

羞涩的月色开始吝惜地发出些灰暗的余光，使白河模糊地倒映起两边黑压压的峰峦来。山太高，水太暗，俩人不免滋生起紧缩的感觉来，却是什么话都不说。

河中突然亮起一个电光，那是只渔船，船主肯定是小睡了一番，正准备收网。这时，他突然扯开嗓门，播放起自制的山歌来。听声音，正是沛胖子：

记得正月二十七唻，
东头坳上刨草皮，
两人就把婚姻提，
春妹妹羞得把头低……
春妹妹唻春妹妹唻，
画眉子眼珠黄蜂子腰，
屁股像个棉花包……

这天，老吴硬要我去他家坐一坐，我到后，老吴进屋里去沏热茶了，还拿了点酒和点心，我掏出两支香烟点燃，待老吴出来，我便把燃着的香烟递上，老吴笑着接过，叹道："再过几个月就是年底了，我决心还是退了。"

安静小阵，我才道："老会计，你放心，只要货书记同意的事，我坚决拥护。"

老吴说："货书记要是和你一样开朗直爽就好了。"

我说："货书记和你关系挺好哦，既合手，又默契，你这点小事应该没问题。"

老吴说："现在他肯定会爽快，可现在是现在，年底是年底，此一时彼一时，我和货书记一直就这样，时好时丑，眼下是什么情况，不用我说，你也应清楚。"

这委实算句真话，现在沙洲的开发需他老吴扛面子，往后就不一定了，人心确实是变幻难料的。

"你真这样看？"我故意装出点惊讶。

老吴的脸色十分复杂了，好像既有酒后失言的后悔，又有那种不吐不爽的朦胧，迟疑一阵后，他像电工一样试探性地用电笔检查起漏电开关来，说："志涛，你能保证不外传？"

"绝对不外传。"我说，并严肃地点点头。

老吴说："我先要给你打支预防针，不管什么坏话，你都要忍住，甚至要忍到闭眼的那天。"

我说："晓得，你也不妨说说。"

老吴说："建校的时候，你没接任，基本是他一手遮天。老主任已经长眠地下了，只要把笔杆子转动一下，鬼晓得？上次他不就说做了些课桌，再过些时候，他到操场或围墙上再随便一个小动作，那肯定就是公家又要亏欠他的私人钱了。"

"你明知有问题，村干部会上，你干吗不提？"我问。

"这……我怕打草惊蛇。"老吴支吾着。

"当面鼓，对面锣，打蛇打七寸，根本就不用偷偷摸摸。"

"老弟，你这话扯远了，现在和你说说心里话，也不算偷偷摸摸呀。"

"呃，我是用词不当，不是偷偷摸摸，应该是躲躲闪闪。"

第二十五章

正聊着，四疤子来了，他老婆提着个蛇皮袋尾随在后，与我们打过招呼后，四疤子便绘声绘色地说着他新办的腊制食品场，“牛不是吹的，靠事实说话，我屋里加工的腊鱼腊肉既有看相，又有吃味，两年内不会变质，村长、会计你们各拿一块试试去。”说完，他就安排老婆去办。

他老婆稍有点迟钝，一副疲沓不太素净的相貌，四疤子抬手便去扇她，谁料，她抱头飞快地蹲身下去了，我们料定这是丈夫经常打她所致，不然不会有这种灵敏的条件反射。

我便训斥四疤子，说他太不像样，四疤子却不以为然，说蠢人不打是不长记性的，又硬要塞上一小块腊肉，这腊肉委实香气四溢，色泽橙黄，我非要付钱不可，四疤子拗不过就收下了。他坐下说：“村长，我清楚强四与你关系挺好，但这次我非要告他不可，龙岗洲上野生樟树伴在我家祖坟边，他竟敢一手遮天，说砍就砍了，两株就可抓人，四株，你们说要不要关两次？”

我劝道：“这节骨眼上别去造乱，你与强总无冤无仇，何必呢？为了介山的未来，老四同志请顾全大局啊。”

四疤子哼过一声，说：“未来？还是未来的事，他走路翩又翩，不信他脑壳有多尖。”讲话他又押韵了，我回道：“一个好汉三个帮，一个篱笆三个桩。”

这时，母亲来电话了，我开了免提键，母亲说家里来了个女人，像有急事，我说稍等，现在就回。说着就走了。

屋前，一个女人默默地站在门前，我定睛一瞧，还是上月来过我家的那位嫂子。我仓皇说：“进来坐坐。”

看她脸色非但不和悦，还有些沮丧，她坐下，径直说：“尹村长，您儿子已经去了部队吧？”

不知咋的，见上她就像见着幽灵一般发虚，我咳了咳：“怎么啦……早就去了。”

她呆滞的目光突然亮开一线：“你儿子与我女儿的事，让他们自己解决去。”

我松口气说：“哦！这就对了，嫂子通情达理。”

她说：“我叫冯秋雁，以后你叫我名字吧。”

我吓了一跳，“以后”这个词眼太有压力，我说：“你你……有啥目的？冯……秋雁，冯秋雁同志。”

她说：“别叫冯秋雁同志，叫冯秋雁，秋雁也行。”她立起身子，近前又说，“你面子大，朋友多，帮我找下我女儿，我老公的白血病挺不了多久。想见上她最后一面，所以，那钱就抵消，上次你儿子给的那钱我带来了。”

我发慌了，差点动怒，说：“你……冯秋雁，也真是……你女儿走了，怪我家尹剑，钱你去退给我儿子。”

冯秋雁眼角湿了，解释着：“别误会，我说的是我的大女儿，她右拇指很不正常……二十年了……我和老公都后悔……”她眼里已是汪汪的一片泪水，我脑门嗡的一声响过，世上哪有这等奇妙之事，英子！她说的就是英子。我说：“她右拇指上是不是多长了一根指头？”

冯秋雁抽噎着点头说是，“您见过？”

我赶忙摇头，最担心英子不会接受这个事实，就退一步说：“秋雁同志，你既然托了我，我就尽力，先回去吧。”

她眼光闪了一瞬，像是找到了救星，她大幅度地鞠了几下躬，让我心里彻底软了。

我叫她留下了电话，看她孤单单地出去，又孤单单地消失在公路那边的尽头，还真像秋天的一只孤雁。

第二天，我单独见了英子，便问：“英子，你想了解你的身世不？”英子诧异地瞪大了眼睛：“我爹娘说我是遗弃的婴儿，您讲。”我说：“倘若你的亲生父母想见你一面，甚至还想找回这份亲情，你如何打算？”

英子似乎早已想过，说：“这里爹娘一直希望我能找到父母，我不会排斥，也不会记恨，但是，我会毫不动摇地陪伴我这边的爹娘。”

我终于有底了，夸她：“还是没有看错，我的好侄女！”接着我就说了详情。

英子眨闪着那双水灵灵的眼睛，文绉绉地说：“我曾经写过一句话，也刻在脑海里：心中的亲生父母是模糊的一片天，浩渺无际；而身边的爹娘是厚实温暖的一块地，养我育我。我可以飞到天上去看看，但必须很快回到地上。”

我竖了拇指，啧啧称赞：“英子随口一说，就是诗意哲理！”

“等我找个时机与我爸妈商量一下，这件事情得先征得他们的同意。”英子谨慎道。

英子想得没错，的确，见不见面得与沛胖子夫妇商量好再说，英子也是曹家的一块心头肉啊！

这时，肖货刚来了电话，说是采沙订立合同的事，我答应立马就去。洪荣、刘方林、老吴、沈敏早就到了肖货刚客房里，肖货刚打完开场白，刘方林就谈及了地租金的事，他说：“我早就跟货哥交了底，两只沙船每年顶多十五万，超过这个数字，我刘某是吃不消的，按季度交款。”

肖货刚打着哈哈声，说：“头季是试探，以后你们盈利可观的话，地租金再加点，如果下个季度不提前交款，属合同终止。”

我明白地租金被肖货刚这个哈哈打定了，再说什么都是多余。

洪荣在席间想打发几个小红包，被肖货刚止住了，他略带些愠意，道：“要是外面吹半点风，村上的同志又要赚恶咒，骂我们吃香的喝辣的用红的，甚至还会骂我们这个四人帮是吃光用光喝光。”

刘方林的脸色跟着严肃了，说：“货哥的意见是千真万确，男子汉需三稳，手稳心稳嘴稳，洪荣同志，请你看清楚，介山的领导班子不是那种乌合之众。”洪荣的脑袋就鸡啄米似的点过不停，说：“是的是的，我们介山的领导班子是一支正规部队。”

该办的事办妥了，刘洪二位饭后便作揖找拱地笑着告退，我本是不太舒畅的，却也只好违心地跟在肖货刚身后，笑容可掬地送他们上了小车。回到房里坐下，肖货刚又对近期各项工作作了充分肯定，尤其对我的引资业绩更是赞不绝口。

我听着别扭起来，感觉肖货刚实在有点两面三刀，当着老吴的面却不好揭底，何况与老吴还发誓绝不外传，我只好将就着说："这段时间真正辛苦的还是你们几位，公路施工又快又好，群众还算满意，至于我在外面跑跑腿还远远算不上什么功劳，再说花耗也不少，特别值得说明的是，有一些花销确实没法开发票，说来说去，我是哑巴吃黄连有苦说不出呀。"

肖货刚半咳一声后就接话说："志涛，你千万莫伤心，我们能理解你，支持你。我前天还和老吴说过我和老吴这把年纪了，以后都是你们的时代，岁月不饶人啊，老吴你说是不是？"

老吴连忙鸡啄米似的应声说："是的是的。"

我心情晴朗了一些，暗自惊叹肖货刚的应变能力。

气氛拨云见日，肖货刚说话就更有兴致了："沈敏夫妇这次功不可没，老吴掌管财物细心谨慎。接下来饮水项目一启动，到时就请志涛同志肩负总指挥。"

我心里舒畅了，明白肖货刚定是转了弯子，决心要把安全饮水项目做起来，想了想，就跟着说："铜梁山那股活山泉确实是百里挑一，要是经过处理后输送到家家户户真是福泽！"

第二十六章

这几天我老感觉右肋有点儿阵发性胀痛，到医院一查竟查出个脂肪肝来，我便找了曹正刚，想问问他这位土郎中的主意。曹正刚沉切了脉，又看了看我的眼睛和指甲，欲言又止。

我笑道："你不是化学脑壳吧？不看人家的舌苔，怎么就看起人家的指甲和眼睛来？"

曹正刚说："你有文化，或许听得懂，肝脏主疏泄，主藏血，开窍于目，其华在爪，最忌瘀滞。这是古书上的原话。眼睛和指甲最能反映肝脏。你这情况，首先是戒酒，过几天我帮你用中药碾碎制点药丸，疏理疏理肝气，慢慢就会好。"

我问："你帮我配好药，回去煎着喝，不行？"

曹正刚说："那样既不方便，也没必要。慢性症状，只能靠缓药来慢慢攻克，成本也顶多只要水剂的四分之一。”曹正刚说说笑笑，怕我还心存疑虑，便打开《金匮》上一句古语给我看了看，上面写着：急症用其全力，即不可制，缓症用其半力，即不可不制，至于急中之缓，缓中之急，不制而制，制而不制，妙不可言。曹正刚解释说：“制就是控制的意思。古人教诲后人，该控制的地方一定要控制，不该控制的地方千万不能控制。”

“挺深奥，蛮有味道的。”我说。

“医学与文学、人学、哲学关系紧密，相辅相成，有书底子的人完全可以钻一钻，像你。”

“我还以为你故意玩点花架子呢。”

“老弟，我最讨厌的就是任何领域里的花架子，跟你打个比方，治蛇伤，本来是只能全部靠药功，只要抢救及时，基本上会平安无事，可有些蛇医偏就要掺和点跪跪拜拜的迷信活动，这一来可好，你主人得准备三香礼和香钱，这点花架子就够你主人折腾的。”继而他又轻叹一声，拖长声音道，“你们村上的烟酒发票每年也不少啊。”

我说：“哦，上次你清算过村级账务，肯定知道的。”

曹正刚说：“谈不上清算，只能说是算清，拿几个呆板的阿拉伯数字打了一下加减法。”

“有区别吗？”我犯傻似的问。

我明白上次清算虽然与自己毫无瓜葛，但他并不希望中间出现纰漏，便说：“现在的花耗，有时还真不好怎么说。虽然上面三令五申不准送情送礼，可办事要办好，不送情送礼总担心砸锅，就像无形中有个潜规则。上回引资，我算是亲身体会了，真不知如何说。”

这时，曹正刚起身去接电话了，他握着话筒的声音突然颤抖了：

“怎么了？你爹脑壳破了？正沛的脑壳破了？谁打的？哦，我马上过来，你到急救室等我。”

电话是英子哭着打来的，说他爹上午赶集被烂崽无故砸伤了脑袋，正在县人民医院抢救，烂崽是什么人，她也并不清楚。我说：“刚哥，我同你一起去。”

曹正刚说：“那就快上车，我付租车费。”

我们很快到了急救室门外，听医生说曹正沛虽然没死成，可是差不多成了半个废人，颅骨骨折倒还可以慢慢治愈，而左足脚筋被切断，是无法恢复的。医生说伤者还得继续留在重症室观察、静养，不宜打扰，我便和他们家属打过招呼后返回了介山。

第二天上午，我又去了医院，曹正刚蹲在病房门前打盹。我大声喊了他，曹正刚这才揉揉眼，站起来说：“正沛基本清醒了，我问过昨天的一些大体情况，刚刚报了案。”

我问到底是怎么回事，曹正刚简单介绍了一番：昨天四点左右，沛胖子准备收摊了，却又来了几个买鱼的，四男两女挤在一块，桶里还余下两条青鱼，他们都要买下。沛胖子见是收摊的生意，便按优惠价全部卖了，可是不到三分钟，这帮人又提着两条死鱼来找麻烦了，说沛胖子故意杀黑，拿两条中毒鱼骗钱，非要他退赔两千元不可。沛胖子不依，就被打了耳光，他正欲抄家伙，冷不防后脑就被石头砸了……后来他就完全没有知觉了。

我不寒而栗，语气带些愤怒：“那正沛是昏倒后才被切断脚筋的？”曹正刚眼里抹了一层湿雾，咬着下唇在点头。我知道他很难受，只好宽慰他，“兄弟，急也没用，只要正沛还活着，就不要担心，留得青山在不愁没柴烧，法网恢恢，黑手总会受到严惩的。”

这时英子从监护室出来了，她眼皮略微浮肿。见着我还是忍不住哭了，道：“就算爹还活着，也成了废人。”

我跟着掉了眼泪，想请他们去休息一阵，英子执拗着不肯去，说要等等民警，我也不多说，只道有事再打电话，末了，便很紧很紧地握着英子的手，再是劝慰了英子一番，才回村里。

晚上，我打电话问民警是否去过，英子说：“重案组和钟所长接到报案后来过几回了，我跟他们反映了大体情况，而且还强调了一点，这帮凶徒是有预谋的。”

我觉得也有几分道理，又问她爹爹情况如何，英子语气异常沉重：“尹叔，我爹刚刚醒来，他像癫了一样，老想撑拐杖去街上，我晓得他没别的事，只想去寻找仇人。”

我听着心里涩涩的，明白他们父女心灵的创伤是无法医治好的，我“唉”了一声，让对方的呼吸声在话筒里对流一阵后，才道：“英子，你要想尽一切办法稳住他、哄他、安慰他，那些坏人的好日子很快就到头了。”

英子说：“尹叔，您一有机会也过来坐坐，顺便劝劝我爹。”我“嗯”着答应了，我自个儿都不明白，说那些坏人的好日子很快就到头了，真的会吗？坏人到底在哪？想着这些，我越发茫然了……

干坐一阵，再又拨过去，却是另外一个女同志的声音，那是一口标准的普通话：对不起，您拨打的用户已关机……我猜定英子手机一天一晚没闲着，准是没电了。仰望繁星密布的天幕，我心里越来越如铅一般沉重起来。

翌日上午，鲁刚来电话说，四疤子带人在镇政府告状，还是强四乱伐樟木一事，还扬言要告到县市去，政府要求村上迅速将矛盾消灭在萌芽状态，我答应后就与强四通了电话，强四说："樟木被砍并不可怕，关键是看樟木是野生还是人工种植，这得省厅鉴定，我已向县局呈报了相关手续，也请县局与省厅对接，这个四疤子呀，典型恶毒的老实人，他目的是要敲钱，如果迁就了他，他就会得寸进尺。"

我说："小不忍则乱大谋，他办了个腊制品加工场，你每天这么多人吃饭，帮他消耗一些不就完了？"

强四说："这种人你宁可施舍他一千让他觉得欠你，也不能让他敲你一万让他觉得你该欠。"

我想想也是，不再多言。

第二十七章

这天，贺进明突然打电话来，叫我赶紧去镇政府一趟，我觉得有点不对劲，忙问：“有什么好事，说说也无妨。”

“来了再讲。”贺进明把电话挂了。

我知道真有事了，立即发动了车子，不多时就到了，贺进明一直在门口张望，待我入了办公室，他便赶紧打好倒锁。贺进明神秘兮兮的样儿让我好不纳闷，他端来杯冷水，让我喝了才说：“你村上那状棍，开始大肆煽风点火了，说不定等下就会来，昨晚他给我打了二十分钟电话。”

我说：“你是说弹弓枪王若明？”

贺进明说：“除了弹弓枪还有谁？全镇乃至全县才有这样一个洋货，挨不得，挨了要掉皮。”

我笑笑，道：“这种小儿科，讲话无人信，吃酒无人敬，也值得你贺大镇长紧张？他弹弓枪真能翻了白河镇的天？”

贺进明说：“紧张倒不是，我个人也没什么辫子让他抓，只是考虑全局的稳定，这大粪蚊子，肯定是在县移民局无意间问及了业务员，不然是不会清楚你们介山五万元工程移民款的事，他也嗅到了市局关于工程移民款发放的有关规定。”

我不置可否地哼过一声，道：“哦，那他打电话是说要告村上的状？”

贺进明说：“兄弟，你千万莫小看，一牵扯起来，就是个庞大的连锁反应，有些村里根本就不清楚这项目，这小人要是煽动其他村跟着闹起来，移民站和政府大院又会无处放伞把。”

我挠挠头皮，一时也想不出什么好招来，便道：“偌大的政府还怕他小丑跳梁？不可能真用膏药去封他的嘴啊？”

贺进明说：“这次弹弓枪告状的本意是针对肖货刚，这肖货刚也真是的……城门失火，殃及池鱼呀！”

我说：“肖货刚？弹弓枪干吗会告他？”

贺进明说：“我特意找兄弟来，就是想问问底细，才好去找肖货刚，我在电话里只听出个大意，好像是挖沙的事，肖货刚蒙骗玩弄了他，说肖货刚抢走了他的饭碗，使他吃不成软饭，那他就要搞臭、搞垮肖货刚，让他软饭吃不成，还说这是第一颗信号弹，紧接着就是你们村级账务问题了，会继续摸材料，直到肖货刚喊爹求娘了，他再算沙洲的账。”

我说：“就算他王若明发现了工程移民款的猫腻，也是告不灵肖书记的呀。他既没贪污，也没挪用，羊毛取在羊身上，顶多是说他割了猫耳朵喂猫，或者顶多说村干部不适宜做无名英雄，因当初我们四名村干部用身份证办好建房补偿手续后，一分一厘仍留作了村级收入，也帮你们县乡两级脱了责任。我估计他不好从沙洲的事下手，因为一张嘴就让人瞧见了舌头，就只好打这馊主意。”

贺进明说：“老同学，你看肖货刚到底在沙洲上吃不吃饱了？真要是吃饱了，你也劝劝他，多少吐点给弹弓枪，不然他总认为你们村里一直是用采沙上的事压他，愚弄他。”

我心里清楚，现在这时局，收买拉拢状棍不失为求稳工作中一种行之有效的办法，口里却说：“沙船还没开机，我怎么好问，又怎么开口去做工作？你们政府部门就没其他对策了？”

贺进明说：“镇里县里恨不得咬他吃，这状棍到处招摇撞骗，原来就以库区用电为由多次制造库区动乱，严重影响库区的稳定和干群关系，向书记昨天跟我明确表示，说县政府引起了重视，希望镇政府动动脑筋，以法律手段敲山震虎，如有时机，就迅速以其人之道还治其人之身。”

“党委政府重视了的事，总该有些办法吧。”我凝视着贺进明，稍作放松后，才轻笑道，“弹弓枪是皮发痒了，止痒有什么好法子？除了用左手使劲帮他抓，再就是用右手帮他使劲抓。”

贺进明竖起右食指，嘘了一声，轻声道：“小点声，千万保密，这事掀不得半点风。这次政府的决心很大，可能要来个釜底抽薪，初步思路是打伏击战，向书记讲的是没有孩子套不住狼，不然这状棍越来越水涨船高。”

我迷惑不解地望着贺进明，云里雾里的，愣了老久，才道：“政府计划怎样去带笼子？”

贺进明说：“一句话就是肉包子打狗。”

“肉包子打狗，不是有去无回？”我瞪大眼睛。

“对，就是肉包子打狗，不过包子里掺了点麻醉药。”

“绝不能让狗嗅出药味来，具体细节还没完全确定，以后你会知道的。”

外面有人在敲门，敲得挺脆亮。

贺进明喊道：“谁啊？”

外面有人在应了：“我呀，姓王的。”

说曹操曹操就到了，贺进明诡异地朝我笑笑，倏地拉开了门板。我喊了一声王总，便走出门外，谁知王若明却舍不得我走，硬要拉我坐下，似笑非笑道：“村长，坐一坐嘛，我这人最喜欢把事情公开化，从不遮遮掩掩。”

我故意犯傻，双眼仰视着这个身体素来是“纵向型发展”的高汉，微微笑道：“什么好事呦？要公开化。”

贺进明半真半假地道：“王律师肯定是没官司打了，手头有点紧，又想找生意？”

王若明说：“哼，我没有七寸长的脚，就不会穿八寸长的靴，县移民局统计办输出来的资料，我早就备好了。说实话，我看你镇长平时也是阿弥陀佛，本来不想毁你的前程，可你……”王若明边说边拉开了提包拉链，一副正在寻找资料的样式，然后，他诡谲地掠过一丝冷笑，说，“贺镇长，我帮你细细地琢磨了一下，你在县城流星花园的那个套间少不了两百万吧。据说那房子里一把防盗锁就要七千多块，你是请了四次安装师傅才算把它装好，是吧？再说……你钓鱼也蛮有兴趣的，有时你是陪大领导，有时是小领导陪你，我平时在旁边也留了点心，基本上是库区请客吧？记得去年立了秋，鱼不咬钩了，后来没办法，你就在水库的一个网箱里用车子装了三百多斤青鱼，我看见你还在车旁演算乘法口诀表，一边在掐手指，一边在计划礼袋的个数。当初你是穿着白衬衫，你把衣袖一挽，右手一挥，说还少点数字，最好再凑点无鳞鱼，后来李家村的老支书硬是派人用网子帮你捞了三十多斤鳜鱼，总计四千多块钱鱼款，你是没付账吧？嘿嘿……要是李家村今年没有工程移民款，这个钓鱼材料他们肯定会给我的。”

我瞧见贺进明差点颤了一下，像是过敏反应，这是我始料未及的，再就是贺进明有这么一栋高档的房子，我作为老同学也才第一次听到。

撞见了这个弹弓枪，贺进明也算是倒霉。难怪有人说王若明的脚是长了点，老爱骑着一辆“雅马哈”摩托车，但每个月怕是少不了两千公里。跑跑跑，原来他并不是乱跑，说来说去，还是块天生的邮递员材料。我正想着，又听到王若明说：“人社局原来是那个向瞎子当局长时，开会作廉政报告是卵子摔得砧板响，要他帮我批个企退社保的指标他不肯，后来呢，哪晓得我一份材料就摘了他的官帽。哼……还有派出所，原来的熊所长，高高在上，我带养一个小孩，叫他上个户口，不干。后来呢……还不是也进了笼子？”

贺进明干咳一声，看得出来，他后悔自己刚才有点失态，特别是当着老同学，似乎意外地丢了体面，使这状棍得意忘形地吹起牛来。他轻蔑地朝“弹弓枪”笑了笑，说：“王总，你要是打算告我的话，最好把事实弄准一点，写状纸时，笔要靠近你自己的胸膛，莫讲黑心话。”

王若明说：“我是个讲黑心话的人吗？做过黑心事吗？我还希望我的崽女往上长。你最好不要当肖货刚的保护伞。”

我意识到自己该走了，不宜再听下去。辞行出来，过了老久，我好奇心来了，又打电话去问贺进明，贺进明欲言又止，半晌才笑道：“弹弓枪这号人要钱不要脸，任何人都拿他没有办法，我建议采沙让这号小人入点股份，再说他有现成设备。”我明白贺进明的压力，答应说去做做肖货刚的工作。很快，我与肖货刚详谈了一番，肖货刚最终说：“好吧，为大局着想，我安排方林和洪荣去处理这事吧。”没几日，我才得知王若明果真入了百分之二十的股份，心想这世道还真要强硬才能立于不败之地。

第二十八章

中秋节前天，肖市长回了老家，肖货刚与其他几位村干部早就通了气，说市长父母亲都这么一大把年纪了，再要是折腾着二老怕是不妥，村上就干脆租用游轮逛一逛，伙食问题就不用操心了，不过，我倒认为肖货刚此举恐怕是另有用意，刘方林终究是他表弟，肖市长能到船上光顾一番，其影响力是不言而喻的。

一会儿，强四、向书记、鲁刚、贺进明、财政局刘局、小玉也都跟着来了，小玉还准备了相机，我本想去跟她说笑几句，又怕场合不对劲，只好用眼神暗送些不易觉察的秋波去，小玉今天却更是谨慎，老是避开我的视线，生怕旁人知晓秘密似的。不一会儿就到了码头边，刘方林早就候在游轮甲板上，他手里提着个装烟的胶袋，大家依次上了船，“和天下”香烟刘方林见人一包，肖市长不沾烟，便摇手说：“一百多块钱一包的高档烟，一般省市级领导都抽不起，你们抽得起？”肖货刚就说今日是特殊日子，特殊对待嘛。

船上开始响起了轻音乐，原来尾舱发动机已经启动了，刘方林马上安排起锚航行。航速不慢不快，河风扫到脸上，有了凉意。河面却是一派静寂。

肖市长看着河中碧波荡漾，时有白鹭掠过水面，禁不住感慨道：“好水，要是这河水搬到城里就不得了。我们土生土长在白河，就不觉得稀奇啊！”

向书记、刘方林、贺进明异口同声应和说：“正是正是！”

我一眼望去，但见两岸青山房屋浸映于水里，仿佛淡淡的一幅水墨画，心想市长的感慨，言之有理，小玉蹲到甲板前，用相机咔嚓一下，回头又笑望着众位，说：“大家站好，我给你们拍个集体照。”

小玉今天上着一套蓝羊毛外套，下穿一条紧身裤，很是素雅大方，大家便依次站好，刘方林生怕摄影效果欠佳，老说靠紧点，还把一只手臂有意无意地靠着肖市长左肘，我心想这只怕是他刘方林日后炫耀吹嘘的作料，只听得咔嚓一声，小玉露出一排洁白牙齿，笑盈盈地说：“可以了，可以了。”河中龙岗洲上正有零稀的施工人员，附有围栏的浮桥已连着岸边，强四便在甲板上向众位谈了谈这个荒岛的开发计划，大家都在赞颂，而肖市长却说：“走稳每一步，别唱高调，这个岛是一个点，要以点带面把周边带动起来。”向书记插上一句：“我们乡镇会尽最大努力协助这个点，让这个点成为有特色的亮点。”

“最好看的还是前面的胜景！”鲁刚指着不远处的峡谷朝众位说，船速慢慢减缓，鲁刚称颂的胜景就是眼前的峡谷了，两岸高山峻岭，怪石嶙峋，中间就夹着一条三四十米宽的河带，一些不知名的鸟儿在两岸山间啼鸣，回声绵绵不息。

“快拍呀！”肖市长笑望着小玉说。

小玉赶忙弓着身子，边拍边吟：“两岸猿声啼不住，轻舟已过万重山。”

肖市长哈哈长笑，问：“哪里猿声？又哪有轻舟？”

小玉脸一红，抿嘴薄笑：“我照搬古诗搬得牵强附会，市长您就别见笑了。”

不多时，前面又突然空旷了，游轮出了峡谷，河中弥漫着浓浓的桂花香，很是爽鼻，肖市长循着桂香指指数百米远的山头对肖货刚说：“白山寺，近况怎样？”

肖货刚回答说：“寺庙正在检修，平日里香火还算勉强，寺庙前面那个惜字塔上月已升级为省文物保护单位了。”

肖市长本意是要泊船靠岸的，听肖货刚介绍寺庙正在检修，也就作罢了。随即肖市长便饶有兴致地说起了历史：“明永乐二年，也就是1404年，地方绅士肖应龙为首建了本寺，至清朝康熙二十三年（1684），当地居民在寺前才建了关圣殿，殿左文昌阁、殿右龙王阁都是砖木结构。你们看，那马头山墙、小青瓦屋面很有古典色彩哩！至同治十一年（1872）才在河边建了三层石塔，也就是惜字塔，没记错的话，那对联应该是‘为学相期登道岸，余灰尽使付清流’。”

肖市长说话如泉水潺潺而淌，大家都赞不绝口地恭维着市长。

“怎么一点也不白呢？”小玉笑吟吟地问，很是天真。

强四就说这个容易，你等着瞧便是，他向刘方林要了个电喇叭，然后到船头用电喇叭朝山里突然大吼一声，刹那间，数万只白鹭像受了惊吓似的，齐刷刷地乱飞一片，整座山几乎都被白色笼罩了。

“哦！原来这里还是白鸟的据点。”小玉如梦初醒，自言自语。

强四笑道：“鸟和人一样，哪个城市适合生存，它就迁徙到哪。”

大家一听这个比方，都笑了起来。很快便瞧见岸边一栋低矮的旧式瓦屋了，那是湖南省工委旧址，常年游客不断，肖市长便指着说：“1944年我们县城被日军攻陷，省委书记高文华带干事袁学之、文士祯一直坚守在这里，秘密领导地下活动与抗日游击战，共产党的今天来之不易啊！”他突发雅兴，从袋里掏出笔记本，挥就一联，“游梆潭，览白山，桂香染介江；过中秋，庆国庆，声欢颂九州”。

大家传递相互看了看，都赞不绝口地说市长文思敏捷。

贺进明说得更是具体，边讲边扳起了指头，说：“你们看，明天中秋节，后天国庆节，时间合情合理，再有梆潭、白山、桂香，几字就将地点环境交代得清清楚楚，既雅又俗，绝对啊！”

刘局平常也爱弄几句，此回只是附和说：“老笔杆毕竟是老笔杆，随时都能触景生情、出口成章。”

肖市长摇头谦虚道：“你们不要奉承，我倒是觉得还不够灵气，只是一时半刻还想不出好句子。”

我认为肖市长确有文人风范，能直陈自己之不足。今天这对联相比起学校石碑上的序言来说，无论文采还是底蕴都大为逊色，可见市长本人还是心中有数。目睹这些随声附和的“地方绅士”，我又记起中学时一名英语老师说过的幽默语：“有些人不懂得几个 QP（‘臭屁’的谐音），偏爱乱放 QP。”

刘方林抬起手腕看看时间，就问肖货刚：“也不早了，是不是先吃饭，边吃边游？”

肖货刚点头说行，便招呼各位入里间就座。今天游轮没招揽其他生意，大厅里摆了两个圆桌，船上工作人员包括服务小姐凑合一桌，其余客人正好一桌。

刘方林先尽地主之谊，举杯朝各位晃了晃，说：“今天感谢大家赏脸，特别感谢我们肖市长大驾光临，照顾不到之处，还请领导们包涵。”

大家举杯干了，口感还算好。

我瞅瞅小玉，见她抿一丝丝就放下杯子，知她仅是捧个场而已，我便又举杯敬肖市长，肖市长迟缓地握了握酒杯，望着我微笑道：“尹村长，我酒量实在不行，几乎说是喝不得，你就多敬敬向书记、贺镇长，还有我的老战友，好不？”

我略微有些尴尬，好在小玉反应快，连忙举杯与我撞了一下，说：“来来来，我敬你，村长大哥。”

我与她笑眼相视，心里感激，话语却又不好多说什么，只一口就尽了杯子。小玉咬紧牙喝了一大半，再又抱歉地说：“我速度慢点就请谅解。”

我明白她很够意思了，也怕她会醉，就说：“好好好，你慢饮。”

贺进明不好再敬市长，就敬了强四，话语里却不便提及上次帮忙的事，只说：“来，感谢强总看得起兄弟，往后凡用得上兄弟的地方，招呼一句就是。”

席间，强四干完杯，又斟满敬了向书记：“向书记，进明同志还得书记大人多多关照啊！”

我自然明白强四顺便这么一说，贺进明是求之不得的，话语虽是随意，也没多大真情实感，然而外人听来是分不清深浅的，而且此话出于强四之口，意味就完全不同了。向书记端杯望着肖市长说：“哈哈，我还不够级别哩。”

肖市长的脸上非常从容平淡，继而又严肃起来："大官小官最终都是一个老倌，我 38 岁那年，当了黄桥县县长，说句笑话，叫坟山灌气，记得全县一共两处煤矿、四个石膏开采点、五大林场、七处文物保护单位、三十一个中小型水库、十二处堤垸、十五个乡镇、九百二十四个行政村……我跑过百分之七十的地方，那时候，我跑来跑去的，刹住了很多歪风邪气，一些干部生怕被抽查到什么问题，都注意着，上上下下的工作作风才慢慢向好的方向发展，那时，连一些知心人都说我古板、老套。"

"古板是古板，老套是老套，但并不生硬、蛮横。"刘局回答着，并摇头叹了一口气，道，"相比之下，老战友自愧不如呀！"

肖市长薄薄笑过，转了话题说："过去国库空虚，当村镇干部的常常要向农民收取农业税、屠宰税、统筹税，工作重心就是向农民要钱。现在国家富强了，政府对农村的投入也在逐步加大，不过，农村真正要长期发展下去，不能单纯依赖上面扶助，好似个人不能光靠输血维持，还得发挥本身的造血功能才行。我舅子的想法和做法目前还算对头，听说明年在岛上还要大做文章，我希望你稳、准、精，而且还得有敏锐的市场观、效益观。如果心浮气躁，往往是欲速则不达呀！"

向书记说："肖市长您就别操心您舅子，他是乡村振兴的典型标兵，脑壳活得很！"大家也都一片赞许，弄得强四腼腆不已。这会儿贺进明脸上怪怪的，我明白刚才肖市长、刘局那番话让他多少沾了沾冷水泼脸的滋味。

吃过饭后，游轮已经上溯到了白河桥畔，大家都说可以打回转了，刘方林便叫驾驶员掉转了船头。回到介山，大家又陪肖市长在他老家聊了一阵才各自散去。

第二十九章

连续几天来，气温急剧回升，介山有老农喜笑颜开，说着怪话：“老天真是老天，四时八节都乱了。”

大清早贺进明就打我电话，说这几天党校休假，他邀了秦局想来介山钓钓鱼。

我欣然应允，回答说我和肖书记先预订好场所，他们下来就是。挂了电话，我又在电话里与肖货刚商量一番，肖货刚说二猛子豢养的那口水塘大鱼多一点，地方也僻静，就定到那里。

很快贺进明、秦局和一个司机就到了，客套过后，带他们到塘边，不一小会儿，就见三人忙不迭地从挎包里取出工具分散而蹲。每人各下两三根钓竿，司机又向钓竿周围丢了些备带的糠饼，引诱鱼儿上钩。顷刻就见塘中泛起众多波纹。

“没骗领导吧！鱼儿多得很。”肖货刚边递烟边说道。贺进明竖起中指嘘了一声，轻声笑道：“莫吱声，这些怪东西鬼得很。你们先去忙吧，等下午饭来个电话就行。”

我边起身边笑道：“还等你们的头条大鱼下锅哩！”

肖货刚还舍不得动身，继续蹲在秦局旁边，我料他还想与领导套套近乎，我不便打搅，便径直去了二猛子家里。

坐上与主人聊上几句，周正根正好过来了，我突然记起前些日子肖货刚提及他老婆大病医疗救助的事，便说了此事。

周正根垂下眼皮说：“谢谢老弟！”

我也不想隐瞒肖货刚的功劳，便将事情原原本本地告诉他，周正根沉吟少许却说：“司马昭之心路人皆知呀！”

我听着有些不自在，但也没说什么。待二猛子起身去外面忙活时，未料周正根凑到我耳边说：“那天，我无意翻到了我叔父的遗物，想不到……账本封面上有笔款子，却没写金额多少，我叔父在旁边打了很大的几个问号，可见我叔叔并不全知底数，只明白村里有人经办这件事，难怪他肖货刚老是回避建校账务。”

我一直对那个建校账务心存疑虑，未想会有这么大的一个窟窿，但我并不希望出现轩然大波，迟疑一会儿，就说：“正哥，政策和策略是党的生命，先观察等候一段时间。真要抓住把柄，就要让人家无回旋余地，因为……前年的建校账务还未申报到镇经管站里的村级财务里去，慢慢再看。”说这话时，我感觉自己有失君子风范，但还是忍不住这样说。

周正根声音低沉，而语气却是气愤：“把事情捅到肖市长那里去，不信他肖货刚不吐出来！”

我担心证据不足，反而会弄巧成拙，便细言细语劝道："正哥一身正气，老弟确实佩服，不过为了大局着想，我建议老兄最好讲一讲谋略。因为村级多项建设正要干群全力以赴，至于肖货刚私人问题，我相信会有结果的。先忍一忍，往后见机行事。你也不必凡事都挺身而出，可以发动其他群众呀！"

周正根终于点了头，说："我历来相信老弟，依你的，不过……我总担心夜长梦多呀！"

正说着，二猛子提着条十来斤的大鱼进来了，他喜声说："鱼吃跳，鸡吃叫，你们口福还不错。"

周正根却说还有事得走，我明白他不愿与肖货刚同桌共饮，便又问了龙岗洲的开发情况，因这段时间他一直在帮强四出力。

周正根说是一切顺利，便走了。

不多时，饭菜弄熟了，我便给肖货刚打电话，说请领导们饭后再钓，少许就见肖货刚带他们来了，洪荣跟在后面来凑热闹。

秦局满是客套，端杯谢过主家和其余几位，又说："介山地好，人更好，肖书记跟我反映的办公经费短缺问题，我代表局里就表示个心意，十万！你们村长、书记就不要嫌少咯！"

我们连声道谢，不约而同地举杯去敬秦局，肖货刚一饮而尽，不住说："哪敢哪敢，十万也不少呀！"

贺进明轻轻笑过，说："介山有个强有力的领导班子，又有得天独厚的人脉资源，发展是很有希望的。听说饮水项目下周就由水利局正式开标了，国家投资三百万，老百姓受福不浅啊！当然，其中强总起了不少作用，我们政府是……巴喜不得。"

秦局接着说："按级别说，我和水利局向局是平起平坐的，可按能耐来说，我就只能尊他为大哥！地方上的大基础建设我们只能望洋兴叹呀！”

贺进明赶忙笑道：“秦局您也别说，当领导的，要是都像您一样关心介山，介山的乡村振兴早就领先了，往后有空我一定多陪您来介山钓钓鱼。”

秦局放下筷子，语气突然变了：“以往这个时候早已北风呼啸，大雪纷飞。唉，今年反常得太离谱了，老天爷怕是要吃人肉了。”

洪荣敬了秦局一口，说：“秦局说的确实没错，老天爷怕是真要吃人肉了。这么多年我才碰上今年冬季要抗旱，想不到！真想不到！”

大家小憩了一阵，领导们还要继续去塘边待会儿，我想起前天沛胖子已出院，恢复得比想象中好很多，想去瞧瞧他，便和各位领导招呼一下，开车上了马路。驶到半途，曹正刚就来电话了，他慌慌张张地说：“老弟，我正想找你，十万火急！你现在在哪？”

我猛然一惊，忙问：“刚哥，快说，什么事？这么火急。”

曹正刚说：“正沛刚才发现有两个打他的烂仔上了花船，你快点帮我去派出所报警，我正在路上赶过去。”

我迅速打了报警电话，接电话的是一名男警，我一口气就把事情说了，男警表态很不含糊，连说好好好，我停好车，眼光死盯着手机屏幕，熬了十来分钟，曹正刚又打电话来问：“这两个坏渣正从船上出来，警车怎么还没到？快点催一下，快，快。”

我赶紧打派出所电话，这次接电话的是位女民警：“什么事？请讲。”

我问钟所在哪，女民警说去办案了，我大声道：“领导，坏人快逃了，求求你们快点。”

女警说：“路上正堵车，应该很快了，他们出警一阵了。”我又给曹正刚打电话，只听得电话里正在大吵大闹，心想曹正刚兄弟肯定和他们在纠缠，我马上挂了电话，一边祈祷，一边骂人。

过了两三分钟，曹正刚打电话来，传来一个垂头丧气的声音：“跑了，没揪住。”

我破口就骂：“派出所那帮人还没到？”

曹正刚说：“听见警车的鸣叫了，落了雨送伞，还管什么用？”

我说：“刘方林是窝家，你们就叫派出所捉他。”

曹正刚“嗯”了一声就挂了电话。

过了二十来分钟，我忍不住又打电话去，不待我开口，曹正刚先说了：“我正在车上，回来再扯。”

我料定刘方林、曹正刚、曹正沛都在警车上，便赶忙挂了电话。

我等了老久，一直不见曹正刚兄弟的消息，直到六点钟，曹正刚终于打电话来，问我在哪，我说在镇政府院外的一家小吃店等他们。我本想开车去派出所，又怕见着刘方林不太好说，就只好作罢。

没多时，他们兄弟来了，沛胖子眼眶陷了许多，右腋下夹着根拐杖，曹正刚头句便骂：“怕是黑天了。”

我叫服务员端来两杯茶水，让他慢慢细说。

“刘方林在派出所死不承认认识那两人，他说船上每天出出进进的人不知有多少，他搞的是个服务性行业，就不管生熟。”曹正刚深吸一口烟，又说，“我看他完全是个地痞，这事百分之百跟他有关，主要原因就是他以前和我们兄弟斗过。”

我脸色突变，拍着桌子道：“不好！很可能就是钟建国给船上通风报了信！哪有这样的巧合，我报完警，那两个人就从船上出来了？”

我突然记起花船开张那日，钟建国也去捧了场。

曹正刚说："有可能，很有可能。刚才在所里，刘方林还高谈阔论，指手画脚，钟建国也没吼他，哪像审案？"

沛胖子双手插在两腋，猛然抬头，沉闷地叹息道："哥、村长，你们也不要为我这事老背包袱，我总会找到凶手的。"

说这话时他心里一定痛苦，我自然明白，看他下眼皮略微有些浮肿，猜想他面对自己那个不堪一击的家庭肯定暗暗哭过，便劝道："沛哥，请放心，法网恢恢，凶徒总会受到严惩的。"又猜想他们兄弟饿了，便问："吃点什么？"

曹正刚说："来几碗米粉填填肚就行。"

我说："点几道菜，我来买单。人是铁，饭是钢，饭一定要吃饱。"

曹正刚眼睛热热的，突又仰望屋顶，分明想掩饰眼中那层泪光，嘴里仍说随便吃点就行。他们狼吞虎咽后，我买了单，望着他们缓缓离去的背影，心中说不出什么滋味。我想将此事告诉强四，却又怕会给强四招惹麻烦，也就放弃了。

第三十章

傍晚时分，肖货刚突打电话来，结结巴巴地说："秦局长……秦和平触电死了。"

"什么？秦局长死了！"我不由地惊呼起来，"怎么会触电？"

"钓鱼竿挂在火线上，鱼竿正好弄湿了，只几秒就倒下去了，没得救，你赶紧过来一趟。"肖货刚说完就挂了电话。

我容不得再拖延，赶紧过去。

到村里时，尸体正在家属呼天抢地的哭声中运往殡仪馆。肖货刚脸色沉重，一语不发，待水泄不通的人群渐渐散去，他才叫村支两委的同志与洪荣一同去他家坐坐。

一落座他就说："大家做梦也不会想到，也不愿看到今天这样的悲剧。可事情既然已经出现了，那我们就得把负面影响尽可能控制在最小范围。我估计纪委的同志会介入调查，在此我提议大家高度统一说法，不要把祸水往进明同志身上泼。我们倒是无所谓，一问大家就说秦局跟司机来了好几个小时后，我们才打电话再请进明同志下来作陪，并且贺进明饭后又提前走了。不瞒各位，司机也答应配合了。”

我料定贺进明在事发后已叮嘱过肖货刚和司机了，想必他也承诺过这二位什么好处了，又突然想到其中蹊跷，便问：“漏电时，村上保安器怎么没有跳闸呢？”

洪荣脸色微红，窘了一阵才说：“去年农改经费短缺，整顿重点放在线路建设和电杆更换上，平时村上一旦出现临时短路，闸刀开关上的保险丝就会自动熔断，没想……今天漏电……有所不同，看来新保安非得添置不可，大意失荆州啊！”

肖货刚与老吴对视小阵，却都没说话。我已经明白了八九分，平时偶尔听百姓反映农改余下的旧器材包括铅线、电机、保安开关等都不见了踪影，想必他们三人暗下里已做了处理，不然肖货刚是不会这么冷静的。沉默一会儿，果然就听到肖货刚说：“事情已经出了，说这些还有什么用？洪荣你明早赶紧去把保安器安装好。万一有人要问，我们就说是保安器的质量问题，当然……有人问及这方面的可能性还是很小。”

老吴不说浑话了，语气严肃起来，“我们坐在一起就好比同船共性命，为了避免介山村成为被告方，我觉得肖书记的意见非常正确。”

洪荣拧没烟蒂，注视着肖货刚，说：“明早天亮我就把家里的那个旧保安器安装上去。”

肖货刚点点头，又说：“秦局的丧礼，我觉得村里也该送个像样的情义，毕竟秦局生前还是帮介山做了贡献的。”

我暗想秦局确实帮过介山，可肖货刚此话带着赎罪之意。他迟疑了一小会儿，便说：“我们几个一同去吊唁一下，礼金五千元差不多了吧？”

沈敏神色凝重，说：“现在正在风头上，礼金只能亲自送到他家属手里，尽量不去登记。”

肖货刚思索一下，说：“索性一万吧。”大家沉默一会儿，最后都说行。

回到家，母亲又无缘无故地叹气了，说我这么多年单身了，干吗不去找个女人，好歹今后有个照应，我这回改变了思路，说道：“娘，我找了一个，她住在县城，下回带回来让您瞧瞧。”

母亲喜笑颜开，连说：“那就好那就好，我相信你也不差个三六九，找个女人应该不难。”窘了窘，她像记起什么似的，又说，“昨天英子好像来过，没说什么就走了。”

我突然记起英子那两件雕品一直未付款，她家里又出了这么个大事，下午便去政府找了鲁刚，鲁刚就带我去找向书记商议。

向书记坐下说：“那树蔸太笨重，洪光同志不方便携带，幸好我车里有一幅名人画，洪光高兴得了不得……其实洪光早就是全国书协会员了，还给你带了幅作品哩！”言毕，他就展开了宣纸。

鲁刚细看一番，连忙拍手叫好。

向书记便有头有尾地品评起来：“鹰击长空，这鹰字嘛，完全像要展翅俯冲下来，特别是这个击的繁体字，下边的手你看多么劲势！落款也很雅致，天高任鸟飞，海阔凭鱼跃……”鲁刚夸张地说了声“哇”。

向书记微微笑着，又问：“那两件货多少钱？不上三万吧？”向书记望了我一眼，听语气，我明白他准是懂行，所谓树蔸笨重，仅是托词而已。

我便说：“可能要接近这个数，卖家说那根雕是最硬的枣木，条纹独一无二，而且天然就像匹活马，当然，我会尽量压价。”我很想帮上英子一把，特意这么说。

向书记脸色分外平淡：“三万也无妨，不去为难人家，鲁镇长处理就是。”

我嗫嚅了一阵，小声说：“镇长，让您费心了，这钱您拿出一万吧。”

鲁刚说：“我不缺钱，你拿着去支配，尽量多考虑英子的家境。”我心里万分感激。

我千恩万谢地辞行，下午办妥事情才唤来英子，我先问了她父亲一些情况，这才说：“英子，你上次说雕品六千元，叔叔帮你多争取了两万四，这钱不要向任何人谈及。”

英子扑闪着那双略微憔悴的杏眼，瞬间便见她眼睫上呈现出晶莹的泪珠，她沉吟老一阵，才拭干泪水说：“那两万四您拿着吧，万一我那个生母再来找您，您就给她点钱，也算是我对她的报答，行吗？”

我无不为之心抖，但还是劝道：“这钱你还是拿着，妹子你千万不可垮下去，不管千难万苦都是磨砺出来的，树上的疮疤却是树上最硬的部分，明白吗？”

英子点了点头，钱的事却死活不依，接了六千元就飞腿跑了。我心想一定得找个机会还给她。

晚上，尹剑终于来电话了，我喜出望外，赶忙问这问那，尹剑说：“一切还好，再过一个月就下连队了，您和奶奶一定要注意身体，我这边您不用操心。”

我鼓励着儿子，说是多吃苦，多向领导学习。

尹剑“嗯”了一声就说了拜拜。

挂了电话，我突然很想要一个家，孤独似乎正强烈地袭击着我的心灵，无聊间便给小玉打了电话。

小玉甜润地笑过，问我是不是到了县城。

我说："你是怕我来还是怕我不来？"

小玉说："我怕你不来也怕你来。"我问为啥？小玉说："怕你来了就乱来。"说完她就咯咯地轻笑着。

我认真起来，说："妹妹，我俩能不能真正地组合一个家，一个完整而温馨的家。"

小玉沉吟少许便说："目前我还没这种想法，我现在已经离开茶馆去别的地方上班了，命中注定我的婚姻只开花不结果。"

我一时愣了，心里凉凉的，也不便多言，沉默很久才道："那我现在爱也不能爱，忘也不能忘，你是不是有了新欢？请明说。"

小玉冗长地轻叹一声，说："我依然爱你，而且很深，你不要说我有什么新欢，迫于生计，新友或许是有的。"

我们抱着电话相互倾听一阵气息，终于挂了，这一晚我睡得够坏。这世间还真是一个多变的社会，情为何物？无数次我在心中拷问着自己，却终究还是想不明白。

这天，周正根突然打来电话，一开口就提到沙洲上的开采问题，"村长，半个月的时间还没到，那几只采沙船就严重违规，再这样下去，就莫怪我们沿河组群众去停机。"

这事我早就听到一些风言风语，说离岸近，沙源深些是一方面，另一方面是金子的含量高许多，他们在沙船上还安装了淘金设备。可沙船靠岸太近，河基不出几个月就会崩塌。我迟疑小阵就说："你可以叫群众去问问肖货刚的态度和意见。"

周正根火气很大，说：“曹正刚带几个群众到那个混世魔王那里去反映，他把责任推得干干净净，说老吴负这方面的主责，叫老吴去拍板就行。而老吴呢？没几句实话，答复总是含含糊糊。再这样，群众怕会起拱子。他们不要以为给了我们组上万块钱就可为所欲为，我宁可退掉这点小钱，打发他们走人。”

我觉得树烂才有菌子吃，便说：“你们带几个群众去阻一阻也行。这帮人，只屠羊卵子不图羊性命。”

周正根立马回答，说：“好的，你当村长的还有些正义感，我现在就和二猛子过去。”

过不了几个钟头，周正根那边又来电话说：“我和二猛子不管三七二十一，砍断岸边锚绳，他们才被迫停机。那个刘方林胆大妄为，竟敢带人上来找碴，还差点和二猛子大打出手，幸亏一下子来了不少村民，他们见势不妙才赔了不是。”

我高兴地说道：“请将不如逼将，只要他们知错能改就行。再说得不好听点，他们的船还吊在介山码头上哩！”

周正根叹息说：“早知如此何必当初，我看他们并无诚意遵守合同，就算他们白天老老实实，天黑与天亮没人注意，保准他们就会像老鼠一样偷食。今日二猛子态度强硬点，他们就想动粗，我看迟早要出事的。”

我一时也没谱，就说到那山上再唱那歌吧。

第三十一章

没过两天，贺进明打电话约我去芳林茶馆坐坐。我明白老同学因秦局之死不太好受，肯定有事要扯，便立刻过去了。推门进去，未想小玉也在里面。她坐在那依然像往常那样用暖融融的目光笑望着我，只是没有主动去泡热茶了。我自然理解，便说笑一声："玉妹妹还记得回这个老窝看看。"

小玉嚼着口香糖，很有气质地微微笑过，并不回答，我不禁思绪万千。

贺进明亲自到外面服务台端了热茶进来，朝我叹息道："做梦都没想到这种鬼事……"

我心情跟着沉重起来，说："前天中饭秦局说天气太反常了，老天怕是要吃人肉了，唉，说来也怪，局长似乎有了某种预兆。"

小玉一听笑了起来，说："怕真见鬼了！"

贺进明徐徐吐了一口烟雾说："前天幸好肖书记和司机帮我扛了一肩，叫我提前离开现场，不然他家属又要和我纠缠不清。志涛，肖书记理应都跟你说了吧？"

我很不是滋味地点头回应一下，感觉有些悲凉，心想人走茶凉，人刚走茶就凉了，倘若保安器发挥作用了，贺进明会说这话吗？料定他不会说。保安器问题万万透露不得，免得再节外生枝，眼下介山的事实在太多太多。

小玉微噘一下嘴角，直言道："贺镇长，你太不够意思了吧？将心比心，人家命都没了，你还有这样的心态！"

贺进明连忙解释："平心而论，这次确实是秦局长主动约我钓鱼，当然事情既然出了，就只能面对，你们二位都是我的好友，总不至于希望我贺进明因此做出一些不必要的牺牲吧？"

吃过晚饭，小玉急着要回单位宿舍，茶馆门外，我说："玉妹妹，我送你过去吧！"

小玉淡然一笑，摇手说："不用不用，横过前面那条马路几分钟就到了。"我见旁边无人，很快搂她一下，低声道："好吧，改日再联系。"小玉朝我挥挥手，就闪了出去。我想她应该有了新欢，不然不会在我跟前表现出这么大的落差。

第二天早上，我手机响个不停，虽把我震醒了，但头脑还恍恍惚惚，便懒洋洋地拿起手机，只听对面说："志涛，不好了，大事不好了。"是曹正刚的声音。

我一骨碌爬起，慌慌张张地问："出什么事了？慢慢说，刚哥。"

曹正刚的声音里夹杂着哭腔："我老弟去做傻事，被公安抓了。"

“什么？”我胸口蹦得直响，惊叫起来，“正沛到底做什么傻事了？”

曹正刚说：“他想不通，带一桶汽油去花船上报仇，刚动手，就被船上几名打手捆住了，船上一报案，就把他送进了笼子里，这下完了。”偷鸡不成反蚀把米，我急得气呛喉部，声音哆嗦起来：“这怎么搞的嘛，成事不足败事有余，反被猪八戒倒打一耙……怎么收边？”

“你快点去公安局帮我找找关系，免得正沛在里面受苦。”曹正刚急切道。

挂了电话，来不及洗漱，我就急着找强四去了。

强四听过后就说：“我太显眼，只得找个朋友出面才行，有些小人是防不胜防啊！”

我连声说好，尔后又谈了建校账目问题。周正根那番话让我不得不说了。冥冥中感到介山正被一团无形的阴影笼罩着，我想驱散这团阴影。

强四说：“建校资金的使用情况，我会劝姐夫过问一下，建校经费大部分都是肖友鹏想方设法弄回来的，他有权过问。”

我生怕曹正刚着急，便发了信息过去：“正沛一事，我已托人帮忙，不要焦急！并请转告英子。”

很快就来了回信：大恩不言谢！

下午肖货刚要我去参加秦和平的丧礼，我有点儿不太情愿去，便借故说要去办点私事，很可能到不了，肖货刚也并不勉强，只是喜滋滋地笑道：“虚惊一场！原先贺镇长前怕狼后怕虎，其实没一点事，明天骨灰不就入了土坑？”

支线公路硬化已竣工。下午，村委几位协同曹正刚、朱怀云、二猛子、洪荣一起去验收。沈敏丈夫朱师傅手握皮尺，跟在队伍里。他上唇天生有点微翘，不熟底细的人，以为他总在嘴上挂着一份不满情绪，只要轻轻一笑，上唇牙肉就会大大方方地露出。大家边走边看，都充分肯定公路质量，一致夸奖朱师傅有高度责任感。

朱师傅却很是谦虚，说："公路上包工不包料，我看村上进购原材料不假，质量肯定就假不到哪里去。"

朱怀云捋捋花白胡须，点头说："至少你朱师傅没有偷工减料。当着洪荣同志的面，我不是故意要说你们年轻人，上回那几条水渠，相比起公路来，还是差了不少，我只晓得三担牛粪六簸箕，一对比，好坏就清清楚楚。"

洪荣脸色微红，没有回答，看来他多少还有点自知之明。

二猛子是他堂叔，反瞅了洪荣一眼，说："老书记讲得对啊，不怕不识货，就怕货比货。我是一根直肠子，直得很呀。"

肖货刚怕大家说着会走题，就叫曹正刚与老吴配合朱师傅迅速丈量核算混凝土数量。约莫半个小时，新路上基本观测了一遍。今天沈敏在自家备了伙食，邀请大家去喝杯素酒，大家便鱼贯而行去了那。

肖货刚喝下几杯，话就多了，动情处还说："这次村组上下一条心，在座各位更是齐心协力，包工不包料的方案，一步到位。我真的感触很深，接下来的饮水项目，村级已报请上级立项，相信很快就要动工，铜梁山那股活山泉一旦进入介山各家各户，民生问题又是一大改善啊！"

二猛子突然问及公路上的原材料进购价格及数量，肖货刚就叫老吴给大家汇报一下，老吴没准备，只能笑着说了个大概。

我自然清楚老吴在肖货刚的授意下肯定做了些手脚。上回肖货刚在村干部会上还谈及这一想法。至于里面到底含有多少水分，也只有老吴与他肖货刚清楚。

第三十二章

过不了两天，饮水项目的施工方果然找上门来了，这是水利局招标项目，肖货刚把权力下放下去，我自然就得亲自挂帅了。好在水利局早就缜密地设计出了施工方案和图纸，我感觉肩上的担子也并不怎么沉重，加之村民大都盼望能早日喝上好水，山林土地协调起来就好做多了。

下午，我还想去龙岗洲转转，浮桥上正遇上强四。这段时间岛上一直繁忙，强四黑多了。我望着岛上的变化，夸道："明年龙岗洲上就会热闹了。"

强四点点头，转了话题说："沛胖子理应今日能回来，公安那边给他办了个保释手续，有空你尽量去劝劝，叫他稳下心，免得再生是非，我托人的事千万别声张。"

我颔首应过，强四转而又说："建校财务问题，我已跟姐夫谈过，估摸肖货刚那里会有动静的，他要再无动于衷，恐怕我姐夫都会生气。”

我也不隐瞒其中实况了，最后羞愧道：“我上位不久，肖书记硬要从建校经费中给我截留一个五千元红包，不过我给拒绝了！”

强四翘起鼻翼，犯了情绪说：“当初你参都未参与，他敢送五千元红包给你，说明其中猫腻就大了，我建议你好好与他谈谈！”

我吞吐起来，说：“我得想个委婉些的法子。”

强四双手反剪身后，昂首说：“说实话，我觉得肖货刚骨子里就不够纯洁。但，要肯定他办事的谋略魄力在介山还算数一数二，我还真希望你胆识加大一点，说不定今后你就是领头雁。凡事讲究谋略，终究少些啰唆，有次我姐夫举了例子说‘盲目’与‘瞎眼’本是同义，可说某某某办事瞎了眼，他准会拍桌打椅，说某某某办事还有点盲目，或许人家还会笑纳意见，这就是谋略，说来说去还真有其理。”

很快，我径直去了沛胖子家里，他拄着拐杖正在门口站着。曹正刚、老吴、朱怀云正好也在，这段时间，沛胖子又消瘦了很多，我心想此时要是再称他沛胖子，还有点不太适合哩！他泛黄的胡子长得密密麻麻，我与他家人打过招呼，便寒暄起来，“沛哥，在派出所里没受皮肉之苦吧？”我听强四说他在里面曾几欲自尽，却不好提。

沛胖子凄然地摇摇头，说：“没有。”

英子端了茶水来，亲热地唤了声尹叔就挨着坐下了，沛胖子突然说：“村长，英子是我20年前捡来的，在我曹家吃尽了苦头，这丫头太懂事也太重感情，万一今后她亲生父母要来相认是件好事儿，我全家支持。”

英子瞧了我一眼，摇了摇头，我明白她的意思，早些天我与英子谈及的事她并没有与家人商议，我便说：“英子虽然吃了苦，在你们的呵护下还算过得幸福，你们的恩情她是永远报答不完的。”

英子抽噎起来，说是今后不管发生什么她发誓都不离开这山窝，还恳求我一定要帮她爹伸张正义，抓到坏人，她娘和妹妹小青就跟着哭了。

老吴气鼓气胀地背起法律来：“根据《刑法》的相关规定，对于故意使用暴力，构成他人重伤的，应处三年以上有期徒刑，情节严重的可追究死刑。正沛老弟致伤完全符合重伤标准，只可惜让凶手逃了。”

我明白老吴在炫耀自己的法律知识，便直言道：“凶手逃了，不是废话？”

老吴兴致仍是很高，说：“上次两个凶手从花船逃了，我觉得可以从网上攻击花船入手，至少可以引起有关部门的重视。”

我一怔，说：“老吴，你是懂法的，你看村级与刘方林、王若明签订的采沙合同在什么条件下最适宜终止？”

老吴来了劲头，说起了行内话，“村长，一切与国家法律法规相抵触的合同协议都不受法律保护，因为所有资源都属国有，国家未收分文资源税，单凭这一点，就可由职能部门立即取缔，再说，合同内的乙方严重违规采沙，不遵守合同，就按我们地方性的村规民约来说，甲方也可随时终止合同，关键是看我们村上的态度，现在是法治社会，爷打崽都要讲个情理法。”

谁也不吱声了，都明白这话里的意味。

随着吱嘎一声响，沛胖子用拐杖撑开了木门板，他打不起精神似的，去房里躺下了，不经意间，就见曹正刚在叹息摇头。

我明白他背了很大的思想包袱，只是不愿让他弟弟知道，便轻声劝道：“人出来了就是好事，说明事情正向有利方向发展。”

朱怀云点头又说：“邪不胜正，好有好报，恶有恶报。”

这事我说一定尽力，叙了一番才离开。

第三十三章

几天后，水利局和财政局的下拨款都到了村账上。肖货刚便约了我去感谢贺进明一番。商量一会儿后，我俩径直去了方林茶馆。今日正好周六，生意红火，贺进明就带着我俩穿过人声沸腾的大厅去了三楼的一间包房。客套过后，肖货刚说："贺镇长，今后我们还得靠领导们一如既往地关照。"

贺进明说："我们之间根本就用不着任何客套，倘若不是这层关系，我姓贺的绝不会去帮介山跑腿。关于账务处理问题，你们一定要慎之又慎。"

我脸色正经起来，说："这些事不用老同学操心，我和肖书记这点能力还是有的。"

我因为想小玉了，便辞行先走，刚到门口就给小玉打了电话，说实在想见她，小玉在电话里流淌着甜甜的笑声，说："既然这样，那你就来我单位吧，我今天还加班呢。"

我问清了她办公室位置，便立马开车过去。她单位坐落在一个偏僻的绿荫小院里，宁静雅致。小玉泡了热茶在等着。我进去见她眼睛有点红，便忍不住问："怎么啦？熬夜了？"

小玉长长的一声呵欠，说："领导说咱们白河库区很有湖光山色的自然之美，叫我们摄制一个光碟，单纯靠摄影肯定行不通，还得有详细的文字介绍才行。唉。肚里那点书底子还是半桶水，只能边学边做，现在我才真正明白：聪明书打底。不过我总相信叫花子也有三年瓜瓤运。"

我鼓励说："玉妹妹灵泛，保准没问题。不过凡事认真好，屙屎再挖坑是不行的。"

正说着，进来了一个女同事，连看我几眼，便打趣我俩。

小玉收敛笑意，正经说："这是我乡下来的老表，你千万莫乱扯。"

女同事就不敢随便打趣了，出去时口里还不住地说："哦，是老表，对不起对不起。"

我把门轻轻掩上，想过去亲她一下，小玉却惊慌得差点生气，轻声又严厉说："干什么？你……你……你怎么能这样放肆！这是办公室。"

我脸色一片通红，明白小玉是怕有人看见后又传到领导那边去，缓缓神才说："我确实配不上你，你现在身份更加提升了，我们分手吧。我想你的前途会更好！"

小玉双手抱在胸前，背靠着办公桌，老久才回答说："什么前途不前途，我觉得人生一辈子就要学会向往明天，过好今天。其余的不要想得太烦琐，你是我真正从骨子里爱过的男人。"

我一怔，总感觉今天小玉说话越来越生疏，愣了一会儿又说："你真的就这么容易忘记过去？不过我要提醒妹妹，凡事你得注重结果！”

小玉噘起嘴唇，问：“结果？你能给我结果吗？”

我一时语塞，无言以对，干坐一阵，就起身辞行，心里却是泪雨滂沱，感慨万千！未想仅仅时隔一个月，小玉竟会是这样的小玉。难道她真想做个萝卜断也不愿藕牵丝？

四疤子为樟树的事带着妻儿闹到市里去了，鲁刚接了不少来自上级的电话，强四在鲁刚心目中的位置却是非同一般，他生怕事态无法控制，便约我一同去了强四家里。鲁刚落座就道：“强总，动脉破了的话就无法用土法子止血，所以，我建议志涛兄多去四疤子那里沟通沟通，必要时可给四疤子点好处。”

强四递了烟茶，谢过关心，说道：“实不相瞒，省厅对樟树进行了鉴定，属于人工繁殖，四疤子要吵要闹也是枉然，请二位兄弟放心，当然能少一个敌人更好，今日，你们来得正好，等下一同去拜访一位高层领导，鲁镇长你才三十挂零，前途很大哩！”

鲁刚笑视着强四,一副惊讶状，等他继续说下去。

强四说龚副省长今日来市里巡视，下榻在神怡酒店，约好晚上去拜望。

三十分钟车程就到了。我在大厅里止步了，我说不去为好，在下面等着就是，强四迟疑一会儿说好吧。事后强四又把全过程复述给我，让我真是大长见识。

到 818 房前时，强四弓着两个指头轻轻敲了敲，门就开了。

鲁刚跟在后面叫了声龚省长，龚副省长那大气堂堂的脸庞就对准了鲁刚，眼镜后那双睿智的眼睛闪了闪，看上去，五十六七的样儿，强四赶忙说："我兄弟，鲁刚同志，黄桥县白河镇镇长。"

龚副省长和鲁刚握了握手，说道："请坐。"

里面凳椅摆得不太规则，显然有人来过，鲁刚顺势说："龚省长，强总多次提到您，却不敢惊扰省长，今日正好有个机会，就厚着脸皮来了。"

龚副省长笑道："哪里话？不客气……强四老弟，快去烧茶，千万莫怠慢我们镇长。"

强四端茶过来说："龚省长，要不明日去我们白河镇视察一番，体验一下白河风光？"

龚副省长说："一定会去的，鲁镇长，我们添个微信。"

鲁刚点点头，这才受宠若惊地合拳作揖："恭迎恭迎，我们白河啊，就是一条好河，穿在群山林海之间，着重要挖掘乡村旅游的潜力。"

这时，有人敲门，龚副省长抬腕看看手表，说是立雄同志来了，便亲自起身开门去了。

鲁刚有些忐忑不安，想不到戴立雄县长也会来，纳闷间就听到龚副省长说："立雄，来得正好，鲁刚同志与劳模强四也在这。"

鲁刚赶忙立身去招呼戴县长，戴县长与他们都打了声招呼。

龚副省长说："都坐下，咱们好好聊聊白河镇的乡村旅游。"说话时龚副省长一直和蔼地微笑。

戴县长说："白河那个荒岛利用起来，大有潜力。我听过强四的汇报，可行！鲁刚这个军师当得好啊，这次，我把两个实力雄厚的工作队放在白河，这台戏就看你们的啦！"

鲁刚明白工作队是乡村振兴的后盾，便说了白河的历史文化及自然优势。

戴县长说："湘军文化是湖湘文化的重要部分，曾国藩兄弟、罗泽南、刘铭、朱尧阶等名人都与白河有关，这篇文章固然要做好，但是，红色文化更不可动摇，蔡和森、向警予、蔡畅、葛健豪都在白河一带留下了烙印，还有新中国成立前的省委旧址等文化都要充分利用起来，当然，县委政府也会高度重视。"

鲁刚说戴县长高见，一定遵照落实。

龚副省长频频颔首，说："好啊，我龚某期待这一天。"

第三十四章

回去的路上，强四问我："你说我是生意人还是商人？"

我说："生意人不就是商人？"

强四说："不不不，我就是商人而不是生意人，商人是有情怀、情结的，我还算得上儒商哩。"

我朗笑起来，说："神经病不同于精神病，神经病折腾别人，精神病折腾自己。"

强四也笑了，还说县里批准龙岗洲立项开发了，多承乡镇推波助澜。

我兴奋着他那份兴奋，说革命尚未成功，同志仍需努力，还夸他识大体、顾大局、积大德。

强四便玩笑说："别灌这么多蜜糖水，让我辨别不清方向。"

很快到了介山，我看时间不是太晚，便在四疤子屋前下了，我叫强四先回山庄，我得进屋谈谈，强四笑道："村干部就要培养夜间散步的习惯。"说完就一溜烟驶动了车子。

外面北风越刮越紧，稀稀零零的雪绒子在风中打着卷儿，扫在脸上感到阵阵刺痛。

四疤子屋里门窗都严关紧闭，我敲了半天才进去。他屋里正用一个功率极大的电热管烤火，我见他嬉皮笑脸的，便学着肖货刚模样半咳几声，说："你这天杀的是不在屋后接了暗线偷电呢？"

四疤子脸一红，慌忙说道："哪里哪里。"

我知他心虚，便正经说："介山的电费回收率一直很低，昨日上面还开专题会，决议要迅速入户清查严打，如果你私接暗线，一经查获，怕要三至五千元罚款。"

四疤子赶紧递上烟，说了解了解。

我缓了缓，说："人情世故都得讲点感情，人待人才是无价之宝。强四与你并无杀父之仇，何况他又是我的兄弟，我跟你三番四次求情，你都无动于衷，想来我没半点面子……以后来日方长，我劝老兄不要敬酒不吃吃罚酒，相信我今后还能偿还你这点面子。"

四疤子想了一阵，说："一路发吧！四位数，他是大老板，补我点误工费吧。"

"一路发"是"一六八"的谐音，我立马说："一路发不如大发小发，三个八，就八百八十八块，得让老弟有些体面吧！"

四疤子叹了一声，终于松了口，说："我拿你村长有什么法子呢？放心吧，我老四不去乱拱，介山准会四平八稳。"

此话我还相信，便付了款，四疤子送我出门时又说："前几天以老书记为首给肖市长写了封联名信，建校账目老弟清楚不？据说周正根还提供了其他线索呢。”

我听着并不惊奇，朱怀云与肖市长素有旧交，心想肖货刚此次难以推脱了，而嘴上只说：“丑媳妇总要见婆婆的。”

外面雪绒子越来越紧，在空中狂乱地飞舞，我不由得打了一个很大的寒战。

第二天肖货刚把我约了过去，目不转睛地看着我说：“你是不是听到下面有议论了？实不相瞒，我之所以没将建校账目及时报送到镇经管站去，主要基于两个原因，其一，学区多次指出我们村小学目前还达不到合格学校标准，强调村里要帮校方完善好跑道及图书室，我想通过这一机会，再向外争点经费，当然，该要完善的设施村里还得去做。其二，建校经费一向是专款专用，未与村账混为一谈，当初引入外资建校时，其中必定花了不少人情开支，有些数字一旦摆出来，恐怕有领导就要扎扎实实指骂我们这些当家人。”

我接话说：“老兄，听下面多少有些议论，总说建校账目不透明，我建议你还是重视一下。”

肖货刚从耳郭上取下半截烟蒂，点上火说：“到时我自有划算，大风吹不走日头，该要摆出来时我必定会摆。”说到此，他从口袋里掏出一叠票子又说，“这五千块钱是周正根老婆的大病医疗救助费，你去转给他，话语就由老弟你发挥了。”

我自然明白其意思，便说：“上回我就把老兄的好意转告了周正根……”

出来后，我把周正根的救助款送完，未想小玉竟来电话了。我喜出望外，赶忙去门外接了，小玉声音平静，说：“晚上我们去那个悦心茶吧坐坐吧。”

我也不多问，只道："不见不散。"

晚饭过后，我就动身去了那，不料小玉早就到了，还订好了卡座，今天她留了学生头，显得更精神、活泼。

我顺便在她肩上揉了揉，说："想不到今天大美人这么积极。"

小玉指着旁边座位说："你先坐好，今天特意与你谈点正事，等下回去我才好答应省美术学院的领导。"原来美术学院领导游览过白河后，觉得风景独好，想就近找个依山傍水的写生基地，供美院学生描摹生态，学生们吃住的相关费用自然就会落在此处，一年好几百人，若在介山一些农户吃住几个月的话，村里个体收入无疑会得到改善。

我听后便拍了拍膝盖，说："好！确实好，介山有山有水，地域广阔，好多农户卫生条件还算可以，这也是换种形式发展旅游业。再说强四今后在龙岗洲把桃花岛一开发，吸引力会更大，就连二猛子这样的中老年都着手用马匹来做文章了，说明底下百姓慢慢有了这种意识。"

小玉微微笑道："你一人能做主吗？"

我心想此事对群众而言有百利无一害，只要在下面做好宣传就行，便点头道："没问题。"

小玉接着说："事情基本就这样定了，年前肯定要与美院写个协议，明年春人家才好正式进驻。"

我不无感激地抚按一下小玉手背，说："玉妹妹，你在帮我，也是在帮介山人民……这点，我清楚。"

小玉望着我，嘴唇略动几下，却没说话。里间正飘着轻音乐，顾客零稀无几。沉寂老一阵，心想小玉认识的人多，突又想起沛胖子遭人暗算的事，便直言道出了刘方林经营游轮、沙船以来的一些不太正当的手段，小玉听完过程及来意后轻声说："相信你不会主张让我去曝光吧？"

我目不转睛地看着她，说："方便的话，你跟个别领导透透底。"

小玉皱起眉头，说："我清楚你说的个别领导是什么含义，不过我觉得还不如先到网上发发帖子，以后看看情况再说。"

我点点头，不好再说什么了。小玉起身道别时，勉强笑了笑，说："你早点回去吧！我知道该怎么去做。"

我想送她一程，小玉却转身制止我，说："同事在外面车里等，你不要管我，好不？"

我依了她，目送她上了一辆"大众"越野车才肯动身回去。

第三十五章

回到屋里，母亲已睡了，我在炉旁烧了堆柴火，一下就感觉骨子里暖和多了。天幕早已厚厚的黑压下来，外面正狂风肆虐，北方的寒流在急剧驰来，我想今晚很可能会来一场暴雪，就把门窗全部关上，进书房想消磨一会儿时间。

泛黄的几本旧书早已尘染，目光却无法听从指挥，我干脆将书本塞在枕下，让凝滞的目光固定在天花顶上。窗玻璃上有个小孔，风灌进少许，灯泡的玻璃壳体就在轻轻地摇曳。我脑子里尽是想些怪异的事，为了不让自己胡思乱想，无奈拿起了手机，突然在网上看到了这样一则举报的消息：

声称为黄桥县一号的游轮（老百姓都叫花船）到底干些什么

勾当，简直就是黄赌毒的集中营。花船上的赌场通过高额抽水、放高利贷、使诈等手段大肆非法敛财，使很多家庭妻离子散、家破人亡。船上还聘请了很多横行霸道的恶徒经常报复、残害百姓，其老板刘方林一脸阴笑，收买了政府很多部门的头目为他撑腰，再有刘方林伙同街口村地痞霸占码头使用权，简直到了肆无忌惮的地步，当地居民痛恨不已，却又敢怒不敢言，如再不严抓狠打，值得白河人担忧。

再看下去，就是很多议论，对花船上的指骂几乎是铺天盖地，基调也大同小异，概括地说就是四个字：可恶可恨！很多网民对黄桥政法系统还寄予了殷切的希望：请求主管部门能重拳出击，尽快净化好黄桥县的空间环境。越往下看，我心里越是紧紧的。

不知到了什么时候，猛听旷外有人在大声喊着："打火啦……打火啦……"

我一翻身爬起，揉揉眼睛，以为是梦境，可外面的呼喊声确实越来越高。

"打火啦……打火啦。"

我赶忙穿衣出门，一看时间，刚过九点，只见一里多路的前方正升腾起熊熊火焰，四面八方的呼叫划破了冬夜的沉寂，大体位置正在肖家湾，那里居住着三四户人家，肖货刚的房屋也坐落于此。我便给老吴打电话，电话持续了很久的绵音，没被接听，我的心扑扑直跳，猜想他准在打火。正去开车，老吴将电话反拨过来了，声音却很低，好像是到了一个僻静处："志涛，肖家湾出大事了。"

我急声问道："怎么啦……怎么啦？"

“肖货刚的屋子起了大火，你打电话时我正在接水管，现在启用了水泵，很快就会扑灭。”老吴说。

我一眼望去，确实发现火势越来越小了，便问：“你晓得起火原因不？”

老吴说：“肖货刚自己说是柴房失火引起的，有两间房屋靠近柴房，肯定会烧了一些床铺或柜子之类。”

“老吴，你先忙吧，明天再联系。”只见肖家湾的那团熊熊大火浓缩成了一团小球，料定要不了几分钟，就会全灭，心想此刻过去也仅是凑凑热闹，我便回房躺下，却是睡意全无。

这时，老吴又把电话拨了过来，说：“今下午，经管站的同志和抓点干部到我这，问了报账情况，说这几天要派人来督察建校账务的清算，这场大火恐怕会是……肖货刚的一招棋。”

“他想毁账？”我说，心里竟一下乱了。

最后老吴说：“志涛，你想想，他肖货刚一直不建新房，你以为他真没有经济条件？我认为他一方面是装穷，另外是做了这方面打算的，既要止人口舌，又要博得别人同情。”

我不想单凭猜测做出结论，上面来人过问账务倒是他意料中的事。

黑暗中，已经看不到那团熊熊大火了。

风，刮得松了些，绒绒的雪花却是飘得越来越密，我感觉到了刺骨的寒意。

第二天早上，在被窝里听到手机铃声响起，我实在有些疲倦，不想接听，但又怕是重要电话，响过一阵，还是懒洋洋地伸手接了。电话里传来几声半咳声，我猛然一惊，看一眼屏幕，正是肖货刚的电话。

“还没起来？”肖货刚的声音很低，说完这句，半咳声更勤了些。

我想了想，便道：“嗯，这几天有感冒在身，上呕下泄，睡着不想动。”

肖货刚一声长叹就把语调过渡到了悲沉：“唉，你晓得不？我家昨晚出了大事。”

我试着干咳几声，装傻地忙问：“出什么大事了？”

肖货刚说：“柴房里失了火，差点把祖宗堂全烧了。”

“人没伤着吧？”我问，语气有点儿急躁。

肖货刚说：“还算万幸，发现得早，可惜的是我睡房里烧得一塌糊涂，一万两千多块现金、账本、凭证、衣服、床铺……都化了灰烬。你今上午能否过来一趟？”

我窘了小阵，就说：“好的，输完液就来。”

“你看着办吧。”肖货刚的语气中带点不满，声音却是低低的。

挂了电话，我睡意全无，看看墙钟，快到九点，我还是决定去肖家湾瞧瞧。

今天还是冷，格外干冷，昨晚还想今早起来准会看到白茫茫的一大片，没想到所有绒绒的雪花竟在一夜之间全被风干了。

差不多行了大半路程，突又收到曹正刚发来的短信：莫来探灾，径直去正根家等我。我猛然一惊，料定他正在肖家，知道我会去，才发来提示，个中究竟却难以悟透，我只好依了。

周正根坐在火炉边正用铁钳烧火，见着我，有股言不尽的欣喜：“志涛，你刚从肖货刚那边来？”

“我本想去，有人却劝我避着点。”我把短信翻给他看了。

“曹大夫和你这么情投意合？”周正根望着我笑笑，又说，“必定有很重要的原因，等他来了就清楚了。”

外面有皮鞋的咯噔声，我猜定是曹正刚到了，起身去开门。

果然是他，进屋就听他说：“真如我所料，肖货刚正在扎毛人。”周正根泡了杯热茶，由他喝着慢慢说，“向书记亲自带队，还有民政所和经管站的几名领导，责任区主任和派出所钟建国也都到了场，扯来扯去，就扯出个意外失火事件，钟建国还装模作样地将影片摄得详详细细。”

“摄什么影？”我问。

曹正刚说：“一叠烧得残存不齐的票子，几本发票账本，还有就是房屋的损失。”

我问：“票子多不多？”

曹正刚说：“只怕有万把块，一个大摞子，肖货刚正在介绍，他老婆就出了眼泪，谁还要说这不是意外事件，鬼会信？连票子都烧了一大把。”

我心想此事既然定性为意外失火，有关建校账务就得有村上其他同志去共同挑担子，乡镇领导才好向上面有所交代，“是不是写了个什么书面性的东西，叫你和老吴签字？”我说这话时已经明白曹正刚短信的内因了。

曹正刚静静地飞了我一眼，有些诧异：“你怎么知道？不光是我和老吴签了字，洪荣、二猛子也都签了。”

我何尝不会明白他们的工作方法，只要估算不会出现恶性的群访，或大面积群体抗议事件，顺水人情的事谁都会做，更何况肖货刚天衣无缝地成了受灾者，白纸黑字的文章他们肯定是要做的，至少能推脱一些责任。

“我没到场，领导们没讲？”我还是有些好奇，问曹正刚。

“都说要等你来签字，我才发了短信。”曹正刚捋着下巴处，笑道。

周正根握着铁钳在柴灰上划着字迹，道：“我只怕肖货刚成了‘烧火光’。”

“肖货刚”三字与“烧火光”像谐音，却是一针见血地说到了点子上。

弄熟饭菜，三人正吃午餐，一直不见正嫂，我便问：“嫂子呢？怎么不叫来一起吃饭？”

周正根叹息一声，道：“我们先吃吧，让她再躺躺，这几天受了些风寒，她又感觉有些胸闷、心慌，我问过医生，都说手术愈合期内，不能操心，不能劳累半点，不然会造成启搏器上的功能紊乱。她死都听不进，管这管那，恨自己为家庭添了一屁股债，每次听她唠叨这些背时话，我就心烦，发她牢骚也没用。”我说：“有些人欠很多钱，日子仍是潇潇洒洒，你欠三五万就这么着急？”我故意把声音调得很大，以便里间正嫂听见。周正根望了我一眼，喝了一口闷酒。

第三十六章

饭后，我觉得还是去肖货刚屋里看看，毕竟答应过人家了。几分钟就到了，肖货刚坐在客厅里抽着闷烟，见我这么晚才来，半天都不愿发话。

我便去火烧的两间房子看了一圈，再回到客房坐下说："人没出事，还真算万幸。"话间不免流露出惋叹声。

肖货刚望了望我，慢条斯理递烟过来。而后才道出失火原因及抢险过程。我看了看茶几上那些烧了大半截的票子，顺势道："老伙计，你可向民政局反映实情啊，天灾人祸谁能料想！"

肖货刚轻作半咳声，沮丧溢于言表："灾情他们看过了，我预计那也是一粒胡椒化口气，最大的问题是建校账务烧得残缺不齐，我身为党员，失职失责啊！当然，有良知的人就清楚这是天灾人祸。但，也有个别人昧着良心要说枉话啊。幸亏几个部门的领导都见证了场面，要不只怕跳到黄河洗不清。”

我见他眼圈微红，知他动了真情，便点头说是。两人话语越说越近，我总觉得其中水分居多。

辞出后，路上正逢上洪荣，他手里提着一捆电线，说是帮书记家里去修补。我心想采沙他又要捞上一把，有好处的事少不了他洪荣的份儿，他哪像肖货刚说的象棋里的那个小卒？

我笑道：“肖书记反正要建新房子，不必修补得太好呀。”

洪荣一副焦急的样子，似乎火灾发生在他家一样，语气低低的：“这把火损失好几万，一年半载只怕他书记还难建新房子。”我笑笑，走了。

这天正用早餐，小玉突然来电话说：“告诉你一个喜讯，游轮被封了，你清楚不？”

“真的？”我手中的筷子差点落下来，老久才说，“你不是骗我吧？”

小玉认真说：“我干吗要骗你，政府部门接到举报后，立刻对游轮采取专项突击行动，虽然刘方林目前还没进去，不过公安已经拘留了好几个嫌疑对象，连营业执照都被吊销了，这回刘方林恐怕只能夹紧尾巴做人了。”

我兴奋起来，说：“玉妹妹，刘总以前是你老板，你不会抱不平吧？”

小玉朗声笑起来，说：“我不多做评论，另外美院那边已明确答应，对你们乡村振兴有益哩！”

我连声谢过，本想说几句关心的语言，那边却匆匆说了拜拜，电话就挂了。

翌日上午，冯秋雁又来了电话，问我她女儿的事有无进展，我便直言不讳地告诉了她，并提两点要求：其一，任何时候都不能为难英子；其二，更不能违背养父母的意向。冯秋雁坚决地一一应诺下来。随即我又与沛胖子夫妇以及英子通了气。

他们母女见面我们安排在周日上午，我早早地去了村部办公室，谁料，冯秋雁和一位姑娘早就候在门边了。

我一边开门一边看了姑娘一眼，果然是原来在尹剑店里帮忙的那一个女孩，透着一股坚韧而不俗的气质，与英子委实相似。

我说："你是尹剑的同学，尹剑的缺点可不少啊。"

小舒却说："叔叔，没哩，我只看到他的优点嘞！"

我不语了，笑笑。

冯秋雁的眼袋如卧蚕般横亘在颧骨上，分明是一副憔悴的骨架，她坐下说："尹村长，您实在是做了三辈子好事，终于帮我找到她了。"

我烧了茶水，踱一小圈，问她老公好些不。冯秋雁悲凉地轻叹一声："别人官越当越大，他的肝也越长越大，不久的客人了。"这不久的客人听起来确实有点儿苍凉，就像乡下说的：井里扒船——走不远了，我安抚一句，劝她放开些，小孩也大了。

冯秋雁眼里又噙上了泪水，说："我大女儿四岁的时候，才生下她，那年老公只想有个继承香火的，又看她大拇指……那样，就……狠了心，我也没有反对呀！"

我说："你大女儿现在呢？"

她哭了："十岁那年，这个乖女儿溺死在屋前的水塘里。如今，老公闭不上眼，罪过啊！"

我怜悯地瞧她一眼，说道："你二女儿过得很好，也非常不错，我有言在先，你作为她的母亲，应该希望她过得更好，也应尊重她的选择，不要去打扰她平稳的生活。”

冯秋雁泪眼看我一瞬，点头说：“生下只听到她哇哇哭过几声，没喂过一口奶，也没抱过一刻，老公从接生婆手里端过来，让我瞧了几眼，他有意把她的拇指在我面前抖了抖，天还没亮，老公就挑着一担箩筐出去了，一只空摇篮和我的女儿就维持着这担箩筐的平衡，他回来披着一层白霜，那天，腊月二十三……”她泣不成声，“现在，我只想让她去看一看她爹……”

这时，英子站在门槛边，眼光不如以往那么自然，也许她在外边已经听过一阵了。

我说：“英子，这是你的妈妈和妹妹，进来……”

英子窘了窘，抬头扫过一眼又俯首把下巴贴向了胸间，终于，冯秋雁抑制不住哭声，过去相牵了：“妹子……娘对……不住你，让你受苦了……呜呜……”

英子紧咬着下唇，泪光闪了闪，始终没说出什么。

小舒哭了，过来搀扶着英子的手臂，一声长长的“姐姐”就让泪水夺眶而出，她再唤声“姐……姐！”

英子的臂膀就颤抖了，眼泪一个劲地往下流，无声地顺着她的双颊，如两弯涓涓的溪水，英子再次望望母亲与妹妹，也呜呜地放声哭了。

我头次见着这般情景，眼睛不由得蒙上了湿雾，看着窗外，绿得出油的榕树叶在随风摆动，夏日的阳光下，金色的光斑在树叶间簇拥、闪烁。她们搂偎了老久，泣声时断时续，交织而起伏……

我递上纸巾，说：“来，擦干眼泪，拍个照。”

她们依了，英子和小舒把冯秋雁拥在中间，都抓着娘亲的一只手，小鸟依人般的烂漫！我想，人亲骨肉香啊！

“嚓”的一声响过，我说再来两张，小舒和英子就伸出手掌叉出一个“八”字，她们都荡漾着幸福的笑纹，人生最幸福的时刻，莫过于此。

滔滔的闲话扯了好一阵儿，我朝英子说：“我叫个车送你们回去聚聚。”英子说：“谢谢鲁叔，我们自己解决吧，公车就免了。”

冯秋雁又大大地鞠躬：“谢谢村长，不会忘恩。”

我突然记起什么，唤了英子进去，硬是把那两万多塞在她手心里，英子触到我那不可拒绝的目光，终于收下了，她诚恳地说了声谢谢。

送走她们，鲁刚就打电话来了，约我去镇上谈点事，我答应立马就去。刚进办公室，鲁刚便合上门，打开网上“老百姓呼声栏目”里的一篇文章给我瞧了瞧：

《白河镇镇长鲁刚全面调研白河镇工作》一文留下的思考

上月黄桥县政府新闻工作者在省日报头条位置编发了一则报道：《白河镇镇长鲁刚全面调研白河镇工作》，报道称这位新任不久的镇长鲁刚在两天内“跑遍全镇六十二个行政村及八个行政企事业单位，对全镇的工农业生产、城镇建设、安全生产及群众生活等经济和民生进行了全面的考察、调研，并慰问了部分贫困群众和党员”。

出于对报道的好奇和敏感，很多人对这样的官样文章保持本能的警惕及至怀疑。智者认为，白河那么宽的地方，要在两天内跑遍机关、企业、村子、学校等是完全没有可能的事。智者判断：这样的文章要么就是作者故意夸大其词，要么就是鲁刚同志玩点花架子。

据镇区辖区内知情人士透露：鲁刚好大喜功，并未把与群众息息相关的生产生活摆在首位。众所周知，白河水库是全镇最大的水库，这里群山环绕，水面清澈。前几年，这里发展为农村饮水基地，政府投入资金不下二十万。可就在前两个月，水库水面上出现了皮划艇、快艇等水上娱乐设施。更有甚者，在离水库不足一百米远的地方开起了数家农家乐餐馆。毋庸置疑，这些对水质的公共污染是无法避免。而鲁镇长却置若罔闻。当有人提出建议和质疑，他竟振振有词：质监及环保部门对水质的抽样检测并未出现异样，足见净化器等自动化水厂有着重要的保障。

究其原因，鲁镇长一心想发展全镇的乡村旅游，以此树功，而从他表态的语气和态度无异于前面报道中的“走马观花式”的草率应付。

表面上看，鲁镇长谦恭仁和，群众有困难，他一副同情关心的伪相，可此后又无任何实际行动。一个真正急人民群众之所急、想人民群众之所想的政府领导，绝不会在实事面前只流连于形式，或仅草率应付。白河镇能否在他任职期内走上康庄大道？哼……智者认为很难！

大家拭目以待吧！

我反复阅读几遍，总感觉作者带有某种个人目的，所述事例也难伤及政治要害，又猜想此人应该就是本镇人，或因一己之利受到影响而发此牢骚。

我还在思索，鲁刚就低声说：“几月前，向书记约我去接待洪光，那次我没去，后来洪光亲自打电话给我，想要洪荣承建镇上污水厂，我说只能依规依程序走招投标途径，事情没有得逞，他就用上这种手段了。”

我说：“洪光原来做过某报社人民论坛的主编，现在是网络名人。很多人都说洪光打着法律与舆论监督的牌子到处敛财！有几个县市领导被他搞得人心惶惶。”

鲁刚说：“过去，他还有几篇获奖文章让全国法学界对他不得不刮目相看，可后来，慢慢变味了，都心照不宣啊！”

我说：“宁可得罪十个君子，不可得罪一个小人，我认为洪光很快会出问题的。”

鲁刚点头称是。

与鲁刚分别后，时间还不是太晚，我又想小玉了，便打电话过去，电话刚通，我又担心她不便接听，赶忙又挂了。很快小玉反拨过来，甜声笑道：“怎么？你手机也成扩机了？”

我回答说：“还不是学你的？”

小玉嘿嘿笑着，又说：“如果方便的话，你就来我宿舍坐坐，下礼拜我就搬到临江市区了，现在正有事找你商量。”

“半小时就到。”我挂完电话，像是要去急诊室似的，开车呜呜地去了。

小玉开门见我满头大汗，递了毛巾过来，我闻着毛巾香味，心里又突然直跳起来，又见小玉合上了门板，我就更加心旌飘扬了，进去抱她狂吻一阵，俩人很快就把战场转移到了里间，完事我们已是大汗淋漓，小憩一番，我才堆尽笑意，问她：“下礼拜怎么就要搬到市里去？高升了？”

小玉坐到床沿上，说：“去一家旅游公司上班，坐办公室可能会轻闲些。下月我会陪美院几个领导来介山走走，你安排一下，我牵完这根线，以后就靠你们与美院单独交涉了。”

我说：“包做媒肯定不包养崽。”

小玉突然沉默不语，一副思索状，我连问她想什么去了，她只是摇头，轻轻说：“没有啊！”我也不多问，在她额前吻了吻，这才辞行。

第三十七章

肖货刚叫我去沈敏家决策一下村级事务，我没法推诿，只好去了。进屋沈敏就说：“今年年底总结会不会开了，肖书记安排我俩把要付的工资全部支付下去，每个组长发五百元的误工补助费，理财组的同志也是同样对待，他说自己没时间参与，正要检修房子。”

发五百元现金给每个组长，我自然明白肖货刚的用意：想拉拢人心，稳住下面的情绪。至于理财组的同志也发五百块，摆出来就有些离谱。理财工资早就付过了，哪有累付的道理？我猜想肖货刚无非想套住理财组的几名同志帮他挑些重担，度过这非常时期。按说曹正刚是绝不会再上钩了，洪荣和老吴倒是难说。

正纳闷间，就听二猛子在嗤之以鼻了：“哼，肖货刚惯用的手段又出场了，他以为有钱就能收买一切？何况这钱又不是他私人的。”

朱怀云说："现在这段时间，肖货刚哪还有心思求村级发展，我看他只在挖空心思保全稳定，不稳定不行啊，他明知自己很多事是脱不开的。加之大火又烧了建校账，下面骂娘的更多了。不过我不相信一把大火就能解决问题。"

我心知老书记不会就此罢休，一时却答不出妥善之词，只好含糊说："不管发生多大意外，他肖书记在建校问题上总得给肖市长和介山人民一个交代吧！"

朱怀云鼻子里哼过一声说："问题是肖货刚历来坐屎不知臭，一拖二哄想蒙混过关。原来农电整改不也是这样？"

沈敏用幽幽眼神看了看我，又说："组长和理财组同志那点报酬不是个大事，关键是下面各组的生态公益林款和水灾款到底是全扣还是发放一部分，你最好跟肖货刚通通气。"

我记起上半年开会时周正根坚持抵制村级扣款，最后结果也是笼统说看年底经济如何再做决定。想到此便问沈敏："眼下除了正常开支外还能余留多少？"

沈敏思索一会儿，就说："差不多十五万吧，支付这两笔款子的话，还将短缺近五万。"

二猛子忍不住发牢骚："下面难处也不少，年前不付清，我就带着群众闹到肖货刚家里去。"

我想了想说："根据年前实际情况，我认为暂时按八成支付下去，短缺部分明年再补。当然，我还得请示一下肖货刚。"

朱怀云接着说："说实话，要是你村长为头，什么都好商量，老百姓也会放心，大事讲原则，小事讲风格。我看今年村级还或多或少做了点事，我赞成你的意见。"

事情就是这样定了，二猛子也沉默不语。

想到游轮被封，我心里就自然轻松起来，忍不住给曹正刚打电话，一五一十说了事情。未想曹正刚仍然悲观得很，说："封不封游轮是政府部门的事。唉，我老弟遭人残害也希望政府部门管一管。"

我声音也低了，说："刚哥，你们兄弟暂时也该想开点，政府能封游轮，说明政府就有打黑扫恶的决心，严惩凶手是迟早的事，干吗一蹶不振呢？"

曹正刚没吱声了，传来的是一股无言的沉寂。

我连喊了几声刚哥，那边才答话说："强总上周私下送了一万块钱给我老弟，劝他想开些。这犟汉死都不服输，我观察他现在的举止越来越反常，真担心会出大事。"

我再三劝慰一番才挂电话。

很快，饮水工程进入了扫尾阶段。我到铜梁山上又转了个大圈，几个偌大的池子跃然眼前，钢筋混凝土构筑而成的池上贴好了绿色瓷砖，山上好几处民工正在铺设管道。我站在半山腰上真想大呼一声：同志们有好山泉喝了！

山腰右侧便是强四农庄，山上已路路相通，徒步两分钟就到了。一眼望不见边的梯土上都已铺盖上一些柴草之类，一瞧便知这是给土下的洋姜种子保温，再又防止雨水将土面板结，先前约好了强四，他一直候在房里。

我见他就说了省美院常年组织学生来介山写生一事。还问强四何不利用这青山环绕的山庄再向前发展一下，今后能使更多学生和其他社会团体、个人来山庄写生、观光、避暑、休闲等。这对桃花岛而言更是一个好事。

强四听后就滔滔不绝地指点起来："你这思路确实还算好，既能把单一农庄建设成综合性、效益性较强的山庄，又能大幅改善当地就业、产销、餐饮……换句话说，就是为我们新型农村旅游业打基础。如真能发展起来，不单是介山前途无量，其他周边村的经济也会大大改善。前些日子政府查封游轮，不能不说是一桩天大的好事。我相信，河道非法采沙很快将会被严厉取缔。上次在人大会上，好多代表都支持我的提案，要求政府给介山营造一个良好的旅游气氛，请政府有关部门重拳出击，迅速整顿航道、码头等环境。到时候你村长就可大力鼓动下面多发展几条快艇、机船或手摇式乌篷船，介山水面上就有生气了。我们还提请政府明年春给两岸全线用垂柳绿化。兄弟，准备大干一番吧！"

我心花怒放，可念及村级财务那些纰漏，不免有些忧虑，在挚友面前，终是说了出来。强四对建校账目并不说什么，却对钓鱼事件尾后的那些所谓安抚提了想法，直言道："一些干部闲着没事，就到处钓鱼。你知道不？秦和平的那根致命的合金钓竿竟价值四千多元……现在政府反腐力度越来越大了，这次你们村里情愿把事情担了，甚至还出钱帮贺进明消灾，今后要注意呀！当村官就得学学过去的大寨村、如今的华西村，只有为地方干番实业才算有所作为。"

我无限感慨起来，似乎感觉肩上的担子一瞬间就沉重许多，沉寂一阵，才道："路还长，不是三年两载就做得到呀。"

"那是那是，我们兄弟并肩作战吧！现在国家政策都鼓励大学生下乡当村官，希望你有雄心壮志。"

我吃完中午饭才出来，路上碰上了二猛子，他骑在马背上，手里还牵着一匹，我笑道："开张了吧？"

二猛子一副悠然自得的样儿，说："早就帮饮水工地驮了二十来天货物了，本钱快回了百分之八十，下步就指望你村长帮忙了。”

我不好意思了，忙说：“我知道的，一定会想些法儿。”

下山，想着好久没去农贸市场购买蔬菜水果了，我打算慢慢逛去。一排排摊位上都备着生意好手。嘴上功夫都是个个不凡。我历来就是逆反心理，越是嗓门扯得老高，指手画脚的，我越不会光顾。到了摊位尽头，只见老樟树下的石凳上蹲坐着一对老汉老婆，显然是小米加步枪的小本钱，连个摊位都没占着，老汉正在吃着盒饭，老婆在旁边平心静气地看着他扒饭，偶尔有几粒米饭掉在老汉膝盖上，老婆一粒一粒捡尽送到他嘴里。很快吃完了，老汉咂吧着嘴，眯笑几声，慈和的皱纹便铺得深深的。老婆与他相视一笑，再递上一个带盖的塑杯，老汉拧开瓶盖，呷几口，又把盖子拧得紧紧的。

我见状，心里暖暖的，都老夫老妻了，还这般恩爱，真令人敬慕。

“老伯，每样都称一点。”我凑上前去说。

老汉仰头瞧我一眼，稍稍愣神，再道：“蔬菜适宜吃个新鲜，最好天买天吃。”

天买天吃是说每天买的食品每天吃完，不宜久存。我很少听生意人说出这种朴实话，便道：“老伯，你帮我做主，称多少算多少。”

老汉说：“我的这些蔬菜是用烟筒水、辣椒水淋出来的，放心吃就是。”

我不解其意，迟钝地望着老汉。

老汉微笑道：“年轻人，我告诉你一个秘方，用辣椒水或烟筒水代替农药杀虫，才真叫绿色食品。”

我想想很有道理，便道：“那你帮我多称些。”

老汉摇摇手，又道：“你天天来，我天天都在樟树下。”

在路上，我想着菜农的话，心头不免暗暗感慨，很多人都常说，当今世道是个卖假的世道，此番看来就未必，淳朴纯真还是随处可见。

经过校门口，正见操场里五六十余人已分队成列，强四在前面示范，自由舞队跟着动了起来，连母亲和二猛子这些老人都投身在此，还真有派头。

线儿长针儿密
含着热泪绣红旗，绣呀绣红旗
热泪随着针线走
与其说是悲还如说是喜
多少年啊多少代
今天终于盼到了你，盼到了你
千分情万分爱
化作金星绣红旗，绣呀绣红旗
平日刀从不眨眼
今日里心跳分外急
一针针一线线
绣出一片新天地
新天地

第三十八章

很快就到了腊月二十四，我们当地的小年，常有人爱把小年过得风风火火。肖货刚自然也不例外。大清早就杀鸡宰鱼，还电话邀请我去喝几杯。我婉言推脱一番，还是没有推脱掉。

今日天色阴阴沉沉，幸好没刮北风，车上并不特别冷。人刚到，肖货刚便吩咐老婆摆上酒菜。我陪肖货刚坐到桌旁，边端酒杯边说了支付各组款项一事。

肖货刚迎杯碰了一下，仰长脖子一口尽了，说：“凡是老弟做主的就代表了老兄的个人意见，我绝无二心。”

他老婆从厨房里出来，身上围布还未解开就坐下，用汤勺舀了好几次鸡汤到我碗里，很是温和地笑着说：“两年多的黑母鸡，村长多喝点鸡汤是不会吃亏的。”

我不停地谢过嫂子，又夸嫂子手艺了不起，乐得她不停地帮我添汤。

肖货刚用餐巾纸抹了一下嘴巴，又折叠一下到鼻孔里掏了掏，说：“改日请老弟同我一起去拜访一下肖市长，学校建设我想当面给他一个交代。”

我愕然地看着他，半晌才说：“账本、发票烧了，怎么好去汇报？”肖货刚不假思索地说：“我笔记本上的现金流水数完全可以反映事实，还余一万一千现金是天打不动的数字。”

想不到他还有这么一招，我自知不明内幕，不敢妄自表态，只是微微点头答应着。

正说着，没料到刘方林与王若明进来了，因为利益，这对曾经的“敌人”又统一到同一战线了，果然，在有些人的世界里，没有永远的敌人，也没有永远的朋友，只有利益才是永恒。

刘方林不冷不热地投来一瞥说：“村长像个地下党员似的，好久不见踪影，这段时间忙什么？”

我听着很是反感，却不便生气，便装上微笑说：“我这号人完全是混日子，哪像你们当老总的，日理万机。”

肖夫人给他们递来碗筷，刘方林边接边朝我说：“很快村长就不会再称我老总了，游轮封了你还不清楚？”

我脸色跟着沉重起来，粗叹过后就低声道：“前几日我才得到消息，心里实不是滋味。不过，我觉得，任何新生事物都不是一帆风顺的，过段时间刘总可以重新整顿兵马，专心做好旅游这篇文章，谁还敢奈何你？”

刘方林苦笑一声，过来朝我敬酒，语气也和缓多了：“村长确实聪明厚道，说话分量足。”

肖货刚搭腔说：“确实不假。”

王若明也举杯献殷勤了，说：“改日一定要到村长屋里讨杯酒喝。”

我自然明白，讨杯酒喝就是登门送礼之意，心想他为了利益可以不择手段，完全是个谄上欺下的小人，便回之一笑：“不敢劳驾，不敢劳驾。”

四只杯子越碰越频繁了，我脸红得像关公，便借故还有急事要办，好不容易辞行出来。

肖货刚出于礼节送至门口，一手撑在门框上，一手反背摇摆着，很疲倦似的，我瞧他这模样，不觉间就想起蜀国后衰的那场景：“孔明强支病体，令左右扶上小车，出寨遍视各营，自觉秋风吹面，乃长叹曰：悠悠苍天，曷此其极。”

母亲见我回来一副醉醺醺的样子，就叫我先去房里休息一阵，等送完灶神再走。俗规是今日送灶神，除夕迎灶神，如不按时接送，老人们就会担心家神暗下作怪。我明白母亲最信神灵，便欣然回房休息去了。昏睡了好几个钟头，母亲进来推醒我，说：“在哪里喝这么多猪尿？厅屋里爆竹响过都没爆醒你。”

我揉揉眼睛，看见窗外已近暮色，便打着呵欠问：“灶神送过了？”

母亲喜笑颜开地点点头，说：“刚才撒了两卦，第一卦是阴卦，菩萨阴间鉴领。第二卦是保卦，保佑全家平安。多年没碰到这样的好卦。”老人家笑得眯起眼睛来。

我高兴起来，说：“人旺财兴！”

此话老妈差不多讲了大半辈子，最看重“人旺财兴”，她便重复一声：“人旺财兴。”

年内最后一天，到处都是热闹景象，我早就和母亲商量好了，什么地方都不去，今日就母子二人待在家里烤火聊天，把除夕过好。

傍晚屋外又在连绵不断地响着鞭炮，那是准备吃团圆饭的人家在敬神。

邻家小孩在门外哼着财神歌，毕竟还是新学不久，哼着就有些走调：

财神到你家，你家富贵也不差
金子做水桶，银子铸缸池
前面立起摇钱树，后面置着聚宝盆
摇钱树聚宝盆，朝落黄金晚落银

走出房，心里直发笑，我不想打搅孩子的雅兴，任由他们哼唱。

突又想到童年时代的那首《背时歌》，曾在介江一带盛传多年。世事沧桑如过眼烟云，现在还依稀记得那首顺口溜的大体内容：

正月背时起，二月就借米，三月餐了餐，四月难过关，五月节了节，六月越冇得，七月杀禾响，八月增一两，九月红薯香，十月萝卜筐，十一月借点钱，十二月过个年……

第三十九章

过了零点，已经就是大年初一的时辰了，母亲说话就特别注意分寸了：“到金窝里睡个发财觉，明日好去求财。”

我瞧她老古板调儿，扑哧笑道：“您老早点去金窝里歇息，明日早点捡财包。”

半夜，我刚要入睡，突听得床头柜上的电话铃声顽强地响了。我真想骂人，嘴上到底还是忍住了，我翻转身，在黑暗中抓到手机，本想说谁在吵死，又一细想，大年初一说不得晦气话，只好开口就笑，好让对方听着欢喜：“喂，哪位发财老板？”

电话里传来曹正刚低沉的声音：“正沛用炸药炸了刘方林。”

“什么？！”我猛然弹跳起来，以为在做梦，赶紧拉亮电灯，揉揉眼再问：“刚哥，你说什么？”

曹正刚哑了一阵，大概在想着措辞不用“死”字，听刚才语气，他似乎正在压抑哭腔，见我在问，他又说：“正沛昨晚就盯上了刘方林，一直躲在肖货刚屋外，待刘方林出来，他就抱住姓刘的扯响了炸药，深夜没旁人，不然……”

“你老弟？”我结巴了，“沛……胖子？”

“对，就是沛胖子。”曹正刚一字一字地把声音从电话线里挤了过来。

“哎哟……我的发财老天！”我打着战。

曹正刚说：“这回真……发……财了……我只想提前给你透个话儿，并不希望你立即下来。”

我眼睛红了，明白这“发财”是怎样的一种悲哀，只朝话筒点头道：“嗯！”

曹正刚说：“新年快乐，再见。”

我说：“新年快乐，再见。”

母亲爬坐起来，过来问：“哪里出什么发财路子了？”

我看时间，已经两点多了，不想再说这桩恶性案件，只道：“睡吧，过几天您会晓得的。”

母亲明白不是什么好事儿，也不问了，慢吞吞地回房缩进被窝里去。

我已经无法入睡，心里在泪雨滂沱，心想沛胖子定是万念俱灰，舍死才做出这傻事的。又想大年初一，肖货刚屋里发生这种骇人听闻的凶案，明早他屋里不知会是怎样的场景了，迷迷糊糊地挨到天亮，我听外面又在零稀地响着鞭炮声，一翻身起来，母亲早就起来烧火了，打着哈欠道：“大年初一要多聚聚财。”

我明白她的话意，多聚聚财就是要多睡睡，我努力笑笑，说着母亲喜欢听的话："哦，我去茅厕里的聚宝盘上蹲一蹲。"

母亲还打呵欠，伸个懒腰，脸上堆着厚厚的一层笑："呃，昨日的热火年过得不假，大清早就有黄金白银屙。"

我出了房，到厕所里只解了小便，都七点多钟了，外面的天空还是灰灰沉沉，我感觉身子有些飘浮，宛如梦游般。

袋里的手机短短地响过两下，一瞧是肖货刚的短信：志涛，新年好，出大事了，尽快过来为盼。

我也不询问，只回复一个"好"字。

一会儿肖货刚又打电话说政法系统的同志正赶往介山，我急速去事发现场。我明白事重，不敢怠慢，跟母亲打过招呼，便射箭一样开车上路了。不多时，到了肖家湾，公安和政府各一台车子停在那，肯定是到了好一阵。

肖货刚的旧房外还弥漫着硝烟气味，檐下有很多碎砾被震落于地。

曹家和刘家的亲属正围着尸体号啕大哭，几名公安蹲围着一大片风干了的血痕。

钟建国从柴堆角落里拾到了木拐杖，过来说："案子非常简单，就是本村的曹正沛在行凶报复。"他的目光在我脸上扫了几眼。

我看着心烦，仰头看看天幕，心头却好想为曹正沛哭上一场。英子跪在一只破碎的裤管边抽噎。

接下来的现场办公会上，鲁刚打了开场白，今天他气血不太旺盛，声音低低的，话语尤为简短："案子的事就辛苦公安局的同志，村上的大小事务暂由志涛同志牵头处理，后事嘛……"

大家面面相觑，不知怎么谈，其实都是心照不宣，事已至此，还能怎样？凶手曹正沛都已命归黄泉，除非他长着两个人头，就可再砍一次。

见县局同志半天不吱声，钟建国倒是站出来了：“我认为，首先必须深入查出凶手所用爆破物品的来源，严惩非法提供、转卖易爆物品者，以防再有类似恶性案件的出现，大家想想，曹正沛身为一个残疾人，既无爆破证件，又无合法购买权，这货源哪里来？这其中……是不是有幕后指使者？其次，眼下大家是清楚的，再要追究凶手的刑事责任已是枉费口舌了，然而，民事责任的承担部分，我看该不该考虑？另外，尸体是不是由政府牵头统一送至殡仪馆火化？”

我强压怒火，也不想一时来揭他的丑底，只是平心静气道：“钟所的意见很有道理，炸药雷管要查查根源，幕后指挥者更要查，我们介山的群众就希望能查个水落石出，至于民事责任由谁承担，那是原告方起诉到法院之后的事了，眼下我很不希望的是再出更多的人命案，这已经就是最惨痛的教训了。”

这话表面听上去说的是大道理，其实在暗示“凶手”的家属也并不是什么软骨头，火烧絮被是棉花上的根，倘若政法系统早点还曹正沛一个公道，也绝不会酝此悲剧。

县局的一名同志摇摇头，叹息道：“先给家属打声招呼，各自收埋吧。”

钟建国还要插嘴，鲁刚用手势给封住了，他说：“今天是大年初一，大年初一是什么日子大家清楚不？党委政府坚决支持县局领导的决定。”鲁刚窘了窘，又说，“今年大年初一，想不到会在我们介山发生这种令人痛心的恶性案件。等下，进明同志先去征求一下死者家属的意见，如果他们非要拖回去土葬不可的话，那我们就表示默认。政府给每户安排五千元安葬费，至于爆炸物品来源或其他什么幕后者，那就是你们公安系统应该过问的。”

刑警大队两名同志也都赞同鲁刚的意见，很快贺进明就进来说：“就按鲁镇长的决定办。”

肖货刚依然一副惊魂未定的模样，他清了清嗓子，声音还带点混浊：“今年初一碰到这桩霉事，劳烦各位领导，我肖某万分愧疚，两具死尸摆在屋前也不是个事，等下辛苦尹主任督促他们家属按领导意见落实到位，好不？”

我理解他此刻的心情，不说二话出去了，洪荣见机也跟了出来。我灵机一动，顺势就请洪荣去疏导刘方林家属，洪荣脸上虽然沮丧，口气却还硬朗，连说：“好的好的。”

少许就见曹正沛那具残躯在鞭炮声中上路了，刘家亲属不可能再赖着不走。领导们站在屋檐下，神情都异常肃穆。

过了一阵，鲁刚摇头叹息说：“今天这悲剧大家都有责任啊，我们得好好反思反思。”

谁也没有吱声，似乎都在嚼着这句硬邦邦的话语。

从肖家湾出来，我径直回去了。母亲在火炉旁温了杯酒，递上酒杯说：“发财酒饮几口，新年运气会更好。”

我谢过母亲的赞贺，忍不住说了爆炸案件。

母亲静了片刻，便告诫我说：“任何时候都要凭心做事。”

母亲边添茶边说：“崽丫，莫小看这顶草帽官，就好比头上的草帽，戴得端正才会稳，一歪就会掉。”

我一向敬畏母亲，这比方听着熨帖而又耐人寻味。又怕老人们挂虑，便劝她放心就是。

一会儿，二猛子、周正根拜年来了，互相恭贺一番是必定的，发财话都是不要本钱地说来说去，稍后，话题还是避不开爆炸事件。周正根饮下几口热茶就说：“这事一出，介山今后好办多了，只是走了个好人，代价大了点。”

二猛子说话也不遮拦：“肖货刚的印堂越来越发黑，怕是要走霉运了，以后我估计只有志涛出头才行。”

心想肖家那栋旧屋还真是多灾多难，大火过后就是炸弹，我早就明白他俩对肖货刚成见无法改变，并不愿落井下石，也不乐意帮人护短，只说：“有些事肖市长正在过问，所以关键还得看肖市长的态度，不过我总觉得，介山一定会走正路。”

周正根说：“介山有强总作顶梁柱，志涛你完全可以放开手脚大干一场，何况去年的路灯、公路、饮水并非没有你村长的功劳呀？”

我心血热了，饶有兴致地说起了洋姜、石榴、写生、避暑、小船、骑马……

聊得正起兴，强四发了短信过来：兄弟新年好，多去安慰正沛家属。

我马上回复：一定。

第四十章

初四的早上，贺进明开车来了，一进门就把两条和牌香烟丢在桌上，嘴上不住地说着客气话。我笑他越来越体贴民意了。

贺进明脸上并不怎么轻松，坐下说："要不出那个鬼事，我早就来给兄弟拜年了。"

我说："听人说兄弟很快就要升官了，这烟不是请客吧？"

贺进明说："何春潮年前已调任县移民局，可能要我来顶替他之前的工作，我个人嘛……听从安排。"

我举杯，略带讽刺地说道："不到一年光景，你就飞黄腾达了，难得难得！"

不知贺进明是否听出我的话外之音了，但一反常态地说道："志涛，今年老弟怕有关卡。昨日乡里龙灯玩到我家，开始舞得好好的，中途想不到突然断了个拱把。我本来并不迷信，家里人却左一句、右一句，说得我心慌意乱。”

我瞧他脸色，难怪带点颓倦，道：“人无千日好，花无百日红，世事确实沧桑难料。”

贺进明薄笑一声，说：“预兆不预兆，听天由命吧。”

我觉得往下聊并没有多少心里话说，便老催着母亲快点弄饭菜。贺进明反倒推脱起来，说改日再叙，我便没有再留。

下午，强四打了电话来，说肖市长今天回了介山，肖货刚握着笔记本去汇报建校情况，被肖市长大骂一顿，肖货刚解释意外火灾也是他本人最不愿看到的，他私人损失了好几万，还发誓流水账如果与实际不符他肖货刚要天打雷劈。肖市长最后也只能留下笔记本回去好好翻阅一下。

我想到原来白河镇就有个血腥的故事：有位张姓的二流子素来品行恶劣，但总爱用“天打雷劈”发毒誓，有回在田间还真被雷电烧得焦黑，自此，人们都不敢轻易发毒誓。

我最后在电话里笑道：“市长肯定要让肖书记好下台。”

未料强四将“下台”一词引申起来，说：“很可能肖货刚在村上混不下去了。据我姐夫回忆，光彩事业促进会曾拨过一笔二十万的关公基金给乡财政，当时要求乡镇戴帽解决介山建校，肖货刚在流水账上都没记载。我姐夫真的动了肝火，会督促纪委去核对。”

我挂完电话，思绪万千，这么大一笔收入他都存有侥幸心理，其他付出部分就更不用说了。正胡乱地猜想结局会如何，王若明提着个蛇皮袋进来了，说拜年迟了，请我莫计较。我说：“朋友之间互相走走就行，拜什么年咯。”

王若明一边把东西拿出来一边说："一点鸡蛋、腊肉、腊鱼，都是正宗土特产，街上有钱也碰不到这样的好货。"

刘方林不在了，我猜他还想采沙，所以这是想着打点我来了，便直接泼了冷水，说："王老板，我也是正宗农民，土产品家里有的是，大年初一的爆炸案缘由其实就是采沙结下来的仇怨，而且去年年底人大会上，明确将会坚决取缔在介山河道采沙。朋友，你最好不要再有这样的念头了。"

王若明沉吟小阵，指着袋子底部说："几条烟，村长放心抽就是了。"

想不到这人还真俗，我便半真半假说："恐怕王总还在烟袋里夹了红包哩，不过，我建议兄弟莫背上行贿罪名，一个举报电话就够你呛的。"

王若明难堪一阵，还不死心地说："按合同至少还有半年呀！"

我把言辞用得重了些："刘方林家属只要清楚凶手是冲着采沙事件，你王老板只怕会吃不了兜着走，你以为刑侦大队就这样放你？"

王若明不吱声了，仓皇打了招呼便走了，我好不容易追到外面才把袋子还给他。他接过袋子一弹一跳地向摩托车走去，想必"弹弓枪"这一外号还真是实至名归。

不多时，冯秋雁居然也拜年来了，今日我只好挤出点热情来尽地主之谊。此回她毫不拘谨了，客套着说："村长，您让我们骨肉重逢，您修德修福！"

我问她老公好些了不，她脸上的悲哀褪了很多，像是麻木了，她说："英子硬要送她爹去医院化疗，还拿出了三万块钱，我明白这血汗钱是她的所有积累……我不会这么干，她苦了这么多年。"冯秋雁长长地叹了口气，又说，"我老公化疗也是死，不化疗或许还能多活几天，何必人财两空呢？”

瞧她一脸的平静，我无言以对，也许是这么回事，这号病就算落在富贵人头上，也难免一死。我给她加了热水，她接过就抿了几口，看来真是渴了。她木然地瞧我一眼，喝尽余杯就说：“村长，我今日来是为表姐的一位堂妹抱不平……”她观察着我的脸色，继续说，“自打她嫁给洪荣的那天起，就没过上一天好日子，您打听打听去，他大男子主义就算了，而且还家暴，还出轨，我表姐的这堂妹有次去那个狐狸精家找人，他回来就用麻绳捆了她一整天……简直就是畜生，他老婆不敢声张，回娘家也不敢多说，有次，他还在她娘家大打出手呢。”

我终于有点烦了，说：“现在是法治社会，报案呀，你表姐的堂妹？嫂子真是太平洋的警察——管得宽。”

谁知冯秋雁越说越气：“有次，这个畜生从外面回来，屁股还没坐热就想找狐狸精去，他老婆正发高烧，在床上哼着叫他找个医生来，这畜生……您说咋的？”

我没有看她的脸色，也未顺着她的提问而故作惊态，只是抬腕看了看手表，要让她明白我的时间是宝贵的。

冯秋雁连忙说：“这天杀的居然顺便叫了一个兽医，还说人畜是一理，先诊个大概，啧啧啧……绝无天良。”

我说：“我先前告诉了你们几条途径，你们依着落实去。”

冯秋雁明智地立起身，就说：“我希望您村上引起重视，关心弱势百姓，怕出大事哩！”

这话不重不轻，倒让我嚼过一阵，就说：“双管齐下吧，你们可以向多个部门反映，村上会去人调解调解。”

冯秋雁这才高兴地去了。

很快又过了个把星期，镇办公室来电话要我明天去参加三级干部会议。我迷惑不解，往常都是书记去，便问了缘由，办公室那同志窘了一小会儿就说："肖货刚同志昨天下午被传唤到纪委了，问题比较严重，向书记要我通知你尹村长。"

第二天上午，老吴来登门探望，他提着个胶袋，进门就搁在餐桌上，"两条烟，拿着去抽。"他眯笑着说。

"老吴……你这是……"我来不及琢磨他的来意。

老吴拍拍我肩膀，笑道："与你共事是我吴某的荣幸，下届组阁，老弟若不嫌弃，嗯，呵呵……"

终于听明白了，老吴并不真想退休，他前段时间一直在玩着花招，肖货刚出事他就露了底。我思量一阵，便道："老吴这样说，我心中就有数了。到时候再说吧，不过，你得把胶袋拿走。"

老吴哈哈大笑，道："我戒烟了，再吃就是浪费。"

我到房里取出一对像模像样的礼品酒，朝老吴道："拿着去喝。"

老吴双手挡驾，哪肯收下。

我便仿着他的语气道："我戒酒了，再喝就是浪费。"

老吴只好接过，一个劲儿地说："村长真是太好了。"

我总担心他在最后一班岗哨上会放出"起身炮"，便问龙岗洲那两万多元林木处理费是否交公了。老吴拍着胸脯说："改朝换代了，我立马回去交给沈敏，肖货刚那些习气不能在村级复燃啊！不然党风会受到严重的挑战。"

老吴出来，我送了一程，在外面踱着小步，未料肖货刚老婆正迎面而来，她脸色颓丧中带着怒意。我堆上笑意，说："嫂子，还好吧？"

肖夫人冲他说："怎么不好？人家搞名堂，把我男人关起来，会不好吗？”

我脸色微红，解释说：“嫂子，你要相信村里同志是搞不到货哥名堂的。”

肖夫人正在气头上，声音高高的：“海内海外到处发地震，黄桥县政府偏不发，介山偏不发？我老公是被你们当了炮弹使，莫以为老娘不清楚。”

我感觉与她说不上正道，却也只好忍着，说：“嫂子，你怎么这样说呢？人民政府要追查一个同志的错误，谁能包庇？还有多少大官小官出了问题，谁人说得清楚？”

肖夫人双手撑在腰间，还在说着气话：“肖货刚迟早会出来的！今后不要这顶花帽子，他同样要过日子。去年我男人明明不想让水管在坟山旁边穿过，你们偏偏要暗计害人，出了问题，有人在旁边歇凉，哼……”

我听着又气又痛，不想再搭理，便快速走了，心里却是愤慨万千，不住暗骂这个女人：简直又蠢又恶！水管走向与坟山风水毫无瓜葛，当初肖货刚还现场察看过了的，打屁不惹腿的事竟要胡扯。

我到沈敏家里待了一小会儿，周正根与老吴就来了，周正根新留了平头，精神多了，他坐下掏出笔记本，说：“底下我基本通了气，百分之九十以上群众都赞同今年调整一下产业结构，百合、五色糙米都是优质高效产品，他们都选择在田里耕种，旱土适宜种植洋姜、西瓜，为了成片规范化管理，各组户主都已商议好了，下种时，他们都会因地制宜，既合作又分工。”

老吴今天很正经，说：“我这老骨头，义务跑点腿，不碍事，你们需要我做什么尽管说。”

沈敏喜上眉梢，说：“昨日我无意碰上强总，他说专家已在山庄取样分析过洋姜根茎生长情况，形势大好哩！还说几家大型外资企业很快会来订货，要求山庄以公司名义搞好包装设计。”

我说：“我估计到时会供不应求，强四的能力我是知底，至今我还没有发现他说过空话、大话，所以我们一定要在下面给百姓鼓鼓劲，加大力度，到时对他的山庄和公司是一个很好的补充。”大家都一致赞同。

到家我突然想起儿子的微信名更改为“我爱我的家人”了，这名字听上去好好的，却不免感觉出有些黯淡的色彩，想必儿子定是思家情感越来越浓了。

正这样思索着，尹剑就来了电话，先是些祝福的话，又说他自己一切尚好，领导也很关心，我听着高兴，又说：“儿子你用这个微信名，是不是有些心事？”尹剑沉吟一会儿，苦笑着说没有，缓了缓，再道，“小舒的爸爸过世了，方便的话您也去下，都是熟人熟事，您看呢？”

我立马说好的，并且说了英子便是小舒的亲姐等诸多细节，尹剑不厌其烦地问这问那，最后才缓缓挂了。我做父亲的竟然还不清楚儿子一直与英子关系不错呢。

我发了微信给英子：节哀，请代收五百元薄礼。

这次英子也没有客套，回道：英子拜谢，祝安！

第四十一章

我老远瞧见强四的车子正向这边驶来，便回去沏了热茶候着，一会儿他就进了屋，新年的客套话是免不了的。少许就听到强四说："你没看我的朋友圈？昨天我发了一篇短文，叫《我有一个梦，众筹桃花岛》，点赞的不下八百人，兄弟你瞧，这可是个好兆头，桃花岛是大有希望能够发展的。"

我说："目前，力不必下得太猛，但格局必须放大放长远，简单说，先弄好局部几个点，做出品位，在岛上用吊脚楼或木式房之类招引游客，能吃能住能休闲，还能绘画写生等，尽力把乌镇那种民俗风格的收藏品陈列一些，请一些名气较大的艺术家来筹划些活动，你的农庄和水上工具到时候也能派上用场，这样，你就利用余力慢慢把岛上好好规划和打造，基础设施包括公路的提质改造和绿化问题，可以借助当地政府的一些力量，你把眼光放在核心景区的布局和筹划上。循序渐进，稳中求胜啊。”

强四细细瞧我一眼，一副刮目相看的样儿，说道：“简单的接待处、独木桥、游泳池、茶饮室、农家乐很快就都逐一落成，众筹就在月底发动，我相信不久的将来就有桃花岛之名了。”

我听说年前四疤子又在阻工，便问了细节。强四说：“刁钻的目前只有四疤子兄弟，说是有祖坟在那，洲尾半亩地的位置横竖都不许动，我想征地费早已付到了村上，这荒洲半个多世纪都人迹罕至，这四疤子兄弟纯属借口而已。”

我问：“他们提啥要求？不至于开口要钱吧？”

强四说：“二猛子在牵头对接这事，估计最后还是用钱来摆平。”

我说：“四疤子一个贫困户，事事处处都爱出尖，是不是有人唆使？”

强四说：“四疤子是洪荣的表叔，关系不错。”我们对视小瞬，事情就可想而知了，强四又说，“这四疤子呀，不是一般的疤子，他爹病得快不行了的时候，他就劝他爹偷偷躺在人家车轮下，那车主大清早哪会留意，一驶动就成逃逸罪了，后来赔了十来万才算了结，难缠啊！”这是十多年前的事，想不到强四仍然记得。

我说：“有了这钱，他们就同意迁坟？”

强四说：“他们明目张胆说坟地里睡的是十代以上的远祖，而且找不到墓碑，一时也无法找到确切位置……所以，迁坟只是一句空话，要钱才是真正目的。”

我嗤之以鼻：“这种人有何孝道？靠先辈几根骨头换钱。”

强四抿嘴一笑：“他们说是要请法师帮祖辈超度。”

我清楚强四的意图是快刀斩乱麻，欲尽快平息矛盾，细细寻思，并无不妥，便说："这么有魄力的强总都能容能让了，我还有什么架子放不下？上门沟通去吧，看能否再抓他的把柄。"

强四递烟过来，说是总有办法的，我办事他放心，两人相视一笑，这才散了。

三级干部会议连续开了两天，县委政府既对上年工作进行了总结剖述，又对新的一年提出了工作部署和规划，既表彰了大批优秀单位及个人，又严厉批评了诸多不正之风。我感受最深的还是戴县长那番讲话。他雄心勃勃地提出在今后三至五年内定要大力推进白河一带旅游业发展，强调白河旅游业还必须以特色产业、特色景区为核心，以水上乐园、避暑山庄、农家风味为连贯线将自然景观与人文风情融为一体，既要大力提倡民营个体投入，又要大幅引资完善相关配套设施，如龙岗洲开发、名人景观、白山寺及省委旧址的投建等。

这两天小玉一直在会堂摄影，我越发觉得她身段婀娜了，她白净柔美的脸蛋上时不时地飞着笑意，真有点抢眼。散了会，我逗留了一阵，等小玉出来才上前与她聊了一番，小玉早就知道新年里介山发生的一些风波。她忽闪着那双清澈的眼睛，幽幽地叮嘱道："志哥，前车之鉴，千万不可丢弃道德底线啊！"

我感触很深，忙说："这方面不用妹妹操心，我会努力做个好人。真希望哪天还能和妹妹去黄龙山游上一回，哪怕一分钟我都心满意足。"

正聊着，何春潮来电话了，说是让去乡财政领取下拨款。我连声谢过，又说："我们介山真得好好感谢何局才是啊！"

何春潮认起真来，说："如果你们要来送情送礼，以后我们就打上断路符，不通往来。"

我赶紧说："何局您的指示我听清了，我一定向您学习。"

何春潮说："好了好了，你回去找你老同学办理手续就是。"

我清楚何局是故意试探我与贺进明的关系，便"哼"过一声，说："何局您就千万莫提了，好好好，见面再聊。"

小玉见我挂了电话，说："何春潮的人品、能力确实远远胜过贺进明，而且他历来低调，深藏不露。"

我感叹一声，这才起身说："玉妹，好好保重！"

小玉有些感怀，点头应允，又从小提包里拿出两包香烟递给我，说是心里一直放不下这段情，只是太多太多的压力与无奈，一时难以言明。

我心花怒放了，用炙热的目光久久扣在她脸上，小玉脸上又略显桃红，迟疑一阵她到底还是说了再见，还厚厚实实地给了我一个飞吻。

说来也巧，明明是刚通过电话，出门不一小会儿就碰见了何春潮，他老远就笑着伸出手来。我一个箭步迎上去，双手握紧他的手掌，"何局长好。"

何春潮摇头淡笑，说："叫我老何好了，你倒是可称尹书记了。"

我脸一红，说："叫志涛吧。"

何春潮微笑后又慨然长叹一声，不语了。我刚欲离开，何春潮突又想起了什么，说："志涛，你老同学要是像你一样忠厚就好了。"

我一惊，未想他对贺进明竟有如此看法，想必他也知道一些内情，便道："路遥知马力，日久见人心啊。"

何春潮拍拍我肩膀，还想说下去，却又忍住了，我心照不宣地点点头，也不多言。

元宵节过后，好几天都是阴雨霏霏，政府打电话催着我带人去领取柳苗栽插。

我明白邻村早已在河畔动了起来，便安排沈敏、二猛子、周正根租车去政府大院，我自个儿先去。刚到院里，向书记就找我进去坐坐。

我屁股陷进皮沙发里有点儿不太自在，想起身递烟，向书记却先下手为强，丢来一支：“志涛同志为人清正，口碑不错，我经常在下面转，耳朵还能分辨一些东西，肖货刚未进去之前，其实我早就听到过外面好多风言风语。”

我想了想就说：“我身为肖货刚副手，有些事深知底细而又听之任之，没有及时劝导，我也有责任啊！”

向书记脸色铁青起来，让我不由得心颤。向书记说：“你是他的副手，他听得进去吗？现在他铁手表一拷，什么都吐出来了……唉，贺进明同志是你的老同学，现在也遇上了麻烦。上级组织刚把他拟任为人大主席候选人的公告张贴出去，无数举报信就拱出来了。”说到此，向书记又着重叮嘱起来，“千万莫外传。”

我蓦地一怔，忙问：“那还能通过吗？”

向书记摇头叹道：“很难说。对了，我建议你物色一名德才兼备的搭档来协助工作。”

我精神倍增，说一定不辜负向书记的厚望。向书记起身按了按我肩膀，铿锵有力地说：“肖市长回我们临江任市长了，大好机缘啊，只要你肯为人民群众办实事。”

我骨头都热了，下去领了树苗。周正根说柳苗易活，他和二猛子用不了大半天就可插完。

二猛子脸色黄黑，唯独牙齿还算白，一笑，白牙就露出来了：“有意栽花花不开，无心插柳柳成荫。不过这是有心插柳啊！”

我与他们交代一番，便说大后天再召开党员组长会，三人都点头应允。

第四十二章

晚饭后，我独自散步在沿河公路上，强四见着我便招呼上车，我依了，他把车玻璃摁下，俩人点上香烟。

“贺进明应该当不成人大主席了，可能事情会更严重。”我用平淡的语气说道。

强四直视着前方，说：“不怪！不出事才怪！”

我抹抹头发，说：“他好财很显然。”

强四不愿多说此事，转话题说起龙岗洲兴建避暑山庄的规划，我便催他早些动工，好让美院师生多一个写生空间。很快车子就到了我家门口，我发现地坪前添增了一盏路灯，进屋便问母亲，母亲眯笑一声，说：“今日洪荣过来，硬说我眼花，出门走走不太方便，执意加了一盏上去。”

强四一面劝着老人家，说加上去蛮好，一面又低声笑着对我说：“为人不做官，做了都一般，你看看，刚当上一把手，洪荣就拍马屁来了。”

我脸色微红，不住地骂洪荣，心想事情虽小，负面影响却不轻，群众一抬头就会发现特殊化。

强四说：“娘不用骂，叫他明日拆下来就是，保准今后他就再也不敢帮你乱做主张了，而且还真的服你，牛眼珠里的小人都是大人，狗眼珠里的大人都是小人哩。看来他的眼珠像牛眼珠。”

我摇头笑笑。

不一小会儿，母亲过来又说：“昨天我发现屋里电表接线柱装反了，你顺便叫他改过来。”

我说：“那倒无碍，并不影响计量。”

母亲很着急，说：“你身体倒退和前进，速度能会一样吗？”

我只得苦笑一声，强四却笑得有声有色，而后他说：“我俩去拜访一下曹大夫，此人完全值得信任。”

我说：“正是，走吧。”

俩人上车就去了。路上我便给洪荣打了电话，我按着火气说了自己的想法，洪荣见这边语气越来越重，便致歉说：“好好好，一切按你的指示办。”

曹正刚见我俩夜访，脸上舒松多了，赶忙去取了酒杯来。我与强四明白这段时间他情绪低落，都说着一些宽心话。

曹正刚揉揉微厚的眼睑，沉默良久，终于苦笑一声，说：“我弟弟虽然命苦，但总算帮介江炸开了绊脚石。”

我心里隐隐作痛，嘴上却说：“人固有一死，或重于泰山，或轻于鸿毛。正沛同志的死虽然不能说重于泰山，但绝对不能说轻于鸿毛，至少让地方绝大多数人深表同情。正沛兄本应走法律途径来伸张正义，只可惜他没这种耐力和韧性。”

强四说：“曹医生，你弟妹的生活问题我们尽量会帮。”

我接着说到了村级事务，曹正刚一时精神多了，说：“介山有得天独厚的地理条件和人脉资源，只要把握机遇，前途的确不可估量。”

我顺便请教说：“换届选举还要明年底，眼下你们觉得加补谁入村委合适？”

曹正刚说：“周正根，根正苗稳。”

强四说：“周正根可以发展，或许今后会成大器。”

“那老吴呢？”我又问。

曹正刚徐徐吐着烟雾，慢慢说：“我清楚你看不上他，他本性也鬼眼六通，不过下面并非没有帮他说话的群众。这届末期满，你应合理利用，识人识性嘛，这样，你也少些对立面。”

强四说：“曹大夫老看三国的，说话就是不一样。”

曹正刚又说到了民主理财一事，他说：“民主监督并非要派人跟踪村干部，而是一种制度，可以在事前召开民主会议进行讨论，事后在民主会议上进行讨论、总结，那就不必非要等到清账的时候，只由几个理财组成员去查阅。”

我说：“我清楚，前车之鉴啊！”

几人说说笑笑，不觉就到了深夜。

第四十三章

这天镇里刚散会，我就被鲁刚叫去了。鲁刚没有忘记合上门板，说道："'恶有恶报善有善报！'洪光在一些县市捞惯了便宜，胆子越来越大，还想去要挟龚副省长，这回自投罗网，一查竟是非法经营罪、出卖国家机密罪，还有行贿受贿等，他的人间天堂怕是要成十八层地狱了。"

我不由地倒吸一口凉气，语无伦次地说："真……的？这是……真的？"

鲁刚微微点头，又说："洪光倒下去，只怕还会牵扯一大片，例如县里和镇里……个别干部，原来越怕他扯下水的干部恐怕真要被他扯下水。"说话间鲁刚半开一下门道，瞧了瞧外边。

我暗自一喜，说："反腐永远在路上哩。"鲁刚丢了整包烟过来，我开了封，用手指在盒底一弹，几个过滤嘴就像弹壳一般伸出了头顶，我抽上一根，等鲁刚继续说下去：“这事就说到这里，不传播不点评。另外，镇里几所学校在举报四疤子的腊肉、腊鱼都是用硫黄熏制的，好看而不变质，食品监督站抽样已核实，更为恼火的是部分腊肉是用廉价的母猪肉加工而成，所以此人不打击一下也不行。”

我便说：“打击是该打击，我看还是先让他把龙岗洲的祖坟迁移了再说，这障碍不排除强四也很头痛。”

鲁刚赞同地点头说：“你把关吧。再有一事，后天是强四众筹桃花岛的大行动，车多人多树多，村里一定要派专人协助安全、交通及接待问题。”

此事我与强四商议过了，就说：“请镇长放心，都已安排妥当，听说省卫视都会来做专题采访，这众筹可不是一般的众筹啊！”

鲁刚应和着：“确实，这在白河还是头次，一个人的梦将会变成多个人的梦。”

寒暄过后，我径直找四疤子去了。他堂屋里满是烟蒂，从酱红色烟蒂便可分辨来过的客人或多或少有点身份，想必是食品监督站的同志，四疤子出来卖力地苦笑几声，很快就叫老婆拿茶酒过来，老婆怕挨打，口里一边哦哦地应着，一边就去了。“龙岗洲那坟地去迁了吧。”我不紧不慢地说。

四疤子应承着：“好的好的。”又说，“领导上门来了，不看僧面看佛面，费子嘛……多少给点吧。”

我说：“一千三百三十三，讲点规矩。”

四疤子说：“先不谈钱，我腊鱼、腊肉扯了点麻砂，你和强四帮我去消化掉，算是扯平，行不？”

我说：“我们只能尽力，移了祖坟再说。”

四疤子踟蹰老久，终于松口了，说："我相信你不会把塘里的鱼提到河里去。"

我在他肩上拍了拍，说："相信就好，我只能尽力，不打包票，良心我是大大的有的。"

坟地迁完的第二天，龙岗洲上人山人海，三百多人带着铁铲与铁锹加入了植树行列，很快，一万来株桃树便错落有致地分布在各个点上，介山一沸腾，很多门户前就摆起了小摊位，洋姜、萝卜条、蔬菜、水果、茶叶、百合、五色糙米……还都一抢而光哩！

第二天晚上，我打开电视，等了差不多二十分钟，终于看到了激动人心的一幕：

大观深察，拥有温度的发现，回忆时代的善变。大家好，我是乡村观察主持人毛丽，欢迎进入乡村观察。就在昨天很多人都回到了自己的家乡，抹不去的乡愁，就在家乡的一草一木之间。在本省黄桥县白河介山村，当地全国劳模强四在自己的家乡发动了一场众筹桃花岛的创举。以每株二十五元认捐一棵树的形式，把介山龙岗洲众筹成一个桃花岛。这种形式在我省还是头一次，这一次众筹筹的不仅是资金，更是人心人气。强四希望通过众筹连接城市和乡村，建设自己家乡的同时，更能通过乡情把外来的资金和人脉吸引过来。众筹传乡情，为游子们建立一个情感上的故园。这个带着温度的桃花梦能实现吗？

我相信能，一定能，一个人的梦，变为一大群人的梦。

介山人民的梦，变为受乡情感染的很多人的梦。

强四先生没有正式邀请我，但是我听到了消息，悄悄来到这里，试着拍下一些镜头。我舍不得走了，原来介山还有这么好的底子，这是块难得的净土、沃土，无数桃花即将盛开，众筹桃花岛一定不再是梦，下面请看我们的采访。

毛：请问您当初为何会萌发这个众筹桃花岛的念头？

强：一个偶然的机会，一位异地网友与我聊天时，他突然这么提议，他说你们这个地方山清水秀，人文历史深厚，通过众筹就能把更多的人心人气聚集而来，我觉得很有道理，就坚定了信心。

毛：哦！还有其他原因让你花这个大力气吗？

强：有，我一位大学同学出生在一个非常贫困的小山村，后来他毕业找到了好的工作。有年寒假，他邀上儿时的几位朋友在一个大水库前面的荒坡上种下了三十五棵桃树，后来这三十五棵桃树茁壮成长，婀娜多姿，开花的时候这个荒坡就成了花坡，很多外地人都来观看，同时在水库里垂钓。这周围慢慢就有了餐馆、商店，后来还有了酒店……这个小山村最后就扩种了很多，地方也发展起来了，我也出生在一个小山村，我降临下来的胞衣就埋在介山，所以那同学的举动激励着我……

毛：从众筹碑上反映这次众筹一共筹到了近七十万元，您哪有这么宽广的社会圈子？

强：这众筹成绩的取得来自当地政府与我所有朋友的支持，在当今这个网络时代，让很多陌生人都走进了众筹的行列，这让我非常激动，也非常感恩他们的厚爱。

毛：哦，哦！哦……您的创举是能吸引陌生人的，很伟大！众筹以后筹到了更多的人心人气吗？

强：肯定筹到了，已经明显地初见成效。

毛：发展介山的乡村旅游，您有没有其他思路和核心的计划？

强：这还是万里长征迈开第一步。今后条件成熟了，要着力推出这里特别出色的人文历史、湖湘文化与红色文化。

毛：好的，期待这一天，感谢您的支持！

电视里的强四的举止言谈还真是得体，我不由生出敬意。

飞快到了月底，饮水工程可交付使用了，施工单位为感谢地方的支持协助，在项目部设宴请客，村干部和党员组长都去了。

项目经理轮桌敬酒，大家就说老板客气厚道，帮地方做了好事。

我乘着酒兴，起身谈了特殊情况下加补周正根入村委的个人看法，席间异口同声说："好好好！"

朱怀云端着酒杯起身说："介山是年轻人的天下，我举双手赞同。"

周正根事前并没思想准备，脸色有些激动，他说："只怕会辜负各位！"

老吴笑着说："我在你这般年纪，天不怕地不怕哩。"

饭后，我请大家边饮茶边谈些正事。谈到美院师生来介山写生时，二猛子抢先道："环境卫生是村级面子功夫，如不推选两名保洁员及时清扫杂物、垃圾，远客来了就没有不舒适感。"

沈敏说："不说这事则止，四疤子夫妇跟我谈了几次，说要申请做保洁员，工资要求不高，两夫妇每人平均月薪五百就行。"

周正根接上话："四疤子做保洁员倒是块料，不怕脏，不怕累，大粪里有铜角子他赤手捞得。"

我认真起来，说："保洁员不需要讲风度、气质，不怕脏、不怕累就顶好。”

众人附和道：“是的是的，先让他们试试，以观后效。”

过不了几天，肖市长又回介山了，随同的还有戴县长、向书记、鲁刚。

强四在电话里跟我说：“你们村上几位和朱怀云一同来山庄见见领导们，伙食我已安排好了。”

大家立刻动身就去了，见面后强四一一给领导们作了介绍。

肖市长和朱怀云打过招呼后，就和气地朝我笑笑，很满意地说：“尹主任不错，继续好好干。”

我心里突突直跳，红着脸说：“介山的发展，还得靠您关注。”

戴县长问及介山水田、旱土、山地大体情况后，这才说：“今年尽量由财政系统给介山安排一个农改项目，将农田优化整改，由小田变大田，零碎田变大坵块，便于机械施工，减轻劳动强度。”

肖市长便问我对全村土地的使用有何规划、看法。

我并不怎么拘束了，想了想就说：“介山人均水田不足六分地，而自留旱土、山林人均将近二亩，我个人有个初步想法，结合本村的这一实际，不以粮食生产为主，调整为种植生态百合、洋姜、五色糙米等，据市场调查，这一调整大有可能提高村民经济效益，加之，强总帮地方带了好头，石榴、洋姜已规模化覆盖集体林差不多一千亩，下面个体散种又是对强总山庄的补充和扩展。”

只听得肖市长微微笑过，颔首道：“尹主任总体思路还算可以，玩活农业这盘棋，关键在于因地制宜，发展有特色的产业，也就是优化、调整产业结构，政策范围内能够鼓励支持的就拜托向书记和老战友把关了，我和戴县长就帮你们当好后头军师。”

戴县长哈哈大笑，说：“到您市长有祖坟的地方当后头军师不容易啰，弄得不好，我戴某还要挨骂，我看今年重点是把桃花岛的开发提升到一个新的平台。”

我笑道：“我们村上同志一定会按上级指示狠抓落实，不过我们眼下还真希望政府能雪中送炭，今后更希望上级来锦上添花。桃花岛不能光有其名，还得有看场、玩场。这重担全在强四同志身上呀。”

肖市长很是满意，指指我又笑道：“领导们你们看看，我们介山人不好惹啰！”稍窘片刻，肖市长又问村上其他几位的意见。

朱怀云今天当着这么多人却不敢乱叫友鹏同志了，方步倒是踱了踱，只是单独一只左手反剪在身后。他说：“我老倌生在旧社会，长在新社会，终于看到了介山的今天。虽然与新型农村还有些差距，但总的来说，还是越来越兴旺。特别眼下有个好的村级班子，再有肖市长关注老家，以后发展理应不可估量。”

老吴说话格外板正，内容却没多大实际意义：“村级班子里我年龄最大，当然也还不算老，本人一定站好最后一班岗，放好最后一班哨。”

周正根明白自己也该说几句，便表态说了省美院写生的事：“我半路出家，侥幸混到了村级班子里。我们几个挨家挨户都打了招呼，一定会使美院师生感受到这个地方的民风淳朴厚道，环境舒适，至少要让他们感觉值得来。”

饭后，一行数人又在山庄里转了个大圈儿，戴县长已汗流浃背，便风趣说：“三两米装到肚皮里，不出一个时辰就成了无机肥。”

强四便指着那一排排伸出嫩腰的洋姜苗说：“戴县长，您以后多来山庄吃几顿洋姜，还怕补不回损失？”

戴县长“嗯”了几声，又说：“你还得在山顶上多搭几个毛棚，肖市长一有空我就陪他来毛棚歇宿几夜。”

肖市长反掠一下略微稀薄的头发，笑了笑：“戴县长的伙食我负责。”

话题并不可笑，大家却温温和和地笑了，聊了老久才各自散去。鲁刚今日来没见他正式说上几句，要离开时却不忘与我握了握手，他热忱地看着我，使劲握住我的手摇了又摇。

第四十四章

周末这天，贺进明约我去坐坐。好几天没和贺进明打上照面了，我便答应过去。

“知人知面难知心啊！”待我刚进茶馆坐下，贺进明头句便说，我被他没头没脑这么一说，无缘无故地红脸了，便双手捧着热杯饮上一口，再慢腾腾地放下茶杯，低声道：“你说谁呀？”心想这节骨眼谁向上面检举，莫非贺进明心里有底了？

贺进明脸色并不怎么和悦，咬牙切齿说：“何春潮，这个十足的小人，平时还假仁假义，一上去就搞名堂来了，不是他指使底下那帮狐朋狗党，还会有谁？”

我开始还挂虑他在怀疑介山的人煽风点火，看来政府院子里看不惯贺进明的还大有人在，沉吟少许，就说：“老同学，那么何主席……何春潮把位子让出来，怎么就怕你坐上去呢？”

贺进明的脖子扭了扭，像乡下的胡椒磨盘般，他用指关节敲敲茶几，说：“忌妒，拉帮结派！要不是上面领导找我谈话谈到某些细节，我还以为自己一直就是何春潮的兄弟呢！这次多亏有个坚强后盾，不然还真难意料……”

我其实并不明白所谓坚强后盾具体所指。

贺进明粗粗吸上一口香烟，又直接吐弄出烟雾，像个初吸者，他吹散烟雾又说：“肖货刚同志吃了大亏呀，说来说去，还真不值，有空我们两兄弟去看守所看看他，听说要判几年，不知他还要尝多少苦头！”

我也是一声长叹，心里又酸又怪，说：“他一时糊涂，走了歪路！”

第二天正和强四在一块，强四说：“坐我车子吧，一同去看看肖货刚。”

我老早就有这个想法了，坐上去，说：“走吧。他就是犯了天大的错误，我们也该去看看。”

看守所坐落在城南一山下，这里林荫绕墙，气氛森然，几分钟就到了。走完程序后，不一会儿肖货刚就被带到了探视窗口，他圆头上长出了半寸头发，眼睛深深地陷了进去，苍白脸庞上颧骨突出，像是道人仙骨。

肖货刚见是我俩，脸部贴紧钢丝网，黯然无采的眼睛突然湿润了：“志涛，强总……”他的喉咙在颤动。

我明白里面艰苦，又受精神煎熬，肯定度日如年，便热声说：“货哥，你多保重啊，精神放松些。”

肖货刚点点头，泪花一晃一晃，说：“家里就拜托你们二位了。”

接着懊悔说，“我是罪人，介山的千古罪人，子孙会骂下去，我无脸见江东父老呀。”

我听着心酸，忙劝他：“世上既然没有后悔药，老兄就接受现状，好好改造，争取宽大处理。”

肖货刚用无名指把两络长鼻须推进鼻孔，说：“我会好好改造，你们回去吧。”一会儿民警就带着他走了，咣啷一声，铁门一合就看不见他的身影了。

我感慨不已，在车上说：“肖货刚今天这模样，我三天三夜都想不到。人的底气为何会如此一落千丈。”

强四也是一声长叹，说：“身在囹圄才知一失足成千古恨呀！”

刚到家门口我就撞上了王若明，我猜他又是为采沙的事，却又不能拒人门外，又见他今日空手空脚的，便留他坐一会儿。

王若明坐了半晌，才说：“主任，我实在不想来打搅你，可又无处能诉苦衷，所以又来了，采沙我是陷进泥坑里了呀。”

我有些纳闷，说：“去年采沙，你们又放了淘金设备，收入不低呀。”

王若明沮丧起来，说：“不瞒您，收入确实有五十来万，可钱当初都在刘方林手里。除夕夜里，我们四股算完数，刘方林本是回去给我们取钱的，不想出了事。”

“四股？肖货刚也是你们的股东？”我问。

王若明点点头，又说：“肖货刚并没有出本钱，大部分钱都是我先垫着，特别是采沙证。我一次就拿了八万给肖货刚，肖货刚说是一分一厘都给了贺进明，还说要不是贺镇长出面打点，证件并不会短期办妥。”

我听着震惊，却也不好怎么说，只道：“我也帮不上你什么呀。”

王若明递上烟来，说：“肖货刚和刘方林表兄弟关的关，死的死，我无法找他们了，您更不好替我说话。唯一就只能请您帮我找找贺进明，看采沙证能否处置？”

我听清话意了，他想索回那笔八万元的办证费，便摇头说：“不可能了，贺进明并没直接收你款子，再说老虎口里没骨头吐，你理应清楚。”

王若明皱着眉头说：“在规定采沙区域里不能维护合同的有效期，等于采沙证作废，拜托主任帮我出面谈谈，能退多少就多少，眼下只能在老鼠尾巴上打上一拳了，看能否捞回一点，不然，我恐怕只能寻短见了。”

我猜他再说下去定会提出重新采沙的事，便说：“你先回去，我找个机会问问贺进明，能行就行，不行请兄弟理解。”

王若明还舍不得离去，他见我一副有事在身的样子，便哭脸当笑脸，语气也高了：“主任，万事俱备，轻车熟路，只要你稍微跟下面打声招呼，再开发两三个月，我包你十万，地租金我照样按月交付，行不？”

我知他总想捞回血本，也不忍心伤害他，就说：“以前我与你谈过这里面的严峻形势，我劝你也该想开点，人家命都没有了，即使王总蒙受了一点损失，也总比人不在强。当然，贺进明那里，我争取去谈谈。”缓了缓，我又说，“去殡仪馆看看，生命面前，你这点事算什么？去医院看看，健康面前，金钱算什么？”

王若明无奈间又是一声长叹，怅然若失地出了房门。

第二天，我出来见机问了贺进明：“老同学，王若明在下面散布谣言，说采沙证花了八万块。现在被迫停机了，他想要回那笔钱，而且他指定你是收款人呢。”

贺进明脸色涨得通红，骂起了粗口："混账东西，退钱？看他老母亲能不能退到他外婆屋里去？再说我没看见他半个铜角子，当初不是肖货刚出面，我还不会搭理呢。"

我劝说："老同学，你也不必太急躁，我吼他几句，相信他也不敢乱来。不过，他也是倒霉，刘方林一死，十五六万元红利就泡汤，这八万是他私自付的，所以王若明只想在鸡肠上搜膏，弄一个算一个。"

贺进明气呼呼地说："兄弟，你千万莫信他的一面之词，据我所知，他们合伙淘炼的粗金五六百克都寄存在他那，一出手就是十来万。到了这个时候，他竟还提及采沙证！过河拆桥的人惹不起啊，下回看见他后背都要躲万里。"

我清楚贺进明口里轻松内心却紧张不安，便说："你主动找他谈谈吧。"

贺进明自然明白主动找他，就是或多或少用好处向人家妥协。贺进明指尖止不住在我肩胛上轮回揉来揉去，口气脆亮起来："兄弟就是兄弟，有个别人坐在位子上没事干，老爱搬弄是非，他王若明算个啥，他后头必有军师啊。"

我料他疑神疑鬼，必定又迁怒到何春潮身上去了，就只好犯傻地笑笑，边笑边打着招呼走了。

几天后的早上，贺进明开车到了我家，我好生诧异，递过热茶便笑道："菩萨还没系裤你就出阵了？什么紧急事让镇长亲自跑下来？"

贺进明长吐一口烟雾，缓缓说道："哼，王若明身为一名病休矿工，这次非法卡扣、截留、占用他人危房补助款，好戏还在后头哩，他还沾沾自喜与补助对象写了提成协议，幸好那几名对象将复印件递交到了政府。孙猴子再狠，看他斗得过紧箍咒？对这号人不套紧箍咒，迟早会要出乱子的。我估计这弹弓枪要把移民局那位亲戚扯下水。”

我问了事情的来龙去脉，才知贺进明与几名对象在演双簧，利诱王若明这名所谓中介入了圈套。难怪上次贺进明说肉包子上抹了些麻醉药，“那不是放鬼捉鬼？”我忍不住问道。

贺进明微微笑过，语气很是严厉：“我也是没有办法的办法了，你们想想，他要是抓住工程移民款乱告乱吵，恐怕会神鬼不安。等下钟所长会来办理此案，他打电话来，你就过去一趟。”

我明白派出所出警执法，一般都要村干部见证一下，我就点头应允，贺进明走后不久，钟建国果真打来了电话，我答应过去。

到那就见一辆黑色的桑塔纳，没带任何职业标记，车子刚在王若明屋前停下，正在门外的王若明拍拍手掌上的灰尘，帮着来开车门了。

“哎哟，领导们贵脚踏贱地，有失远迎，有失远迎……”王若明觉得这话说得很经典，先自个儿嘿嘿地笑了，再用右手的手掌朝里屋一指，算是一个恭迎入室的动作。

钟建国毫无表情地进去坐下，又都毫无表情地望着王若明。

王若明愣了片刻，才运动着脸上的肌肉，那样子明明就在傻笑，可嘴里偏就没有发出声音。他用自己的屁股很有节奏地撞着门板，还是没有说话，他或许在想，今天这大堆“阿庆嫂”突然来看望，这里面定有文章。

“王若明，不错嘛，提篮子提上了瘾，胃口可不小！”钟建国一边说一边从皮包里取出大大小小的几张纸和一份文件。

王若明怔住了，那双逗号般的眼睛忽闪忽闪着，里面掠过了一丝惊慌。过了一会儿，他的脸上突又堆满了笑容，说：“哪里哪里，我根本还不是那块料。”

“你不是那块料？那你不承认提了篮子？”钟建国说。

“领导你真会开玩笑，把我当作惯贼似的，其实我这病鬼子，根本没什么用。”王若明皮笑肉不笑地说着。

“怎么啦，是不是做贼心虚了？”钟建国取下眼镜剜了他一眼。一会儿又戴上，轻咳一声，言正声威起来：“王若明，你胆子可不小，每个特困户的建房补助款被你活吞三千多，咽得下喉？对象不追究，你想政府就不会追究吗？”

王若明说：“都是对象自愿找我，协议也是他们自愿立下的，不信你们可以去问。”

钟建国说：“他们是法盲，你也是法盲？你想想，凡属与国家的政策与法规相抵触的协议、合同能受法律保护吗？”

王若明说：“领导，那现在是不是他们这些对象反口了？告到了你们上面？”

钟建国说：“这个问题不是你管的，你要管的就是看政府会不会管你。”

王若明说：“那我帮他们跑腿所付的误工费、交通运输费、精神损失费、电话费、食宿费不全填了黑洞？这好事还要人做吗？”

钟建国的鼻孔“哼”了一声，他开始念起红头文件上结尾那几句话：“本次特困移民户中的建房补助，务须严格秉着实事求是和透明管理的原则，严禁任何单位和个人以任何方式挤占、挪用、截留。否则，视其情节轻重采取行政处罚或移送司法机关，特别是对于那些非法牟取利益的个别人员必须严厉打击，绳之以法，决不姑息养奸……”

王若明瞪大眼睛哑然了。

钟建国说：“走吧，王若明同志，先到车上去。”

王若明哆嗦着："要到哪里去？"

钟建国说："先到派出所，最后要送到哪里，全部取决于你自己的态度和表现。"

我无意间瞅见王若明浑身像筛糠似的，正瑟瑟缩缩，料想他虽然平时在法院的这个庭、那个庭跑来跑去，也见识过不少风浪，但那都是帮别人的难，而这回真有事情轮到他自己头上了，竟然也瞬间就蔫了。

只听他怯怯地说："钟所长，你们真要逮捕我？"

钟建国说："我再次跟你摊牌，你到底是去，还是不去？不要再啰啰唆唆了。"

王若明用上排两颗微翘的门牙咬了咬下唇，迈出了门槛，突然回过头来，目不转睛地凝视着我。我没把视线岔开，让目光对撞了好一阵儿，之后，我把头轻轻点了那么一下，很细很细地。王若明似乎察觉到了这个不易觉察的动作，反过身去，把长长的躯体塞进车内，并顺势合上了车门。

回家陪母亲吃过晚餐，暮色就笼罩下来了。

母亲微笑着说："跟着跳几次舞，身子骨越发轻了些。"

我说："您就天天去跳呀。"

母亲说："我们老年人一组，比不上年轻人，年轻人呀，反应快，骨头软，沈敏一吹号，队伍站得像根线。"

我眯笑着说："你木菩萨一样，又不懂节拍，跳什么舞？"

正说着，王若明面青目肿地进来了："主任，今日钟建国与贺进明想要合计整死我，我明白这是贺进明的诡计，我把非法所得退了，哼，这点破事还不到坐大牢的份。"

我一惊，忙问结果如何？

王若明坐下说："自从我和你那天谈了后，或许你已提醒过贺进明，那畜生开始还软，说是从水土保持费里给我打上五六千元主意。我嫌少，不干，今日他竟然叫钟建国把我带到派出所，想给我扣上大帽子。我刚拍桌子叫冤，钟建国就说我袭警，毫不留情将我乱打一顿，土匪不如！贺进明的话我还原原本本录下了，我干脆就来个鱼死网破，告到市纪委、省纪委去，不怕他们饭票子不过河！""饭票子过河"是白河土话，意思是工作被开除，三岁小孩都明白这不是好事。

我心里一惊，看来"弹弓枪"绝非等闲之辈。

第四十五章

周末早上，小玉就打电话来了，约我去黄龙山上转转，我欣喜若狂，连说好好好，还说在白河政府院前等她，很快，一辆崭新的轿车就到了跟前。我上去便夸道："一下就发洋财了？买了个高档车。"小玉轻笑一声："这算高档？"她略微摁下玻璃，车子驶向了前方。

今天太阳有点怕羞，空气中的热度却是不少，小玉下穿一条黑色休闲裤，上着一套米绒色短装，她近前说："志哥，黄龙山你去过没有？"黄龙山与铜梁山对峙相望，离县城二十来公里，因山顶有两棵奇特古老的银杏树和一个悠久的天池及莲花庵而闻名。

"玉妹，今天又不是重阳节，去爬什么山？"我看她脚穿一双白色运动鞋，明白她主意已定了。

"这几年生日，我都要去山上走走。"小玉把车子驶动了，"走吧，再莫耽搁了。”我说：“好的，好的！”未想今日是她生日，不免兴奋起来，她的淡雅体香混合着车内的幽香传递过来，沁人心脾。

很快就到了白河大桥，我停下说：“玉妹，下来看看白河风光吧。”

小玉下来笑道：“生日正要尝尝过桥的滋味哩！”两人倚在桥栏上，河风习习，很是清爽。

桥尾处的塑布棚里传来几声尖惨的狗叫声，原来那是个专卖狗肉的摊子。

小玉拉了拉我后襟，说是走吧，她看不得这场景。

我过了一阵才回头说：“玉妹，你我一样，确实见不得这类惨无人道的酷刑，不过……没有这些屠夫，哪能尝到狗肉香味呢？”

小玉头搁靠在我背脊上，磨蹭几下，说：“触电、水淹、麻醉都可以，他们偏偏要用上这种见不得眼的手段。”

我明白她还在心疼黄狗，便笑笑说：“玉妹，刚才那方法杀狗，狗毛就会自动脱落，屠夫自然能省很多手脚。”

很快开车就到了黄龙山下，山上路太陡，不便开车，我便牵着小玉，边走边说：“妹妹爬山还行吧？”

小玉轻盈一笑，说：“难道你还会背我？”

这里林壑成荫，乔木参天，时有鸟儿扑翅，从山腰盘旋而下的小溪里，潺潺的流水轻击着山石，幽深而不宁静。

我指着小溪说：“黄龙山我已来过几次，我爹多少懂些风水，说这股终年四季都不干涸的山泉正是一条活生生的龙脉，说不准六十年龙回转，这里将会翻天覆地哩！”小玉又问水源自何处，我就介绍山顶上有个很有名气的天池。我们边走边看，半山腰有两栋旧房，一左一右，差不多相隔二十米，只是门窗都是空洞，主人准是迁徙到其他住处时已将稍有价值的物什带走了。

小玉很好奇，忙问："这里空气清新，环境幽雅，主人怎么不会享受呢？"

我便故弄玄虚一番，说左边青龙反婆，有崽不归家，右边犁头嘴阎王殿，不进法院进医院。

小玉当真了，不断反头朝旧房瞄上几眼，嘴上却不说什么，我也不多作解释，让她去无限遐想，心里却暗自发笑。

很快我们就在一块空坪前见到了两棵参天古树，两棵树差不多都是一米直径，盘根错节，曲中有直，枝茂如天女散花。

"哇，树王！"小玉气喘吁吁地摸着树干说。

我仰头指着两棵树之间的一根枝头说："最神奇的就是那块连心枝，把两树连为一体，又像是一对双胞胎在手牵着手。"

小玉也仰头细看几眼，倚着树干说："这双胞胎何止是手牵着手。分明是在娘肚里共一根脐带。"

我腿有点酸，便坐到裸露的树干上，说："世上真要有这样的永不分离的双胞胎就好了。可惜脐带从娘肚里出来就自然断了。"

小玉挨着我坐下，长叹过后，就慢慢说："是啊，活在这世上，人人都要各奔前途，总有分手的那么一天，就像我……我们……"

我看她晶莹剔透的睫毛在扑闪着，猛地一把抱紧她，激动地说："玉妹，我们以后……我真的一片茫然，但我忍不住这份欲望，也不知这叫不叫爱，我的心里着了魔似的，总是割舍不了你，可我不能帮你任何什么，良知也不允许我向你提出任何要求，我只希望妹妹往后能过上好日子，不知还要多久……玉妹，你想过以后吗？"

小玉把头枕在我肩上，摇摇头，又说："志哥，我知道你是个好男人，所以从一开始我就跟你说过，叫你不要太投入，遇上你是我的缘。或许哪天放弃你又是我的无奈。人啊，有时有太多的无奈，浪漫时代我们都已经过去了。”

我眼睛禁不住湿润了，望着小玉那微翘的嘴唇和她楚楚荡漾的眼睛说：“玉妹你说得对。我不能成为你人生路上的绊脚石，也不希望你过这种挑炉子生活①。”

小玉用纸巾擦擦眼角，缓缓站起来说：“走吧，我们到前面去看看。”

我稳了稳情绪，而后才勉强笑了，说：“今天是玉妹的生日，我们怎么能尽是伤感呢，走走走，我们到前面的天池去瞧瞧。”前行百余米，就看到了那口池子，有六十来平方米，水清如镜，清澈可见池底上形态各异的卵石。

“水不深，我们一起游泳吧。”我搂搂小玉的腰肢说。

小玉摇摇头说：“今天气温不上二十度，我怕水太凉，你去游游，我免费观看一下，行不？”

我边脱衣服边笑道：“免费可以，那我就要赤身上阵了。”

水温确实偏低，我赤身下去，免不了打个寒战。游了几圈，慢慢感觉不冷了，我便深吸一口气，向池底插身下去，不出一分钟，就从池底捞上来几颗圆滑的石蛋，池水跟着混浊起来，游得正起兴，我手机突然响了。

小玉看了看屏幕上的来电显示，便笑着说：“沈敏，是不是你女朋友？”

我回答说：“她是村计育专干。”上岸打着哆嗦，接了电话：“喂，沈敏有何指示……哦，四疤子？……顶好啊，叫他抓紧动工吧……嗯，

① 挑炉子生活：指的是挑着炉子到处流动，而无稳定的生活和家庭。

好的……你怎么知道我打冷战？……呵，垃圾弄干净，我知道，好好好。我挂电话了。”

小玉见我身上泛起了鸡皮疙瘩，忙说：“莫着凉，快穿衣服！”

穿好衣服，我又说：“走，我们去前面那个山顶看看莲花庵。”

小玉嬉笑一声，说：“好吧，我们一对善男信女去拜拜佛，看往后运气好些不。”

我说：“据老人传说，莲花庵已有五百多年历史，很有灵气，市内市外有很多人来山上朝拜哩。”

小玉说：“总不至比南岳山名气还大吧？”

我说：“名气确实比不上南岳。古人不是说山不在高，有仙则灵吗？这黄龙山迟早会被开发起来的，银杏、天池、莲花庵千处难寻，正好与我们白河的桃花岛互相补充。”

小玉当真了，边走边回头问：“那你还真认为黄龙山有仙？”

我停住步子，一时竟来了灵感，指着远近层层峰峦说：“你看，远近山峰轮廓真如老人说的那个‘仙人撒网’哩。”我本是随便说说的，可一考究起来，还真有些酷似那仙人撒网的形态。

小玉沉吟后说：“等下我们去烧灶香，心要静要诚啊。”

不一会儿我们就到了庵前小池边，一只乌龟正在石级上休憩，一看便知是信佛者放生过来的，我指着大香炉后面的大雄宝殿说：“玉妹，你看它是不是高高地立在一朵莲花上？”

小玉环顾左右，两边石山相托，轻声说：“对啊，正如莲花。”

我心里说不清什么感觉，一听殿里传来木鼓声与诵经声，心里似乎平静了许多，小玉大概也如此。

两人肃然到了殿里，住持从容过来，双手合一，说道：“阿弥陀佛。”我俩也是双手合一，点头回敬，口里却没说阿弥陀佛。我给功德箱里捐了二百元钱，又跟住持说略表心意。

住持微合双目，又是一声虔诚的阿弥陀佛。而后又给我们上香祈祷。

我拜佛时也合上了双眼，心里默念着菩萨保佑……似乎这殿里释迦牟尼佛、药师佛、阿弥陀佛三尊佛像是真正的仙人一般。之后，我们又去旁边观音殿拜了拜。

出来后，两人都沉默不语，好像还沉溺于刚才各自的许愿里。过了老久，小玉才道：“今天来莲花庵，确实感觉特别好，怕是心诚的缘故。”

我笑笑，说：“玉妹肯定要交好运了。”

二人又随意到山顶转了一圈，临到中午，二人都饿了，我哎哟一声，说：“快去街上吃饭去。我做东，免得你寿星说我闲话。”

小玉就拖长了腔板，仿了句花鼓调：“刘海哥，你带路往前走咯嗬嗬嗬。”

车子刚到街口，小玉就说：“好久没在小吃店尝过味道了，我们就去前面那个小吃店试试。”

我开玩笑说：“这怎么行？委屈我的大美人进这类小店，恐怕连生日蛋糕都供应不上。”进店坐下，果然不出所料，店老板抱歉说：“现在一点多了，好几拨客人刚走。我帮你们弄两个蛋炒饭，再加点小炒菜，行不？”

小玉随声应和说行，我正欲起身换店，到底还是被小玉的手势止住了。

吃过饭，我送小玉到宿舍院里，这是普通楼梯房，没有电梯，我跟入房间，有些气喘，小玉看我嘴唇有些紫暗，便问我舒服不。

我被她这么一问，还真感觉出自己有点头晕，想要呕吐，却呕不出，这才意识到可能因为在山池里游泳着凉了，加之蛋炒饭又在肚里作怪，便问小玉家里有没有感冒丸，小玉笑道："我生就是铁骨子，哪有什么感冒丸，我帮你用生姜大蒜泡杯热水，通通气可能要好些。"

我趁热喝了一大半杯，肚里感觉确实好多了，只是头还是有些晕，小玉用手掌探探我的前额，说："刚才这杯热水喝下去没有发汗，我得帮你扯扯痧才行，来，坐到这高凳上来。"

我狐疑地望她几眼，还是依了她。

小玉轻轻地、利索地解开了我衬衫上端的一粒扣子，然后，便悄无声息地将我衣领子倒着卷入颈部，这动作完全就是一个老式的理发姿势，继而，小玉的手指到杯里蘸了几滴温水，在我的锁骨及后脑勺柔缓地抹了一圈，那滑着的手感，宛如鸡毛翎子那般浮柔。

"是不是就要开始了？"我微微睁开了眼睛。

"扯痧不像刮痧，肯定有点儿痛，忍着点。"小玉按了一下我的肩膀。

"嗯。"我双手抓紧凳角，眼皮又合了下去。

小玉娴熟轻便地用弓着的右中指和食指夹扯起我的颈部，被夹扯的肌肉一张一缩，局部顷刻泛红隆起。再一细瞧，分明可见紫暗的痧点。

"真是寒痧，不扯就会出现寒闭，痛不？"

"有点儿，不过我就喜欢这痛味。"

"哦……"

约莫过了二十分钟，我的颈部、鼻梁都挂满了一块一块的暗红紫。这古老的、流传悠久的土方，我曾在很久前试过，那时，家里舍不得花钱，母亲常用这法儿逼着我来祛除病邪。现在还依稀记得母亲那手好沉，好重，好痛。

“完了？”我凝望着她那张白净的脸蛋问。

“头还晕吗？”她问。

“比原来好多了，应该……没事了。”

“什么应该，来，再帮你按摩一下头部。”小玉用手掌涂湿我的前额，接着就把我前额、太阳穴和脑顶熟练地按摩起来。

“真爽，真舒服。”我脱口而出，“玉妹妹，你原来做过推拿师吧？”

小玉那双生动活泼的眼睛突然黯淡了，轻叹过后就说：“我二十岁那年，在县城一家正规保健院做推拿按摩师，不是吹自己，那时追我的确实不算少，有一个姓舒，是保险公司的一名营销员。干这行的，你就不用问他那套能说会道的本领了，高大英俊又风趣幽默。当初确实让我动心了，凭我的直觉，他也是很爱我的，就在我俩准备一辈子走到一起的时候，不料他的父母极力反对，开始我并不清楚是什么原因，好久后才明白，原来他的父母认为我曾在保健院打工，必定不纯洁。最后我只好把希望寄托在这位舒哥的决策上，可他说不怕父母，只怕在别人面前抬不起头。这话如五雷轰顶，气得我痛骂了他一顿，就这样我们分手了。之后不久，一位所谓富商的男人闯入了我的生活，其实我当初对他第一感觉不是太好，没作细想却和他发生了关系，这才酿成我往后的追悔莫及，人生如梦，真像一场梦。”

我替她难过，安慰道：“玉妹，振作点吧，那些陈年旧事莫记心上，趁着年轻，还可以找到好归宿。”我真想说我们好好过下去，但怕她心存顾虑。

“以后何去何从我完全一片茫然。”小玉苦笑一声，就起身说要洗澡去。

这阵我感觉舒服多了，便走到窗前，正见院里树下好几个男女老少围在一个算命先生的四周，刚才骑车进院时，怕被熟人撞见，没注意，就匆匆上了楼。我突然记起那句老话，叫八字不要算，自己清楚一半，可如今世上总是有很多人不愿放弃那种老套的占卜心态。

小玉出来时，身着一套紧身的长套睡衣，银灰色的尼龙布料上，绽放着耀眼舒滑的光华，这睡衣包裹在它主人的身上，该胖的地方凸张了，该瘦的地方束紧了。她轮廓分明的体态本来就最易做到“百依百顺”，而精挑细选的这一服饰，更是恰到好处地勾勒出那种柔和的曲线。

“志哥，好些了吧？”小玉捋着发际处问道。我热血沸腾起来，过去抱紧她，说：“认识你是我前世修来的福分，有你帮忙，还会不好吗？”小玉用食指在我的耳根一戳，似乎要点我血穴，她说：“你今天最好放老实点，看看你全身伤疤，身体要紧！”

我什么话也不想说，那张嘴唇就像只勤快的小蜜蜂，忽闪着翅膀，时而吮吸一下花蕾，时而吮吸一下花蕊，最后就成了块磁铁，牢牢地粘住了小玉那张润乎乎的柔嘴。

小玉不怎么客气了，她一边把我向里间半推半抚着，一边喃喃细语，像梦呓般，我抱她入房间……回客厅小憩一阵，她美丽的眼睛里突然掠过一丝忧郁的眼神，她欲言又止，我看得分明，便问她有何心事。

小玉在房间里转过几圈，最终没有说什么，而后她从柜里取出一个黑色提包，交到我跟前说：“这里有二十万现金，放你那寄存一下，如果我们真有缘分，我就会回到你身边，如果万一哪天我有什么意外……我十二岁的女儿在娘家乡下，你帮着管教管教。”

我听得愣头愣脑，随即就心惊肉跳了，追问到底发生了什么。小玉被逼问的流泪了，摇头哭道：“你别问这么多行不行？我娘家的地址发你微信里了。”

我想到她突然有了豪车和现金，定有不可告人的秘密，我眼睛跟着湿润了，便说：“玉妹妹，现在除了我的母亲和儿子以外，你就是我最亲最爱的人，我们之间还有什么不可风雨同肩？求求你告诉我，哪怕是赴汤蹈火我也不会袖手旁观。”

小玉平静下来，拭了拭眼角，说：“你先回去吧，过一段再说，别逼得我心烦意乱。”

我知她外柔内刚，也不多问，说是先行告退，提包却硬是推辞不掉，小玉厉声说：“这钱是我以往的血汗钱，清清白白，不要以为我会利用你做窝藏点。”

我心一热，提了提包，出门的那一瞬，还反身在她额上吻了吻，小玉说：“省美院胡教授会来介山找你，你好好把握，此人是有正能量的……”

我点了点头，走了。

第四十六章

这几天的气象预报到底还是没有撒谎，暴雨连降了三四日。再看看老天爷脸色，还阴沉得很，没半点转晴的迹象。下午四点，贺进明来电话：“尹主任，你在哪？”

听口气像有急事，我听他头次称呼“尹主任”，心里酸溜溜的。

“我在屋里呀，怎么啦？”我漠然回答说。

贺进明说：“你赶紧去堤垸上看看，今晚七点，上游拦水坝会打开八道闸门。据说这是建库以来第一次开这么多闸门，下游水位肯定会飞速猛涨。市水利局已下达了紧急防汛警示，要做好大堤、居民人身安全的防范措施。听清了吧？而且你务必与村支两委坚守到防汛一线去。”

我“嗯”了一声就挂了电话，匆匆挂断电话我自然清楚有失礼节，可神经偏偏这么指挥了我。再一细细思量，无非贺进明话里话外甩了点小小官腔。

但，防汛谁也怠慢不得。

陪母亲吃过晚饭，天已擦黑，雨下得小了些，但还在密密麻麻地飘洒。

我撑着雨伞，先去了周正根那里。不多时，沈敏、曹正刚、老吴闻讯也来了。

我说了事情，又问堤内堤外水位情况。

周正根说："两台机子一直没停，堤内理应不会有大问题，只是洪荣那货色……还得敲敲警钟。"

我明白其意，立马打电话给洪荣，洪荣电话背景里正有机子轰鸣声，想必他正在机房："喂喂喂，堤内你就放心吧。堤外河水突然在飞涨，你最好安排些劳力做点准备。"

看看墙钟正好七点二十分，我赶紧说："大家快些行动，河水滚进堤垸就完了，不怕一万，只怕万一啊。"

老吴说："真要出事的话，靠劳力用土袋去筑填是来不及了，唯一的办法就是用木板构建挡水墙，既轻便又快捷。"

哪有这么多木板呢？我还在一筹莫展。

突然灯泡灭了，周正根叫骂起来："倒霉，关键时刻又是停电。"老天怕真是要吃人肉了，我边骂边掏手机，谁知洪荣打了过来，声音高高的："主任，变压器容量偏低，两台机子长时间启动，只怕会超负荷烧掉，所以，我自作主张，暂停了照明用电。"

我正在气头上，却也不好怎么发作，只是说："何不早说？现在漆黑一团，到哪里去弄木板？"

洪荣声音依然很高："木板我多的是，去年那几条水渠施工余下一大车，你派人去拿就是。”

我如释重负，高兴道：“太好了，你快点跟你老婆打个招呼。”

洪荣回道：“放心去拿吧。”

余下便是安排劳力去搬木板了，我说自己先去堤垸，叫他们三位分头去召集劳力。各位不再迟缓，握着手电筒开始行动。

洪荣正在房檐下，见我去了，便说：“今晚防汛，堤坝上不安装灯光是非常危险的。”

我瞅瞅堤坝，见十多盏灯光正亮着，顷刻清楚洪荣今下午提早做了扎实准备，心里无限感慨起来。回想二猛子曾说这小子一好起来就可切脑袋给你当凳坐，坏起来也会透顶。想着还真恰如其分，“老农电不愧老农电，凡事都有先见之明，脑髓管用呀！”我夸他一句，看着河水离堤顶只隔两尺左右了，便问道：“理应不会有事吧？”

洪荣说：“眼下正是危险期，三小时内不滚坝就平安无事了。真要从根本上解决问题，我看今后还得将堤坝加高加宽，免得急时六神无主。”

我点头说：“没错。”

洪荣沉默一阵，又说：“去年掘堤……当初被迫无奈呀……”

我感觉他话里似有拖泥带水之嫌，也说：“那回停电了，机子任水埋，确实被迫无奈，我想不通的就是那晚为何会停电？”

洪荣一时无语。

我也无语，因我不想再多问，也不想再翻肖货刚的老底，一切就让它们如夜幕下的洪流咆哮而去吧……

不多时，无数电光一晃一晃地向这边移来，我知是老百姓拿木板来增援了，二猛子还牵了马来，他边从马背上卸下木板边朝我说：“一匹马抵五个劳力运输，不差吧？”

我笑笑，说：“你的马经常在堤坝草坡上磨牙，理应回报呀。”

二猛子只是笑笑，这时，周正根带了木桩、锤子，大家一起动手，不出半小时，高约二尺的木墙便构建而成，我看水位还在缓缓上升，便叮嘱各位万万不能松懈。

时间在一秒一秒地艰难爬行，凌晨时分，水位终于稳住了。

周正根细细瞧瞧水痕线，说：“虚惊一场！”

“这是最好的结局。”沈敏轻轻笑出声来。

我说：“今晚好比一场军事演习，周边地区至少看到了介山的战斗力。”

洪荣过来说：“我看洪峰已经过去了，大家可以回去休息了，如有特殊情况，我再向你们紧急汇报。”

我犹豫一小会儿，说：“好吧，大家先回去，莫关手机，我留下来陪陪洪荣。”

老吴却不肯，说：“你们年轻人回去先休息休息，养足精神，我老把戏留下就是。”

洪荣笑笑，说：“我还是陪着您吧。”

周正根担心鱼塘再出闪失，提着手电去察看堤内水位了。

我望着他的背影在心里说：“他是一朝被蛇咬，十年怕井绳啊。”我又叮嘱洪荣一番，这才动身回去。

路上，曹正刚说：“洪荣怕是三百六十度大转弯，人还真是说不清好坏。”

我深有同感，回答说：“时代在弃旧洗新，人的思想观念也会如此，人之初，性本善，人的好坏很大程度上脱离不开环境啊。”

曹正刚说：“一朝天子一朝臣，眼下，老吴还真算是站好最后一班岗。谁与你处理不好关系，谁的人品就值得打个问号，难怪老吴都说你是甘草。”

我打着哈哈，说：“老吴其实这是批评我没有原则性，太滑。”

“不会吧？”曹正刚沉吟着，不说了。

进了家门，未想母亲还在油灯下坐着等我。我疚意袭上心头，暖声说：“老妈怎么还不睡？鸡叫了呀！”

“你不回来，我怎么放心？”母亲说，“英子还到这里找你，沛胖子生前弄的两口网箱全被洪水冲走了。”

“英子？她人呢？”我听着涩涩的，连忙问道。

母亲心慈，出了眼泪，摇头叹道：“这孩子命苦呀！她清楚你忙，就没声没响走了。”

我好不容易才稳住情绪，给英子打了电话，手机一下就通了，显然她还未睡：“英子，你怎么搞的？网箱跑了，你吭都不吭一声？”

英子谢过就说：“尹叔，今晚你正组织人马保护大堤，事关重大，我哪有脸皮来打搅，没事的。”她又连声谢过我的关心，这才挂了。

母亲见我一副忧心忡忡的样子，心疼起来说：“去睡吧，伢子，这草帽官够你呛的，有事明日再说吧。”

我不愿母亲操心，回房去了，过了一阵，才见母亲提着油灯去睡。

不觉到了天亮，洪荣来电话说：“一切都好，安然无恙。”

我听他声音嘶哑，忙说：“好好去睡上一觉吧，木板线路的事我会安排人员扫尾。”

洪荣笑道：“你是统帅，抓好了全盘就万事大吉，这些小事不用操心。”

我听着此话还合胃口，便勉励一句："今天才发现你是真正的党员。"

那边不言了，缓了缓才说："谢谢。"接完电话，我浑身舒畅了。可又记起英子家的网箱，便再次打电话去问。

英子却不悲观，说："两口网箱去年底出了好几吨大鱼，那些鱼苗附带网箱也不过八九竿水，天灾人祸谁能料？"

我松了口气，安慰道："退财人得福，凡事都得想开点，叔叔补你。"

英子居然笑道："叔叔您这样说我就有罪，不过，湿米不可贱粜，如果上面调查起来，您就如实上报，家庭的日子还不轻松哩。"

我大声说一定一定。

这时，四疤子神情沮丧地进来了，说是河边废料仓库被洪水"洗劫一空"，最要命的是一个木箱里放着一副象牙蚊帐钩，古董，他老四是出了高价收购的，他连死的念头都有了，我看他不像撒谎，就说有机会的话帮他向上争取点特困补助。

第四十七章

应付完早餐，把村里的事又做了安排，我这才动身去镇政府，贺进明在大院老远就瞧见了我，并过来打招呼，看来贺进明并不在意昨天那个有失礼节的电话。我把右手伸得笔直，这手臂的中指和食指正夹着香烟，贺进明接过就说："昨晚介山没有多大损失吧？"

我说："大堤还算没事，私人财产方面，只是沛嫂家丢了几口网箱，损失暂未统计。"

"沛……嫂？"贺进明瞪了眼睛，"是不是那个杀人犯的婆娘？"我感觉有如针刺，却不能发作，只说："她是曹正沛遗孀。"

贺进明听着未作细想，又说："报应啊，这可苦了女人和孩子。"

我知道贺进明是护着刘方林的，却未想到他竟会如此露骨。

我不满道："贺镇长，别人要怎么说是别人的事，可你镇长要这么说，影响就非同小可了。沛胖子藐视法律，行凶共尽固然是走了极端，可这来龙去脉也值得我们反思呀。既然我们是同学，我说话就直截了当。”

贺进明尴尬地薄笑一下，忙道：“尊依老话，已过者过也，还是少说为佳……”

我站着也尴尬了，只好拿香烟出气。贺进明迟缓接过又指指民政办公室，说：“遗孀也好，婆娘也罢，你跟民政去反映反映。”

我故意试探一下，说：“老同学帮着去打声招呼呀。”

贺进明翘着鼻苦笑一声，说：“你先去汇报，我一定会注意这个事。”

我不再多言，径直去了民政所，想着他用上“一定”一词，便很“不一定”了。

民政所的同志一一将详情做了登记，女记录员最后说：“你帮受灾群众出示个报告，所里给他们各户安排一千元救灾费。你近日找我小何便是。”

“哦。”我千恩万谢，说，“谢谢啦。”

小何缓缓把长发捋到脑后，又说：“现在政策透明得很，符合补助条件的，不需领导批条子；不符合条件的，即使向书记打了招呼也没用。当然，向书记也不会乱打招呼。”

我补充道：“廉政建设固然抓得好，不过有些制度还是流于形式。”

小何扑哧笑道：“有道理，有道理……”

下午，我去民政所办了手续，一会儿，周正根就来了电话，问：“救灾款办好了吗？”

我说：“我们把受灾群众登记一下，给他们出示个报告就可以了。”

周正根赞道：“碰上了老弟你，运气不错呀。”

我说："正哥，社会主义核心价值观，我们真要用心去琢磨、体会，不然是不懂深刻意味的，昨晚堤垸上的场景让我看到了很多，也想了很多。"

周正根说："确实如此，不过洪荣那小子，老弟你还得提防点，他一直是肖货刚铁把子呀。"

我说："我们村干部就不能带偏见，更不能拉帮结派。他过去是肖货刚的什么铁把子我们不纠结，我们就看他今后的表现，昨晚你应看到他的闪光点。"

周正根笑笑，稍后风趣地说："伟人曾说过，社会主义这样一个新事物，它的出生，是要经过同旧事物的严重斗争才能实现的，社会上一部分人，在一个时期内，是那样顽固地要走他们的老路，在另一个时期内，这些同样的人又可以改变态度表示赞成新事物。"我沉吟一会儿，嗯了一声挂了电话。

刚挂电话没多久，洪荣的电话又来了。

我接了说："这几天真是辛苦兄弟了，介山人民心里有底啊。"

洪荣谦虚一番，说："这两天堤内排得太干了，今早去启用外涵放水时，主任你说怎么了？我差点命都丧了。"

我忙问："怎么，外涵堵塞了？"

洪荣说："一个留着长布带的小木箱被旋涡吸了进去，将涵洞塞得死死的，我闭住气去了水下，好不容易才把它拖出来，没想到底下压力大，差点把我脑袋都吸了进去。"

我急声说："一定得小心哟，那是什么木箱？"

洪荣轻笑几声，老一阵才说："里面有一对老掉牙的钩子。"我哈哈笑道："那是象牙蚊帐钩，古董！四疤子屋里被大水冲出来的，他急得要吊颈呢，后来我答应帮他去找，他才把颈脖从绳子里松了出来。”

“真的？”洪荣全身没气力似的回答说，“那就还给他吧，救人一命，胜造七级浮屠。”

我明白他有点爱不释手，便说：“我一定要他好好谢你。”洪荣只说：“不用不用，我干脆现在过来一趟。”

不多时，洪荣提着些腊鱼进来了，叫过婶娘后就和我打了招呼，我知他是实心实意地来了，说：“荣哥，于公于私我都要好好感谢老兄才是。”

洪荣脸有惊色，说：“主任，相交恨晚啊，今日老吴和我谈了理财问题，我洪荣坚决拥护。”

我拍了拍他肩膀，说：“肖书记老婆说水管影响了他家祖坟风水，这是没有事实依据的。荣哥方便的话就劝劝她，何况肖书记在位时还专抓了这个项目，你说是不是？”

洪荣点了点头，说：“我去说说，没事的。‘弹弓枪’上告到市纪委去了，贺进明同志怕是要栽跟头了。”

想必洪荣是主张“弹弓枪”去告，因为他们毕竟是共同股东，王若明赢了的话也不会让洪荣吃亏，我说：“现在是依法治国，凡事都注重法规、法律，其中事实至关重要。”

第四十八章

没过几日，鲁刚突然打了电话来，接通后我说："书记，您好，有何指示？"

鲁刚缓了一阵，才说："尹主任，问你个事，请如实回答。"

我瞬间窘迫了，忙道："您说吧。"

鲁刚说："去年水利局下拨了一笔防汛公路款，你们村里到底给贺进明回扣了多少？另外，财政局还有一笔下拨款你们是不是也给了他什么报酬？昨日纪委在贺进明办公室里发现了一个笔记本，上面记载了他给水利局领导一万元红包的事，财政局那边也给了五千块，事由写着给你们介山筹资，所以，我才想问问。"

我终于弄清了去年那六万元回扣款的去向，道："我虽然不知道具体细节，但知道肖货刚和贺进明的确有不正当来往，一直以来我都有些装糊涂，主要是为了村里的发展。”

鲁刚轻声叹道：“志涛同志，你千万要慎之又慎，不能再出差错呀。”

我惭愧道：“好的好的，以后一定注意。”

窘了窘，我突又问：“向书记去哪个部门任职了？”

鲁刚并不急于回答，平淡地说：“你关心这个干吗……向书记可能荣升到县局去了，钟建国因为肖货刚的交代，也被调查了。”

我不便再问，只说请鲁书记有空多来介山指导，尤其是桃花岛建设正在如火如荼地进行中，还得鲁书记多关照，鲁刚就说好的。

刚到家，省美院胡教授就来了电话，说：“尹主任，来介山的人数怕会大增哩！我们在网上刚发了美丽介山的帖子，跟帖的人数越来越多，报名来贵地的人也越来越多。我建议你们要有充分的思想准备，免得临时慌神咯！当然想一起来的基本都是兄弟单位人员，游一游，看一看就会走，顶多一两天光景。”

我不假思索地说：“好客无好主，只要大家不嫌弃，介山真诚欢迎！”

胡教授笑道：“我也帮你们村里想过，外地游客越多，你们生态农业的附加值也越高，宣传舆论也更广，影响也会更大，所以啊，我们才发了那样的帖子。”

我笑着道了谢，又说：“强总正在桃花岛上兴建接待处，以后条件会更好。”

通完话，母亲过来说：“要是每天有五六个团，收入不低。崽丫，你娘身子骨还硬朗，楼上还有房有铺，也可接待呀！”

我拍拍母亲后背，说：“老妈，您就别老想钱，也莫与其他群众比，保养好身子就是最大的财富。”

母亲也不多说，笑着忙中餐去了。手机突然来了短信，贺进明以群发方式传递过来的，越看越让我震栗：

各位代表，我是中共黄桥县白河镇党委委员，昨日我在人大主席台的钢琴上创作了首爱国主义歌曲《鸿运当头》：宏图伟业中国梦，运开时泰力践行。当世才度强华夏，头面人物四方敬……

贺进明怕是癫了吧？我这样想着，不由得拨了强四电话。

强四一听就说：“他到底真癫假癫我还不太清楚，不过，今上午市纪委的同志去找他谈话了，这短信估计是定时发送的吧。”

贺进明一心向上爬，却是好景不长，只怪他忘了初心。

强四又说：“下午有空就来桃花岛上聊聊吧。”

下午三点，我去了岛上。

强四指着那栋正在兴建的接待处，说：“兄弟，别看它占地只有五百多个平方米，六层加起来就是个庞大空间了，最大容量可接待九百人。”

我说：“有你的接待处，年轻人就不必老想着去外面打工了。”

强四在前面带路，边走边说：“想来的话，理应可解决大部分人的就业机会。”

新项目部也在新建，我们就进了临时办公室，强四指着电脑前一位朴素端庄的姑娘说：“她叫小青，沛嫂的女儿，英子的妹妹。”

小青连声叫了“细爷”，忙着沏茶去了。“细爷”就是叔父之意，听起来却亲昵多了。我坐下说：“小青，你是个懂事的孩子，既要把岛上的本职工作做好，又要帮着妈妈干活，行吗？”

小青点点头，说：“谢谢您，细爷，我妈和姐姐都讲过您好几回了。我真的好感动！”

穷人的孩子早当家，感觉小青还不够老练，便说：“小青，岛上你要帮强总多留意，不懂就请教请教你强叔。”

小青还是一个劲地点头，抿着嘴唇，说：“你们都是恩人，我心里有数。”

强四岔开话题，说：“志涛，刘方林原来经营的那个游轮我打算买过来，你不觉得失误吧？”

树倒猢狲散，刘方林人死了，游轮便是废铁一堆。我猜想价格准是低廉，便笑道：“你看准了的事还屑问我？只不过……上游码头方面，你还得沟通沟通。”

强四说：“那是小事，而且街口村领导主动找我谈过了，我当着他们摊了牌，也指出他们不能再收码头费，这样不利于介江旅游业发展。当然，我个人自愿赞助五万元补助费。街口领导已满口答应了，他们何不明白只有这样，街口市场才有发展？”

我忍不住叫好，说：“岛上接待处一建，真正的一条龙服务了，介山巴不得这一天早来，美院同志早就想去试试滋味哩！”

强四沉吟一阵，又说：“眼下介山的旅游还是软件，真正的硬件还是农业生态产品的发展，硬件上去了，以后软件就会自然升值。不知兄弟对百合、洋姜、五色糙米的种植效益考究过没有？”

我想了想，说：“我偶尔询问过有经验的老农，都说百合只要管理到位，每亩可纯挣七千元以上，以前好些人种过小面积。至于五色糙米，有几户反映劳动强度比水稻轻多了，而且效益还要稍高于水稻，原因在于它价格是一般水稻的十倍以上，只要亩产三百斤就不会吃亏，至于洋姜就只能问你自己。”

强四说：“那就好！洋姜这个品种我自信有八成以上把握。”

“草鞋没样，边做边像吧！”我使劲按了按强四肩膀，起身说，“游轮营业，村上几位也来凑个热闹吧。”

强四送我出门，点头说一定恭请。

第二天正好周末，我想去菜市场上逛逛，从巷头走到巷尾，却寻不着去年那对老夫老妻了，猜想他们这么大年纪也该乐享天伦了，便买了点青菜、辣椒之类，出来正碰上何春潮，只见他推着个轻便自行车，车尾挂了些蔬菜、水果。

“何局，您这么大一个局长，也是单车一辆，好低调！”我憨笑着停下了脚步。

何春潮欢喜道：“低调好啊！有些人小人得志，调子老高，一出事就狗熊一样，你看狗熊关在笼子里敢翘尾巴吗？”

我听出了弦外之音，尤其是狗熊、笼子这一比方更使所指不言自明，便主动提及贺进明：“贺进明脑子里尽是钱味、官味，却不尽人味，这才使他迷失方向、断送前途啊。”

何春潮搁好单车，拉我到石级上坐下，说：“尹主任说到了点子上，我认为，人的牌子是无形资产，牌子好是福，牌子坏迟早要成祸。一个人牌子好坏不在一朝一夕，而在于长久修炼造就。我希望你今后就是介山正义的象征，更是人们的楷模。”

我点头称是，又说：“何局，当干部的真要修炼到您这等程度，难啊！您三日不新，四日不旧，待人老是一如既往的和蔼、诚恳，既不暴寒暴热，也不瞒上欺下，做到您这层面真难啊！”

何春潮深呼吸一下，脸色瞬间平静了，说：“志涛同志，别把我何某捧得太高，不过，你说的‘三日不新，四日不旧’确实不假。你看你看……我在乡镇时，与你关系不好不坏，现在呢？还是老模样，一句话，我们就是经得起考验。”

我一惊，不知他是有意影射我与贺进明那段交往还是故意装出那种深藏不露的平静，窘了窘，便说：“何局，我向来爱讲实话，也向来把您当作值得敬重的领导，怎么能说不好不坏呢？好呀！一直挺好呀。当然，我不得不承认我在高攀何局，也不得不脸红。改日要强四做东，我们好好喝一杯，不妥之处，敬请指正。”

何春潮哈哈笑了：“好好好，改日喝一杯，把强四也叫上。”

第四十九章

下午三点刚打完小盹，有人就打电话过来，说是公安局经侦大队的同志，叫我去洪光老家一趟，我应承着，说是很快就去。

到那就见几辆警车停在院外，白河一名干警过来叫一声尹书记，我点头而笑，故意问钟所长怎么没来，大家都明白钟所长出事了，都不愿提及。

大院算得上“豪宅”，院内花卉斗艳，树木茂开，大门两边刻着一联：光景来龙三千里，荣地孕才百代贤。用兄弟二人名字嵌入此联，虽有张扬之嫌，却不算太过分，相比之下，旁边朱怀云的房子就显得大为逊色了，低矮局促而又斑驳泛旧。

进去便见洪荣奋拉着脑袋在配合做笔录，他用一种尴尬与乞求的眼神迎视着我，低声说：“主任……兄弟……”

我明白今日在办案现场不便多说，就过去在他肩上着实按了一把，他回头瞧我一眼，眼光热热的，说道："主任，坐吧。"

我环视一下室内，感慨万千，这豪宅是大前年竣工的，远非我父亲曾留下过厄运的那栋旧屋，世事沧桑啊！几名干警是有备而来，用铁锤破了一道墙面，很快就有一沓沓崭新的票子掏出来，显然洪光已经交代过了，不然公安这边不会这么顺利。

另两名女警便忙碌着点钞机，我打了招呼便退了出来。

出来正见朱怀云在门外张望，我便过去打招呼，朱怀云近前几步，指着屋侧山坡的一块巨石说："雷打石，正是这里。"我早就耳闻此石是因雷击将巨石一劈两开而得名，旁边一联便是朱尧阶名儒的手笔：天上雷公如此威猛，地面鼠贼岂敢猖狂。联想到洪家今日这事，此联确切入木三分，写得真绝！我说："老书记，您前辈尧阶十五爷可真不是一般文化人。"

朱怀云嘴巴一努，笑道："进屋喝一小杯。"我跟进去坐下，朱怀云边斟酒边指着堂屋一联说："这是尧阶十五爷给后辈留下的家训，一百八十年过去，仍然留存得很好哩！"

抬眼一望，但见木雕字迹刚劲洒脱：

居室要能容能让　留半分情面　勿忧家族唯和

登堂有公是公非　怀一点偏心　即对祖宗不住

我啧啧称赞，端杯敬了老书记，又道："村上工作，老前辈有何指正性意见？"

朱怀云说："千万莫抬举老汉，不过，儿孙们都在外边混得不错，教授、博士就有好几个，我这个家族吃穿住都不成问题，留着我和老伴这两把老骨头在这土生土长的地方，所以我还总想帮地方做点什么，活不了几年，就要离开你们了。”

我很是感动，问老书记有何高见。

朱怀云站起身来，把我叫到了里间，灯光下一尊木雕格外抢眼，方形座身上看到了几行正规的隶书阳刻：

此乃千年沉香奇木修饰而成，绝非平凡木雕虎身，神形兼备，背伏金蟾，故全名金蟾伏虎，木质坚硬细腻，有红、黄、黑三色之美韵，更有淡雅桂香之奇趣。

“奇货！国宝啊。”我脱口而出。朱怀云用红布又盖上去了，说道：“这是前辈尧阶十五爷的遗物，已流传一百七十余年。我想托人拍卖，再捐款给村级公益事业。”

我几乎不敢相信，忙不迭地说道：“这可不是一般的捐赠，您子孙……”

我的话被老书记用手势封住了，他说：“介山光有强四单枪匹马也不行，他个人要承受很大的压力与风险，现在公路提质改造及基础设施还要大笔资金去完善，全靠国家及政府也不行啊，政府也有困难的时候。”

我说：“您的党性、人格我最为敬佩……”

朱怀云双手反剪身后，踱着方步，低调地说：“我四方托人，尽量把这尊木头木脑卖个好价。等信吧。”

我饮尽余酒，谢过老书记的鼎力支持，这才辞行出来。

暮色下，正见洪荣双手被铐着带上警车，我不敢呼喊，也不敢过去招呼，就怕他更会难受。

翌日早上，英子来了，她脸色依然憔悴，似乎瘦了些许，她低低地叫过一声尹叔就不语了。

我问她这段忙啥，英子眼泪涌了出来，声音断断续续：“我那个妹妹也死……了，昨晚才把她骨灰捧回来……”

“啊？”我惊叫一声，悲怆瞬间涌入喉部，“你说咋的？……那个小舒？”我眼睛分明也蒙上了泪水。

英子呜呜地哭道：“前天，她在校旁一家餐馆聚餐，突然房子坍塌，五十几个就仅留下了三个，昨天才处理完……”

老母亲在里间听出了什么，颤颤悠悠地出来，听说孙儿的女友出事了，忍不住抽泣起来，她握了英子的手，哭道：“丫头，你咋就这么命苦！”

英子扑通一声抱住老太婆的双腿：“奶……奶。我也不晓得为啥这么命苦。那天我和妹妹拍照，她手心满是热汗，我记起她手心是那么湿热，呜呜呜……”

我泪如泉涌，并没立即扶她，让她抽泣，让她宣泄，让她阴郁的心灵感受老太太的疼爱。好一阵儿，屋里才平静下来，我递了纸巾过去，问道：“我家尹剑晓得不？”

英子边拭泪边说：“昨天我与他通了电话，他内心非常痛苦，并不想与你们谈及。”

我说：“你有尹剑电话？”

英子说：“我们一直都有联系，我们是同学啊，小学、初中都是同学。”

我说："你多安慰安慰尹剑，让他化悲痛为力量，做优秀军人。"

英子点头，晶莹的泪珠儿还在她眼圈里扑闪，母亲劝慰了她好久，留她吃了午饭，这才让她回山窝那边去。

傍晚时分，空气中还弥漫着一股热浪，夕阳虽然早已西沉，而天边还有大片红色的云彩，如灼热的烙铁一般悬在上空。我沿着政府后院的林荫乡道向环城线那边迈去，蚊子随处都是，人到哪它们就跟到哪，我时不时地要对这些侵略者予以强烈反击。

远远瞧见那偌大的一片田野中正白炽炽地亮着无数日光灯，这区域，鲁刚向我下了死命令的——一定要在桃花岛最近的岸边弄出一大块示范农产品基地，要有特色、亮点、效益，更要是真正的绿色环保食品，我明白这灯光是用来诱捕田间稻飞虱的。

半月前，周正根就把这荒芜的基地撒种下去了，隐隐正见那边已是稀稀落落的一片绿茸，近前才知周正根正蹲守在田埂边围水，这干巴巴的大热天，不守着围水是不成的。

我大声抛去一句："正哥，你这才像个庄稼汉。"

周正根过来说："一分价钱一分货，优质稻就得有独特的管理方式，要让消费者相信，就得从下秧到收割这整个生产过程让别人了如指掌，你说没用除草剂、农药、化肥，在这个随处以假充真的社会人家会轻易相信？所以，我就用全程监控拍摄下来，并制作了软件，人家一扫二维码就能看这里面的生产过程，再说，实践是检验真理的唯一标准，尝试后就非常清楚。"

我顾目四盼，果然见着田间有许多探头，不忍笑了："你过去说油渣饼用作底肥，总不能靠它除草除虫吧？"

周正根说："主任，我倒是总结了一些经验，除草就全靠及时围水，小草尖在水里冒不出头就没了，这油渣饼虽不能直接除虫害，但它能使稻苗长得粗糙老成，抗虫性自然强多了，何况这日光灯也不是亮相的，只是……这八十来亩五色糙米还得打上一个问号，今年雨水可能太多，最怕抽穗碰上阴雨连绵。”我点了点头，不再多讲。

周正根陪着我边走边说：“主任，有些平整好的水田还得排干水分，让土壤枯燥几天才好入场下种，我说的这是百合，与老百姓规划了，计划五十亩，其余全是五色糙米。”

我像内行似的，说：“不同丘块有不同的土壤性质，一定要与品种搭配好。”

周正根说：“今年好说，还是头年下种，土壤底层氮磷钾都很足，往后就得轮流调换了，今年种百合的田块明年就只能是五色糙米了。”

我说：“小康不小康，关键看老乡。”又见河边码头堆着些红砖沙子，便问，“更衣室和卫生间怎么还不见动工？”

周正根迟缓一阵，问：“美院的人到底还会不会来？”

我说：“怎么会不来？屙屎再挖坑，不行啊！过去我们湖南就有数钱吃面的典故，非要人家数了钱才给面吃。后来外地的风一吹，先让人家吃完面再收钱，也未见有人打飞脚跑，所以我们的思想观念就得弃旧换新。美院定了合约的，怎么会随便变卦呢？”

周正根红着脸说：“明天我就安排下去，要不了几日全弄好。”

第二天上午，曹正刚约我去聊聊，我也正想去瞧瞧他近旬装修的卫生室，便欣然去了。

诊室里一眼就见壁上挂着一联：何须我千秋不老，但愿人百病莫生。“曹大夫，你言不由衷吧？”我朝着电脑前的曹正刚笑道，“但愿人百病莫生，你哪来生意？”

曹正刚唉声叹气地拨弄着鼠标，说：“我早想退休了，还想什么生意？何况我年纪大了，跟不上形势啰。”

我明白上面对卫生员的要求越来越高，猜他定是吃不消电脑才如此颓丧，便笑他：“不懂电脑就是新型文盲，群众要刷卡，你总不至于要取消这鬼把戏吧？”

曹正刚哭笑不得，又是摇头叹息：“装修这个卫生室，又花了两万多块。早知这鬼把戏比开飞机还难，我就会辞了。”

里面房子已按上级规定分隔为留观室、消毒室、注射室、药房等。

我环视一圈，便收敛笑意，说：“改日我给你安装一块手写板，包你半天出师。至于装修费，村里承担一万，上面有硬性规定。”曹正刚点点头，说：“介山越来越像模像样了，商场、旅游设施我看都可按你的思路办。”

我猜定老书记和他谈了，便说：“万事俱备，只欠人民币啊！”

曹正刚昂首笑笑，说：“我相信肖市长把办公会一开，难题就解决了。”

我相信很快有这么一天的，便说：“到时候你们理财组几位把财务真正监管好，民心才能稳定，你们责任不轻啊。”

曹正刚举杯过来碰撞一下，说：“主任，舍得放权，这就是你的聪明之处。哼，有些人越想独揽大权，鼓眼睛的群众就越多，你这样，散中有收，收散自如，谁会不服？有人说你是味甘草，不错！甘草既能调和诸药，又能补中益气。不过，在中药的君臣佐使里面，甘草还不能起到主药的作用，所以啊，我还希望老弟不能只做甘草。”

我感觉贴切，又说：“我尹某不会推卸担子，滑溜溜、溜溜滑，不是我的本性呀。”

曹正刚举杯又是一个碰撞，说：“我替弟嫂表示谢意，三番五次地劳烦老弟，我们心中有底。后来日子长着哩，曹家是不会轻易忘记的。”

我淡然笑过，立身辞行，又说：“电脑好容易，莫消极，要想把医疗卫生工作的重点放在农村，你卫生员不可轻视啊。”

曹正刚送出门外，笑道：“晓得晓得，我一直在发挥着救死扶伤的人道主义精神哩！”

第五十章

第二天出门时，小玉来电话说美院一班人已到了村部附近。我立马起身，对村上几位说：“走，接客去。”

今天小玉还带了摄像机。我走在前面，过去与客人们握手道好，又说先到村部喝完茶再就近去走走。未料领头的胡教授晃了晃矿泉水，说：“回来再喝，先去村子里转转吧。”

小玉附和一声，笑道：“顾客是上帝，遵依领导的。”

我便在前面带路，边走边对胡教授说：“我们先看看旁边的文物——肖氏宗祠，再到河边、山上瞧瞧。”

胡教授步子轻盈，跟上来说：“那些农家小院里的葡萄架、绿色菜苗、竹林池塘我们都爱看，反正，我们这支先头部队先住三五天再说。”

一行三十来人说说笑笑，不多时看完了祠堂。刚到河边，胡教授就由衷地感慨道："世外桃源啊！"

几只白鹭掠过水面，他随即用手机抢下了镜头。

我过去问要不要调只机船去河中游游，胡教授说："机船就不用了，我看这样，我们美院大部队下次来时，带上皮划艇、快艇、救生衣……想玩的让他们尝尝味。"

十来分钟，大家就到了石榴林地，强四和二猛子正在马背上，见有客来，强四连忙下来打招呼。

小玉"哇"一声，硬说要试试骑马的滋味，还有几位年轻人也如此。二猛子的黑嘴巴又呈露出白牙齿，笑道："今天想试的都免费。"

我便对胡教授说了二猛子养马的意图，还笑道："今后老式马车都会在介山出现哩！"

胡教授说："有钱不抓，不是行家，我看师傅你今天照样收费。姜太公钓鱼，愿者上钩吧。"

我见状便说："今日我请客。"

大家不再争执，几个胆大的轮流试着兜了几个圈儿后，小玉才上去，我怕她失事，便牵了缰绳，小玉坐一小会儿，就说："老师傅已把它们驯得老老实实，不怕不怕！"我还是担心，偏不把缰绳给她。

胡教授在旁边玩笑说："你们是男女搭配，工作不累。"

强四搭腔说："志涛同志，我看你对美女记者格外细心，你就牵着去山上走走，我们在后面吆喝就是。"

小玉也慢慢熟悉强四了，便说："何不在果树下圈养些鸡鸭？外面人还以为是野鸡野鸭呢。"

胡教授很有见解，忙说："使不得使不得！你不要以为一根稻草包在白菜上就是白菜价格，我倒以为在树下让那些好奇的同志搭架一些野外帐篷还可以，城里人平常工作紧张憋气，很想体验那种风餐露宿的野营风味，树下空气清新，鸟语花香，谁个不想？”

“教授的点子蛮好，不过……”强四忍不住笑了，又说，“我只担心帐篷里那些孙猴子会偷吃仙桃呢。”

大家捧腹大笑起来。

吃饭时胡教授说：“去年我们美院组织学生去省城附近一个红阳村写生，第一天，你们知道是什么伙食？有道菜，叫驼峰，其实他们是故意造假，吃到口里又涩又糙，我看明明就是用猪肉蒸制而成，可他们偏要说成骆驼的颈项，还说花了好大血本才购回这种名菜，你们说气不气人？事实上，打上几天交道，我们就觉得那地方待不下去，只能走人。要是与你们介山比，简直是坐飞机钓鱼——隔得天远。”

周正根微笑说：“现在有些地方确实套路太多，有时一伸脚趾头就会陷进去。十年前，我被一个熟人哄到江苏那边去包工程，一到那，就发现是个非法的传销公司。我知道越顽固越生硬就越会被人家控制人身自由，幸好，我还算冷静，一个劲儿地吹公司好、产品好，我做梦都想加入这样的公司，先放定金五百，回家一定去发动那些组织能力很强的下线一起来加入。这一招，总算取得了人家的信任，可来回车费附带本金一共丢了千把块。亏吃了，连声都不能吭。唯一的收获就是顺便去了南京中山陵看了看，饱览到祖国的大好河山。”

胡教授递烟给各位村干部，又说：“一个地方的知名度与人的知名度一样，花钱买牌子是难以买到的。你们介山呀，应从小事做起，细微处见精神嘛！你们还要合理利用当地优势，发展潜力还是很大的。”

我诚挚地说：“胡教授，听您一席话，我们胜读十年书呀。”

饭后闲聊得差不多了，小玉就与美院领导辞行。胡教授说：“你放心上去就是，我们找到了落脚点就好说了。另外，你们村干部也不要作陪，劳烦你们把我们‘发配’到有吃有住的几户群众家里就行。”

我说：“屈尊各位了。”

沈敏过来谈了预约好了的相关户主。我感觉不错，便请周正根协助沈敏分头带客，周正根点点头，说：“老弟你算个半边户，这事就不劳你操心了。”

我再与领导们客气一阵，这才出门送小玉上了车子。

第二天下午，我给周正根打电话，问美院领导今日是如何活动的。

周正根汇报说：“大清早，他们就购回十来辆自行车。有群众暗下说他们吃饱了没事干，拿村级公路出气，还搞什么比赛呢。”

我高兴一把，又说：“你在底下一定要做好正面宣传，切不可阴阳怪气，什么吃饱了饭没事干？人家强身健体呀！再有水电、伙食、住宿、购物等都要合情合理，做人要有气量，人家才有气量。”

周正根说：“我知道，城里人历来与乡里人唱反戏，我们骑单车的时候他们就是摩托或小车，我们开小车的时候，他们就是单车甚至步行，我们全力支持，线还长着哩。”

我知道他意思是放长线钓大鱼，便说：“待人以诚信，厚道就行，至于以后慢慢说，不要盲目带着利欲观。”周正根“嗯”着回应着。

第二天中午，胡教授打来电话，说：“尹主任，我们今下午打算回美院，清明节过后再组织师生来贵地。在此，我就不说感谢也不说再见，好吧？”

我忙问：“怎么这么急就走？环境不好？”

胡教授笑笑，说：“哪里哪里！介山呀，山清水秀，随处都是原始画境。”

我说："您呀，讲在东方落在西方，不是嫌介山落后吧？"

胡教授依然笑着，说："主任莫多疑，我们很快就会来的。气象分析这几天很可能会降暴雨，所以我们今天下午就走。"

我便说一路顺风，下次再会吧。

不知什么时候，四疤子进来了。刚才在房里打电话，一直没注意客厅。"老四，保洁员辛苦不？"

"还好，只有少数几户老把焚烧池当作垃圾池，该烧的不烧，我就要帮着擦屁股，牛教三遍会盘绳，这些人讲百遍都不听。"

"不怕脏不怕累一直是老兄的优良品德！没法呀，村里帮你报销点手套、洗衣粉。行吧？"

"这还差不多，泥鳅走了泥里挖，不过，上次承蒙主任费心，总算没让我那副象牙蚊帐钩丢失，这个情义我老四会永远记得。"

我说没事没事，又道："客人骑单车在马路上转，你要及时将果皮、纸屑捡到垃圾池里去。"

"不用说，我和臭婆娘历来不吃冤枉粮。好吧，我买手套、扫把去了，你要签单哟。"

这四疤子一走，我不禁滑稽地笑几声，心想此人都愿做保洁员了，何愁村里不会清静。

第二日，我刚打开手机，就见到一条醒目的新闻：黄桥县人民政府县长戴立雄同志因涉嫌严重违规违纪，被省纪委立案审查，案件正在进一步审查中……

我并不太惊讶，只是没想到戴立雄的问题会出得这么快，想了想，我便给小玉打了电话，曾记得小玉与戴夫人关系非同一般。

电话持续了很久才被接听，小玉声音很低很低，像是被窝里传来的："志哥……"

我心里发麻了，忙说："玉妹，你在哪？"

小玉声音还是低得可怜："在县里，还在老宿舍。"

我热气呛到了喉部，说："那我马上就来看你。"

那边没声音了，约半分钟，手机屏幕上才出现"通话结束"。

我开车去的，很快就到了。

小玉开了门，见我进来，她坐下说："昨晚睡得太晚，我再躺躺，你先坐坐，自己倒茶。"

小玉说完就去房间了，小玉在里间轻轻地咳嗽，我明白她没有入睡，就想与她温存一下，进了卧室，床灯还亮着，她穿着件开衩裙摆，上有流苏花边，很是吸睛。我看着这暖色的睡裙，就感觉体内的荷尔蒙蠢蠢欲动。我进去揉弄一番裙子，小玉就迷迷离离地微张了眼睛，我便爬了上去，不知怎么的，两分钟不到就完了，小玉并不松手，责怨道："吵死，倒弄得人家不是滋味。"

我颓丧一阵，终是撤了下来。

我安抚了她老一阵，低声说："戴立雄出事了，宝贝，你与戴夫人是闺密，不相牵扯吧？"

小玉望着天花板轻叹一声说："我帮他做过一些事情，可能有问题。"

我心惊肉跳，劝道："自首吧，争取从轻处罚，我永远都等你回来。"

小玉眼睛湿了，用热润的嘴唇吻了过来，而后，她额部在我胸前蹭了蹭，低泣着说："志涛，你能原谅我吗？……我对不起你，自从我认识你直至真正爱上你的时候，曾经发誓不再允许任何男人碰我，但个别道貌岸然的人以卑鄙的手段占有过我的肉体，得逞后他们还以为我要攀龙附凤，他们潜意识里认为我理应成为他们的发泄工具，可耻的伪君子……”

我翻江倒海，恨她怜她，咆哮一阵，终于说：“是谁？”

小玉说：“我能坦诚告诉你就是把你当生死与共的心头肉了，别再问，从今以后，我你就是黄龙山上的那连理枝，永不分离。”说着她下床了，我跟着出来，却见小玉开了粗布蒙封的“和欢酒”，她倒了两小杯，让我与她对饮，我毫不犹豫地与她干了，说了一句：“我的心肝，你去自首吧。”

小玉缓缓地点了点头。她突然投入我怀抱，捶紧着我腰杆哭了。

我又无限感慨起来，生怕这辈子再也见不到她似的，抱住她头部哽咽起来，小玉擦擦眼角，使劲推开我，低沉而又果断地说：“我的臭男人，回去吧，好好干一番大事，我去自首。记住，有空去下我家，老妈会喜欢你，别说我在牢里。”

待到午后，我还是离开了。铅一般沉重的心情，实在难以言明。

第五十一章

很快就到了四月，桃花岛上的桃花正争相竞艳，人来人往的游客实在不少，胡教授一行的写生者就有百来号人，都舍不得离开岛上的临时招待所，那些络绎不绝的散客里还有很多来往过几次的众筹者，他们成群结队地来看自己种下的桃树，就像父亲或母亲去看望分别已久的孩子一样。

今天阳光明媚，太阳高悬，强四在岛上架了高音喇叭，里面拱出大堆搞笑的言辞来。

我这才记起今日正好是愚人节，与胡教授、强四打过招呼后，从独木桥上返程上岸了，岸边英子正帮我弄了些小笋，用红头绳系得紧紧的。刚欲近前与英子打招呼，一个陌生的长途电话就钻了过来，我开了免提键，对方是部队里的领导，说是尹剑昨晚在邻区火灾抢险过程中右腿严重受创，有可能要截肢右膝盖以下的部分，请家属火速去部队商议，我头脑嗡地一声响后，试着说：“领导，今日愚人节……这是真的？”

那边沉闷地惋叹一声，说：“千真万确，尹剑很不错，他立下了特等功，为家人争了光，为部队争了光，只是让他自己碰上了命运的捉弄。”

我听不下去了，抱头痛哭，英子拿过我手机对讲一阵，最后才挂了，英子擦擦眼角说：“叔叔，您别太急，我陪您过去，吉人自有天相。”

我心如刀绞，到了家门口，又生怕母亲知晓，便擦干泪水，朝母亲说：“娘，您照顾自己几日，我要出差三五日。”

见母亲轻松地答应了，我才拿了些简单的行李出门，英子跟着上了车，我也并不客套什么，好像英子就是家里人一般了。

“订机票了吧？”我问道。

“订了，晚上9点就可以到那。”英子回答说。

车子刚过白河大桥的时候，部队又来电话了。我停车认真接听了，“啊！那好呀，菩萨保佑，拜托领导，能够避免截肢的，请你们一定避免……对对对，我就这么一个儿子，是我家里的独苗，哦，植皮？好的好的，植两次可以呀，一切拜托你们，我们不用过来吗？哦，好吧，一切请你们费心，日后拜谢。”

挂了电话，我高兴一把，说道：“会诊结果出来了，只有局部组织坏死，通过几次植皮可以慢慢恢复嘞！”英子破涕为笑，说：“您就回去吧，我一人去就行，村里事情太多，您免得心挂两头。”

我想想也是，就道：“也行，我送你去机场。”

这时尹剑正好来电话了，看来事情并没有想象的那么坏，听尹剑口气也不特别糟糕，他叫了声爸，问家里好不，我忍住哭腔，说家里很好，英子要过去看你，怕你伤得太重支撑不住。尹剑笑了，说：“英子能来就来吧，爸，您和奶奶不用担心，不会有大事的。”

挂了电话，我呵笑一声，自言自语：“今日怕真是个愚人节。”

英子凝视着前方，也说：“今日真是个愚人节！”

送完英子，回家已近十点，老母亲已经安稳睡下了。我之前向强四打听过小玉的情况，强四打听好后，给我打来电话，说：“据初步了解，小玉将赃款退了，自首时有立功表现，可能半年内就可取保候审，缓刑还是有希望的。”

我说：“谢谢兄弟，她饭票子过河是避免不了，只要能争取缓刑便好。”

第五十二章

这天，我、周正根去拜访朱怀云了。

朱怀云想和我们说一下金蟾伏虎的事情："上个周末，我儿子打听到一个富商的豪宅坐落在猪婆山山脉下，猪虎六合，愿出个高价，据说不下一千五百万，到时你们村干部合理利用资金，一定要将介山打造好。"他脸上一轻松，蜘蛛网般的皱纹就舒展开了，他又说，"友鹏同志还要我捎信给你哩，过不久，他想叫几个单位的头头脑脑来介山开个现场办公会，肯定会有一批资金到位，可你们村干部脑子里也该有个轮廓。人家给钱不是救济，而要有实事摆着看，你们好好考虑考虑吧。"

我忙说："那是那是。"心想没钱不好当家，有钱更难当家啊。集体有钱了，下面几千多双眼睛就瞪得老大，建设合不合理？轻重缓急准不准？你当干部的廉政不廉政……问题就多了起来，但，有钱总比没钱强，傻瓜都懂！

周正根真正感觉出朱怀云在肖市长心目中的位置了，就说：“老书记，您说集体真有钱了，该往哪些点子上花呢？”

朱怀云支吾了半天，还是说不出名堂来，最后就挠了腮帮，笑道：“今年田土上的文章基本定了调子，再花心思就是劳民伤财，我老眼界，一时半刻真想不出新点子，就看主任意见吧。”

我用了脑筋，似乎眼前真的摆了一大堆票子任我去支配，半晌才说：“我个人觉得生态农业方面铺排得还算合理、全面，再有强四的山庄与桃花岛起龙头带动作用，底下的个体型农业也朝着有利目标发展。而集体经济呢，除了上级政府那点照顾、施舍外，确实还是一片空白。所以，我看眼下最适宜两着棋，其一，在村上中心地段建一个式样齐全的大型商场，再把房子租赁给那些合股个体去经营，既活跃、便利了当地商业，又给集体、个人创收。其二，在河边兴建水上乐园，由村级投建再出租或发包，集体、个人同样盈利，旅游也会慢慢盘活起来，你们看如何？这样对强四的桃花岛也能起到一个很大的补益。”

周正根脆声说：“行！灵活、稳重。回过几年前，或许我会坚决反对，可眼下，不断有大批外客涌入介山，网络一传，游客会更多。我看完全切合实际，我认为这些固定资产的投入不会轻易打水漂。”

朱怀云说：“坐吃山空，不削尖脑袋钻点活路，不行啊。你们年轻人就要有这种眼光、目标。其实呢，我老汉对乡村振兴概念似懂非懂，希望寄托在你们身上。因你们还是早晨八九点钟的太阳，旺得很！主任不错，有几把刷子。”

我怜悯周正根家还有两个念大学的孩子，负担很不轻，便说：“正哥，村上的事情固然要抓好，你自己那口鱼塘也该好好利用。鱼鸭混养很好呀，你还可放些特色鱼类。往后外客多，你请两个帮手弄个钓鱼基地和农家风味馆，上面扶贫资金也可去争取。”

周正根热乎乎地感慨说：“体谅我周正根的，莫过于老弟你呀。我也老是惭愧，总想自己家庭都糊弄不好，怎么去带领村民奔小康？村干部都吃上了低保，脸上无光啊！”

我深受感染，又说：“困难是暂时的，前途是光明的，别悲观。”

回家陪着母亲正吃午饭，英子来电话了，亲切地叫过叔叔，说尹剑情况越来越好，伤残不会留下太大的后遗症，家里不要挂虑。我就笑道：“英子，你以前叫我尹叔，现在叫我叔叔，以后我希望你别叫我叔叔。”

英子咯咯笑几声，问道：“那咋叫您？”

我心里温热起来，说：“叫爸爸，行不？”

英子还是咯咯地笑着，挂了。

过了几日，我买了些水果和牛奶，开车去了小玉妈妈家。小玉给母亲请了保姆，我到楼下便给保姆打了电话，保姆立马下来迎接，想必小玉也叮嘱过了。开门进去后，只见老人家蜷缩在皮沙发上的身子倏地坐直了，她那双无力而又不失精明的眼睛顷刻亮了起来。我想象得出她年轻时的漂亮与风韵。老人家很是高兴，却没多少话说，老是紧握着我手不放。

我客气一声：“老妈，您要保重！”老人家兴奋得颤抖了，微笑着“哦哦”几声。

我自然清楚老人家那双冰凉的手掌里包含着无限希冀与重托，只是没说而已。房间还算窗明几净，有八九十个平方米。

我问了小孩子的情况，保姆说："在学校寄读，每天下午我都送些新鲜的食物去，还算懂事呢。"

拉了很多家常，我放了两千元在老母亲手中，又叮嘱保姆，有事的话随时给我打电话，保姆"哦哦"地点头不已。

第五十三章

清明节这天，花多，人多，车多……

我悄然来到后山，三妹的坟堆与父亲的坟堆相隔七八米，这里已是杂草丛生、椿萱并茂。我在坟头上分别挂上礼数，默念良久，心中不时地呼唤着爹爹与三妹，稍后就跪下了，我头部叩伏在嫩绿的草尖上，伴随着心中的祈祷，长长地叫了一声爹，又长长地叫了一声三妹，很久我都没有抬头，地下那两双仍很温暖的目光闪电般地掠入我脑海。

“叔……”我身后蓦地传来一个熟悉的声音。

好像是英子，我回过头去，正是英子！我刚立身，她就到了跟前。“回来了？英子。”我不免有些兴奋。

“回来了，我还没有回家哩。”英子还是扑闪着那双很有温度的杏眼，她把手里的胶袋晃了晃，说：“尹剑给您带了一个军用水壶和两双军鞋。”我接过胶袋，问了许多关于尹剑的状况，英子就笑了，说：“您就放心吧，尹剑很可能还会被破格提升哩。”

我心潮澎湃了，高兴了老一阵，这才指着两处坟头说：“妹子，这处是做了一辈子好人的爷爷，那处是一生仁厚贤惠的娘亲，你以后要多来看看。”

英子“哦”着应了一声，又在两处拜了拜。这才与我一同走下山坡。

五一长假那几日，介山人流量猛然增多。桃花、茶花、月季都已谢了，桃花岛上已经看不到桃花，然而很多游客偏要把闲暇时光打发在这原始土地上，尽量来狩猎他们心中的那份好奇和新鲜。山上、河面、洞穴、坡前、树下到处都有人，偶然人群中会传出些议论：

“其实就是一河水，一些树，一块石碑，一个酒店，一个农家乐，一个游轮，一些木架子屋……”

“现在当然还没有看头，我们是消磨时间哩！”

“总比我们到街上去吃那些潲水油卫生多了……”

“那是那是，到这里能吃饱吃好。”

“铜梁山上骑骑马还有点意思……”

各种声音不绝于耳，我或多或少也听到一些，这天我就把周正根、老吴、曹正刚、二猛子请到了自家，大致想了解他们的思路和决策。

曹正刚坐下就掏出张纸来，不知道是哪个游客在介山入口的电杆上张贴出来，他路过就拆下了。我接过细细看上一遍：

介山升温，脾气就能见长吗

也许我是个不甘寂寞的人，因为总喜欢到外面走走。今天我在这个桃花岛口渴了，想去就近的一家民户讨上几口白开水，我不知这户人家尊姓，只见一个十二三岁的男孩正坐在门前，一只毛色发亮的大黑狗正趴伏在他足弓上。我笑着上前叫声小朋友，能不能让我进去喝口水，大黑狗“嚯”地冲了过来，我吓得不住后退。小男孩哈哈大笑着，口里还“哧哧”地给黑狗助威，我极其恐慌地退出危险圈。一个大人正好回来唬住了黑狗，我远远地朝大人说：“你家孩子用狗吓我，太过分了吧？”大人回答说：“他开玩笑吧，这狗不会咬人……”

作为一名桃花岛的热心众筹者，作为前期大奔呼喊的参与者，我心寒了。今天桃花岛就像一位三代单传的男人喜得贵子，傲气显了！仅是玩笑吗？是因为介山升温，所以这里的人脾气见长了。虽然这户人不能代表桃花岛人们的形象，但如果有老鼠屎掉在汤里，仅一颗，也没人咽得下一顿美食。桃花岛再美，也会毁在一只鼠上。

近年来，城里人对乡村风光的向往与日俱增。绿色的田野、老旧的农具、新鲜的农家菜，重新唤起了人们对于乡村风俗的某种眷恋，也为乡村旅游在不停地提着速度。然而，除了山美水美，更要看的就是民风美不美！

什么是淳朴的民风？动不动就放狗追咬，应该不行。待人接物，以诚相待，淳厚朴实，敬老爱幼，和睦相处，待客如宾，童叟无欺，夜不闭户。这就是乡村旅游开发应该注意的吧？而不能只注意桃花的开与谢……

看完我便铿锵说：“这个警钟敲得很好，迅速复印，每户印发一份。”大家都一致赞同。

见大家都团结一致，我很是欣慰。

我还想说几句，这时手机铃声响了，一接竟是小玉的声音：“臭男人，你在忙啥？”

我高兴得无法形容，忙说：“没忙啥，你人呢？”

小玉说：“刚刚出狱，明天过来接我，南正街你清楚吧？”

我说：“行，遵命。原来听说你要半年才会……”

小玉笑着骂道：“蠢猪！你还希望我多关几个月？”

我说：“明日见，带好包袱雨伞。”

只听对面哈哈笑了起来。